외로운 사람끼리
배추적을 먹었다

외로운 사람끼리
배추적을 먹었다
— 김서령이 남긴 '조선 엄마의 레시피'

2019년 1월 29일 초판 1쇄 발행
2024년 10월 14일 초판 14쇄 발행

글쓴이 · 김서령 | 펴낸이 · 박혜숙 | 펴낸곳 · 도서출판 푸른역사
주소: 우) 03044 서울시 종로구 자하문로8길 13
전화: 02)720－8921(편집부) 02)720－8920(영업부) | 팩스: 02)720－9887
전자우편: 2013history@naver.com | 등록: 1997년 2월 14일 제13－483호

ⓒ 김서령, 2024

ISBN 979－11－5612－129－9 03810

외로운
사람끼리
배추적을
먹었다

김서령이 남긴 '조선 엄마의 레시피'

푸른역사

아름다운 사람 김서령

(페이스북 2018. 10. 8.)

아름다운 사람 김서령,
차마 올라가지 않는 손을 들어올려
당신께 작별 인사를 보냅니다.
—

월요일 오전 마감되는 어느 신문 원고 때문에
앉았다 섰다 서성이며 머리를 쥐어짜다가
공연히 페이스북에도 들락거리다가
어느 순간 문득 눈을 의심했어요.
당신이 떠났다는 거짓말 같은 소식이 올라왔거든요.
(마감 압박에 결국 빈소에도 못 가고 말았어요.)

어쩌면 그렇게 감쪽같을 수 있나요.
물목지전物目誌展을 연다고 글 올린 게 며칠이나 됐다고……
하긴 그게 생의 동반자들에게 베푼 당신의 하직 인사였음을 그땐 몰랐어요.
당신의 눈빛, 당신의 미소, 당신의 소곤거림, 당신의 문장들,
심지어 방사능 치료 때문에 깎았던 당신의 빡빡머리조차도
벗들과 친지들은 당신 것이라면 무엇이든 좋아하고 사랑했어요.
마치 탈출마술사가 묶은 사슬 풀고 잠근 관을 열고 휘장 젖히며 무대 위로 나타나듯이
당신도 그렇게 지구탈출을 중단하고 홀연 나타날 것 같은데……

10년쯤 전이었지요.

오랜 친구 김판수 형이 물었어요. 김서령이란 작가를 아느냐고.

모른다고, 이름도 들어본 적이 없다고 대답했지요.

얼마 뒤 그가 나한테 건넨 책이 신동아新東亞 2008년 1월호.

거기 실린 글이 〈김서령의 '이 사람의 삶' / 김판수 사장의 인생유전〉.

김판수 형을 인터뷰하고 작성한 당신의 따뜻하고 졸졸한 르포기사.

그런 연줄로 김판수가 소집한 자리에서 드문드문 만나게 됐고

3년 전 페북에 입문하면서는 당신 글의 마력에 점점 매혹되기 시작했죠.

그러다가 다가온 결정적 계기는 재작년 가을부터의 빛나는 촛불집회.

2016년 11월 12일(아니 19일이던가)을 잊지 못합니다.

약속 장소인 대한문 앞으로 가기 위해 시청역 출구를 올라서자

발을 뗄 수도, 심지어 숨을 쉬기도 힘들었어요.

아마 그날이 100만 명이 모였던 날 아닌가 싶어요.

간신히 서로를 알아보고 격류를 거슬러 헤엄치듯 다가가 서로의 손끝을 잡았지요,

처음이자 마지막인 손끝 잡기.

그리고 주말마다 이어지던 축제의 나날들……

당신은 300편이나 써냈다는 르포기사를 비롯해 엄청 많은 글을 썼다지요.

생계를 위해 몸을 혹사한 게 아닌가 짐작합니다.

아니 어쩌면 솟아오르는 글의 샘물을 그렇게 받아놓은 건지도.

나는 그중 겨우 일부를 최근 몇 년 사이에 읽었을 뿐.

그럼에도 읽을 때마다 예민한 감각과 풍부한 어휘와 생생한 비유에 감탄했고
글이 만들어내는 삶의 진실에 전율했어요. 가령,
엄마의 일생을 장편소설의 일부처럼 띄엄띄엄 서술해나간 페북의 글,
걸작 《여자전》에 수록된 고모 김후웅의 기막힌 인생……
그래서 가끔 당신께 권하곤 했지요.
여기저기 발표되는 조각글들은 보석처럼 반짝이기는 하지만
그건 결국 흩어져 사라진다고……
글도 말도 사람 만나 정을 나누는 일도 단호히 줄여야 한다고……
박경리, 박완서, 최명희 같은 분들의 웅장한 대하소설은
자기와의 치열한 싸움, 그 무자비한 집념의 결과물이라고.
당신은 이를 악물며 그러겠다고 대답했어요. 악착같이 쓰겠노라고……

당신의 글 여기저기에 흩어져 살아가는 인물들을
하나의 거대한 서사 안에 연결지어
독자를 더 큰 광휘 속으로 데려갈 안내자는 지금 어디로 사라지고 있나요.
안동 지방 양반가의 내실 풍속과 사랑채 역사를,
그들만의 독특한 언어와 감정세계를
속속들이 알고 손에 잡힐 듯 묘사하는 작가를
이제 우리 문학은 어디서 찾아야 하나요.

노무현 전 대통령이 마지막에 사용한 낱말, 운명.

그래요, 우리 모두는 각자 자기 몫의 운명을 감당할 뿐이죠.

우주의 끝인지 아닌지 모를 허무의 공간으로

마침내 당신은 운명의 길을 떠나는군요.

하늘의 재능을 받았으되 그 재능을 충분히 펼칠

평탄한 삶을 허락받지 못했던 사람,

모든 이웃에게 너무도 다정했던 아름다운 사람, 그러나

수많은 독자에게 따뜻하고 애틋한 정감을 선사했던 탁월한 문필가 김서령,

이 질곡 세상으로 다시는 돌아오지 마세요.

〔덧붙임〕그가 떠난 뒤 인터넷을 찾아보고서야 나는 그가 여러 권의 책의 저자이고 내가 모르는 여러 영역에서 활동했음을 알았다. 하지만 이런 무지에도 불구하고 나는 그에 관해 잘 안다고 느낀다. 작년에 읽은 《여자전》이나 방금 읽은 에세이 집 《외로운 사람끼리 배추적을 먹었다》의 글이 너무도 생생해서, 그 생동감만으로도 그는 내 안에 살아 있다. 현실에서 그를 만나 우정을 나누었던 사람이든 나처럼 주로 글을 통해 그를 사귄 사람이든 모두들 각자의 방식으로 나와 비슷한 감정을 지니고 있지 않을까 짐작한다. 그리고 이승에서의 그와의 작별을 당분간은 실제 현실로 받아들이기 어려울 것이다. 어쩌면 책을 통해 그를 알게 될 미래의 독자들에게도 그는 살아있는 존재일 것이다. 나의 급조된 고별사가 그런 분들과 함께하는 위안의 자리가 되길 바란다(염무웅).

옥자 아지매는 저녁 설거지를 끝내고 우리집에 놀러온다. 빈손으로 오는 게 아니라 동그란 수틀을 끼고 온다. 수틀 안에 끼운 형겊에는 지금 막 주황빛 감이 하나 익어 가고 있다. 어젯밤에 하나, 오늘밤에 또 하나, 옥자 아지매는 겨우내 감을 익히고 있는 중이다. 감은 모두 일곱 개다. 주황 감 위쪽으로는 초록색 색실로 수놓은 감 이파리가 다섯 개 있고 아래쪽엔 고동빛과 검은빛이 섞바뀌는 감나무 등걸이 있다. 감 이파리도 초록 한 가지 색이 아니다. 연두에서 진초록까지가 그러데이션 된 색실을 엄마와 옥자 아지매는 보까시 실이라고 부른다. 보까시! 아주 귀한 것이라는 듯 입술을 앞으로 쏙 내밀고 발음하는 그 '보까시'라는 낯선 말에 나는 금방 매료되었다. 아니 그 초록빛의 미묘하고 섬세한 음영에 걷잡을 수없이 이끌리고 말았다.

색실은 귀한 물건이다. 쓰다 남은 한 파람도 허투루 버리지 않고 수본 사이에 소중하게 끼워 놨다가 다시 써야 한다. 그걸 알면서도 나는 옥자 아지매에게 그 실 한 꼭지를 꼭 얻고 싶었다. 차마 달라는 말은 못하고 그저께 나는 그만 수틀 앞에 앉아 엉엉 울어버렸다.

왜 우냐고 엄마가 화들짝 놀랐다. 쓰던 인두를 얼른 화롯불에 묻어놓고 엄마가 날 껴안았다. 무릎 위의 수놓은 장척도 벽 쪽으로 세워놓고 엄마가 내 눈을 들여다보았다. 왜? 왜? 왜 그라노? 웅후야!! 엄마 가슴이 쿵덕쿵덕 뛰는 것이 내 뺨으로 불룩불룩 옮아 왔다. 차마 색실이 탐나서 운다고 고백할 순 없었다. 암만 어려도 염치라는 게 있지! 자신도 모르게 갑자기 터져버린 울음에 나는 몹시 당황했다. 탐욕과 갈망이 부끄럼과 곤혹을 만나 내 마음은 순식간에 '보까시' 색실처럼 어룽더룽해졌다. 그리고 그 어룽더룽함이 날 더욱 흐느끼게 만들었다.

갑자기 엄마가 내 눈을 손가락으로 크게 벌렸다. 그러고는 훅하고 입김을 불어넣었다.

"암만 해도 눈에 재가 들어갔는 갑데이!"

"훅! 훅!! 어떻노?"

"……"

"시원하나?"(엄마)

"괜찮나?"(옥자 아지매)

"……."(나)

"눈에 재 들어간 거 맞데이."(엄마)

"재 들어가면 어른도 얼매나 쓰라린데……눈물이 절로 나온다 카이."(옥자 아지매)

"……."(나)

딴은 시원한 것도 같았다. 엄마의 따스하고도 찬 입김이 내 갈 망을 감쪽같이 걷어가버렸다. 나는 어느새 색실에 대한 욕심을 잊고 울음을 뚝 그쳤고, 엄마와 옥자 아지매는 울음의 원흉이 화 로에서 날아오른 재라 진단하고 애꿎은 화로만 저만치 밀쳐놓았 다. 그리고 거짓말처럼 옥자 아지매가 내 손에 초록색 보까시 실 한 꼭지를 쥐어주었다.

"웅후야 이 실 이쁘제? 니 주께. 나중에 니가 크믄 시집을 갈 꺼그든. 그때가 되믄 니도 이 아지매 맨치로 횟대 보에 감을 수놓 아라. 어예이?"

"아이고. 우리 웅후가? 어느 천년에? 그런 날이 오기는 올라?"

"그라믄. 오지! 아마 금방일 걸? 개실 형님!"

그렇게 밤은 깊어 갔다. 밤이 깊어 가면 수틀을 든 처녀들의 수 도 늘어난다. 다들 스무 살 이쪽저쪽의 처녀들이다. 연자 아지매 도 오고 순자 할매도 온다. 혼인날을 받아놓은 것은 옥자 아지매 뿐이라 옥자 아지매는 다른 처녀보다 일찍 수틀을 들고 밤마실을 오는 것이다.

아지매들은 올 때 수틀만 들고 오는 건 아니다. 다들 주전부리 감을 조금 들고 온다. 주전부리감은 딴 게 없다. 지금 눈으로 보면 처녀들의 간식거리로 어림없는 메뉴지만 그건 배추 한 포기거나 무 한 뿌리였다. 때로 결삭은 배추 뿌리나 볶은 콩이나 튀긴 쌀이나 감 껍질 말린 것일 때도 있지만 만만하고 푸짐하기로는 배추만 한 것이 없다.

배추로 무얼 해 먹느냐? 대개는 된장 한 보시기를 퍼내와 식은 밥을 반찬 삼아 날 걸로 찍어 먹었다. 배추 서너 포기가 순식간에 동이 난다. 무도 길쭉하게 쪼개서 우적우적 씹어 먹는다. 와삭와삭, 사각사각, 까륵까륵! 세 잠 잔 누에가 뽕잎을 갉아먹는 소리보다 소란하다, 할 수밖에 없는 것이 누에가 아니라 인간 처녀들인 것이다. 한바탕 울거나 보채고 나서 잠들었던 나는 밤참을 먹을 때쯤 동참하지 않을 도리가 없다. 너무 시끄럽고 너무 우습고 너무 재밌기 때문이지만 실은 가장 결정적인 이유는 그때쯤 너무 오줌이 마려워지기 때문이다. 놋 요강에 쪼르륵 소리도 맑디맑게 오줌을 누고 나서 나도 처녀들 틈에 끼어 앉는다.

겨울 배추는 달다. 달뿐 아니라 살짝 고소하고 은은하게 매콤하기도 하다. 배추 뿌리의 야물고 칼칼한 감미는 나중 먹어본 강화 순무와 흡사한데 가을 지나고 서리 내린 후쯤이면 뿌리의 달고 매콤한 기운이 이파리 위쪽까지 쑥 치밀고 올라온다. 이 맛은 여운이 오래간다. 배춧잎을 씹어 삼키고 난 후에도 알싸하게 혀끝을 감돈다. 그래서 배춧잎을 된장에 찍어 먹는 손을 좀처럼 멈출 수가 없게 만든다.

그러나 임하의 처녀들이 겨울밤 배추 구덩이에서 꺼낸 배추로 노상 날된장만 찍어 먹었던 건 아니다. 보다 화려한 날도 있었다. 드물지만 그런 날은 밤마실 자리에 큰으매(조모)의 친구들이 서넛 끼어 앉게 되는 날이다. 할매들은 날배추를 우적우적 씹지 못한다. 그저 뒷전에 물러앉아서 와삭와삭 사각사각, 처녀들이 우악스럽게 날것 씹는 소리를 듣기만 하신다. 듣기만 해도 고이는 침을 어찌지 못해 무겁게 한탄하신다.

"너어사(너희들이야) 이도 좋다!"

"그렇게 씹어내믄사 돌이라도 색일(소화할 수 있을)따!"

"박실 아지매요……우리사 인제 뒷골로 올라갈 일베께 없니더! 글체요?(그렇지요?)"

부러움인지 질투인지 심술인지 애매한 할매들의 태도에 처녀들은 재빨리 반응할 줄 알았다. 가장 예민하게 반응하는 이는 물론 엄마다.

"어매요, 배추적을 한 두레 구울까요?"

큰으매가 나이 들어 이가 상한 것이 오로지 엄마의 죄라는 듯 송구스러워하는 순간을 놓치지 않고 처녀들은 "밀가루는? 들기름은? 동솥뚜껑은?" 해가며 척척 적 구울 채비를 마친다. 한쪽에선 물을 끓여 날배추를 데치고 한쪽에선 밀가루를 후리고(개고)

또 한쪽에선 솥뚜껑에 들기름 칠할 무를 깎는다. 부엌에서 싸릿가지 꺾는 소리가 두어 번 타닥 탁 들리고 부엌 쪽 광창이 훤하게 밝아지는가 싶더니 어느새 대나무 채반에는 김 나는 배추적이 서너 장 척척 얹혀 나온다.

기름 내음이 돌면 부엌은 금방 잔칫집처럼 은성해진다. 치마꼬리가 불이 나게 바삐 돌아가면 뱃속에선 절로 웃음이 풍풍 솟는다. 맑은 간장에 파 마늘 다져 넣고 고춧가루, 참기름을 살짝 친 양념간장을 만드는 건 엄마 몫이다.

우리집은 밤에 부엌이 소란해도 괜찮은 해방구다. 어려운 사랑어른이 부재하기 때문이다. 우리 사랑엔 아버지가 안 계시다. 큰아배는 아버지가 열한 살 되던 해 서른일곱으로 요절하셨고, 아버지는 내가 돌 지나고 둘러보니 이미 부재 중이셨다. 멀리 네온사인이 우주처럼 번쩍이는 도회지에 사신다. 집엔 제사 때나 잠깐 들르실 뿐이다. 위패 앞에 초헌과 아헌과 종헌을 혼자서 우아하게 올리시곤 날 밝자마자 얼른 돌아가버리신다.

갓 쓰고 도포 입고 천천히 절하는 아버지는 아름다우시다. 보까시 색실 따위가 갖고 싶다 해서 허술하게 울음이 나와버리는 내 마음, 흘낏 스치는 아름다움을 향한 통제 불능의 갈망, 그런 자신에 대한 민망함은 아마도 아버지의 아름다운 부재, 아니 부재하기에 유난히 아름다워진 아버지와 무관하지 않을 것이다. 그게 아니었다면 요강에 닿는 오줌 소리가 하도 맑아 몰래 진저리를 치는 일 따위야 난 아직 몰라도 좋을 나이인 것을!

엄마는 머리에 검댕이 묻은 헌 수건을 쓴 촌사람이고 아버지는 머리에 포마드가 반짝거리는 도회지 사람이다. 내가 봐도 둘은 그리 잘 어울리지 않는다. 그래서 안채엔 큰으매와 엄마가 살고 사랑채는 늘 정갈하나 괴괴하게 비어 있는 것이 내겐 되레 자연스럽다. 언제부터 이런 구조의 가족이 된 건지는 알 수 없다. 대신 혼자인 엄마를 위로할 겸, 사랑이 빈 집의 자유를 만끽할 겸 처녀들은 밤마다 우리집을 찾아온다. 마실 오는 처녀들의 수놓는 태를 뒷전에서 바라보고 싶은 할매들도 가끔 우리집으로 모여든다.

"잠이 안 와서! 달이 밝아서! 입이 궁금해서! 뒷산 부엉이가 하도 울어싸서!"

이유를 각자 한 가지씩 들고 모여드는 할매들은 전부 할배가 먼저 가신 이들이다. 할배가 살아 계시다면 암만 큰집이라도 감히 밤마실을 나올 수가 없었을 것이다.

배추적은 '깊은 맛'을 가진 음식이었다. 깊은 맛을 설명하려면 할 수 없이 얕은 맛을 들고 나와야 한다. 깊은 맛이란 게 도대체 뭐냐? 물으면 '얕은 맛'과 반대라고 대답하는 게 최선이란 소리다. 얕은 맛이란 이를테면 이런 것이다. 갈치 한 마리를 구워 가운데 토막을 할배 밥상에 올린다. 얼마 후 할배가 상을 물리면 접시에 앙상한 갈치 뼈가 드러난다. 앙상한 가시를 며느리 앞에 내놓기 민망해진 할배는 헛기침을 하며 떠듬떠듬 변명하신다.

"갈치 이놈이 얕은 맛이 있어 놔서……큼큼……."

점잖은 어른이 생선 가시를 깨끗이 발라 드신 건 체면을 잊은 행위다. 어쩌면 혀에 대고 쪽쪽 빨았을지도 모른다. 상상만으로도 불경스럽다. 얕은 맛이란 그렇게 혀에서만 단, 달게 먹고 난 후엔 조금 민망해지는 그런 맛이다. 간사해서 사람의 혀를 지배하는 맛이다. 어쩌면 살짝 '죄'의 냄새가 깃든! 식욕이되 성욕과도 흡사하게 허망하고 말초적인 맛이다.

그러나 깊은 맛은 반대다. 먹고 나서 전혀 죄스럽지 않다. 빈 접시가 부끄러울 리도 없다. 양념장이 없으면 아무 맛도 느끼지 못하는 그런 종류의 밍밍한 맛이다.

'얕은 맛'이 혀가 느끼는 맛이라면 '깊은 맛'은 위가 느끼는 맛이다. 어쩌면 '깊은'과 '얕은'이란 수식은 그것을 느끼는 신체 부위의 심천深淺 때문에 붙여진 것일 수도 있겠다! 돌연 든 생각에 무릎을 치다 말고 나는 얼른 손을 내린다. 조금만 더 생각해보면 그렇지만도 않다. 얕은 맛은 어린아이들도 충분히 느낄 수 있다면 깊은 맛은 나이 들어야 제대로 아는 맛이다. 마치 여자들이 아이를 낳고 난 후에야 미역국 맛을 제대로 아는 것처럼! 그렇다면 맛의 심천이란 신체 부위의 심천이 아니라 연륜의 심천일지도 모른다.

그러니까 배추적을 가운데 두고 둘러앉은 이들은 처녀들을 빼고는 모두 외로움에 사무쳐본 적이 있는 이들이었다. 아니 처녀들이라고 다를 리 없다. 여섯 살인 나도 몰래 삼키는 외로움이 엄연한데 염치만 다락같이 높고 곡간은 텅 빈 어매 아배를 가진 스무나믄 살 처녀들이 아픔을 모를 리야!

아픔은 사람을 사무치게 만든다. 그리고 사무침은 사람을 의연하게 만든다. 그래서 임하의 아이들은 열 살만 넘으면 대개 의젓해졌다. 그 의젓함은 특히 여자들이 더했다. 어른 중에도 간혹 자발없고 참을성 없는 이들이 있긴 했다. 누가 무슨 일에 울고 짜고 요란을 떨면 "쯔쯔! 생속이라 그렇지!"라며 바야흐로 속이 익어가는 과정을 가엾게 여겼다. 생속이란 아픔에 대한 내성이 부족하다는 뜻이었을 것이다.

생속의 반대말은 썩은속이었다. 속이 썩어야 세상에 관대해질 수 있었다. 산다는 건 결국 속이 썩는 것이고 얼마간 세상을 살고 난 후엔 절로 속이 썩어 내성이 생기면서 의젓해지는 법이라고 배추적을 먹는 사람들은 의심 없이 믿었던 것 같다.

그렇게 조금씩 속이 썩은 사람들끼리 둘러앉아 먹는 것이 배추적이었다. 날것일 땐 달았던 배추도 밀가루를 묻혀 구워놓으면 밍밍하고 싱거워졌다. 생속을 가진 사람은 배추적의 맛을 몰랐다. 배추적을 입에 넣어 "에이 뭔 맛이 이래? 싱겁고 물맛만 나네!" 하면 자기 속이 생속이라는 고백이었다. 곱게 자란 처녀들이 그랬고 남자들도 대개는 그랬다. 하긴 남자들 상엔 배추적 같은 허드렛 음식은 아예 올리지도 않았다. 생선전이나 고기전, 하다 못해 표고전이나 호박전 같은 야채전을 부쳐낼지언정 사랑사람들에게 배추적은 무엄한 음식이었다.

우리집에 배추적이 흔한 것은 남자가 없기 때문이었다. 배추적이 흔했기에 나는 여섯 살이 되는 순간 이미 어른들이나 아는 그 맛을 알게 됐다. 물론 스스로 터득한 것은 아니었고 속이 썩을 대로 썩어 있던 엄마에게 감염된 것이었지만!

배추적을 굽는 날 엄마는 처녀들에게 퀴즈 내듯 말했다. "액시들, 배추적을 뭔 맛에 먹는 줄 아능가?" 옥자, 연자, 순자 아지매는 다투어 "배추 맛에 먹지! 들기름 맛에 먹지! 밀가루 맛에 먹지! 새형님!"이라고 답했지만 엄마는 아니라고 고개를 저었다. 엄마의 정답은 양념간장 맛에 먹지!였다. 나는 엄마의 그 퀴즈가 몹시 마음에 들었다. 배추적은 양념간장 맛에 먹어요, 라고 다음 제사에 아버지가 오시면 알려드릴까 말까 혼자 궁리하곤 했다. "그걸 고백하면 아버지도 나처럼 엄마를 좋아하게 될지도 몰라!"

배추적을 구운 날 처녀들의 놀이는 더욱 다채로워졌다. 각자 아궁이에서 불붙은 싸리 가지를 한두 토막 골라들고 들어왔다. 달궈진 싸리 가지를 물에 담그면 피식하고 금방 숯이 되었다. 싸리 가지는 가늘고 단단했다. 그래서 처녀들의 눈썹연필로 그만이었다. 배추적 소쿠리는 한쪽에 밀어두고 즉석 제조한 화장펜슬로 서로의 눈썹을 그려주느라고 처녀들은 한바탕 소동을 피웠다. 나 역시 눈썹 위로 삐뚤삐뚤한 봉우리를 그려대는 놀음에서 빠질 수는 없었다.

그렇게 눈썹을 그려놓자 옥자 아지매는 새침해졌고 연자 아지매는 요염해졌다. 그리고 엄마는……엄마는 아주 아주 슬퍼져버렸다. 나는 눈썹이 도금봉처럼 짙어져 낯설어진 얼굴을 들여다보며 내내 왜 엄마눈썹은 까맣게 그리면 슬퍼 보이는지, 그게 궁금해서 견딜 수 없었다. 그런 순간에도 내 한 손에는 옥자 아지매가 선물한 초록색 보까시 실이 꼭 쥐어져 있었다.

옥자 아지매는 인제 감 일곱 개를 다 수놓았다. 겨울이 가면 저기 봉화 어디 면서기에게 시집을 갈 것이라 한다.

'철철문장' 상의 할매의 〈보단지 타령〉

어릴 적에 엄마에게 마실 오는 할매 중에 '철철문장'이 있었다. 철철문장이란 입만 열면 논어 맹자 대학과 시경 서경 역경이 입에서 철철철 쏟아지는 사람이라는 뜻. 진정으로 한 번 들으면 절대로 잊지 않고 두뇌 속에 쏴르륵 새겨지는 놀라운 기억력의 소유자셨고 상 의라는 마을에서 시집와서 다들 상의 할매라고 불렀다.

상의 할매는 문장만 철철이 아니라 솜씨 또한 일품이었고 마음씀도 자못 은근해서 우리 제삿날을 한 번도 놓치는 법 없이 나물 한 줌이라도 꼭 챙겨들고 찾아와 바쁜 엄마를 거드 셨다. 상의 할매네 텃밭 옆 개울에선 겨울에도 파랗게 미나리가 자랐다. 볕바른 땅에다 짚 북데기를 놓고 찬바람을 막아주며 볕과 땅과 물을 잘 달랠 줄 알았기에. 밤길을 갈 때 검 은 것은 땅, 흰 것은 물, 흰 것을 디디면 발이 젖는다는 것도 나는 상의 할매에게서 배웠다.

재주 많고 인물 좋은 여자들이 늘 그렇듯 남편복은 없어서 상의 할배는 일찍이 행방불명 되어 아들 하나를 키우며 혼자 살고 있었다. 그 상의 할매가 외는 가사 중에 특별한 게 있 었다. 이름 하여 보단지 타령! 상의 할매가 보단지 타령을 읊기 시작하면 한 방에 모인 할 매들은 웃느라고 일쑤 허리가 끊어지거나 턱이 빠지곤 했다.

나는 상의 할매 살아생전에 그 가사를 녹음하리라 70년대부터 별렀건만 80년대 90년대 다 지나면서도 그거 하나 녹음할 시간을 잡지 못했다. 물론 내 탓만은 아닌 것이 사라진 줄 알았던 상의 할배가 어느 날 느닷없이 나타나서 그 총기 넘치던 상의 할매 혼비백산

해서 기억력을 상당히 잃은 것도 이유이고, 엄마가 느닷없이 발병하여 느긋하게 보단지 타령이나 들을 만한 여유를 갖고 임하에 가지 못했던 것도 이유이지만 더 큰 것은 내가 아직 미숙하여 보단지 타령의 문화적 가치를 제대로 인지하지 못했던 것이었다. 인제 상의 할매 돌아가셨으니 어딜 가서 그걸 듣나.

지금 기억나는 것은 거의 없다. "단지 단지 보단지야" 시작 부분만 기억한다. 일단 그렇게 불러놓고 묻기를 "금강산의 나무꾼이 도끼로 콕 찍었나 하얗고 고운 살에 도끼 자욱이 웬 말이냐." 그러면 보단지가 자기 몸에 난 도끼 자욱의 유래에 대해 설명한다. 온갖 고사성어, 시경 서경의 절창들을 들고 와서 우아하게 설명한다. 말하자면 버자이너 모놀로그, 아니 버자이너 다이얼로그였다.

그냥 웃자고 만든 것이 아니라 처녀들을 위한 성교육용이었던 듯도 하다. 왜 숲이 있느냐, 숲 사이에 어이 옹달샘을 숨겼느냐, 등등 꽤나 에로틱한 질문을 던져놓고 그 이유를 '철철문장'으로 설명하는 내용이다. 아아, 보단지 타령이 상의 할매 창작물은 아닐 테니 부디 어느 가사 연구자의 파일 안에 들어있기를. 그토록 위트와 해학 넘치던 생기발랄한 가사가 영 사라진 게 아니기를.

저녁에 뭘 해 먹노? 한때 우리 엄마의 최대 고민이었다. 전업주부
였을 시절 전화로 수다 떨던 친구들도 곧잘 물었다. 요즘 무슨 반찬
해 먹어? 내 대답은 늘 "그까짓 거, 아무거나 먹지"였다. '먹는 게
뭐가 대수라고?'가 그런 고민을 경멸하던 나의 이데올로기였다.

　그런데 나의 사상은 최근 크게 변질됐다. 그까짓 거라니? 아무
거나 먹다니? 먹는 게 대수가 아니라니? 먹는 것 말고 그럼 대수
로운 게 또 뭐란 말인가? 쯤으로 180도 가깝게 선회해버렸다. 별
다른 계기가 있었던 건 아니다. 다만 살다보니 먹는 게 삶에서 차
지하는 비중이 결코 호락호락할 수 없다는 걸 절로 터득하게 됐
다고나 할까.

　야생동물이 한끼 식사를 위해 전력을 다하듯, 아름답고 장렬한
포즈로 뱀이 들쥐를, 호랑이가 사슴을, 사자가 얼룩말을 덮치듯

삶의 본질도 저와 제 새끼 입에 들어갈 밥을 낚고 덮치기 위해 교묘하게 복잡한 구조를 만들어놓고 음습하게 끈끈한 덫을 치고 있다는 각성을 뒤늦게 하고 말았다는 것이다.

　먹이를 확보하기 위한 전쟁은 내가 운위하기에는 과하게 벅찬 주제다. 나는 다만 잡은 먹이를 어떻게 삶고 굽고 쪄낼 것인지만 논해도 좋을 것이다. 근데 오늘의 주제는 그것도 아니다. 삶고 굽고 찌기 위해서는 필수적으로 미리 재료를 다듬고 씻고 갈고 썰고 절여야 한다. 그 다듬고 씻고 썰고 갈고 절이는 과정, 그 안에 이미 "그까짓 것" 하며 밀어 넣을 수가 절대로 없는, 우주와 생명에 관한 통찰과 애정과 외경이 스며 있더라는 발견이다.

　예전의 나라면 물론 이렇게 말했을 것이다. 어떻게 다듬든 씻든 썰든 갈든 절이든 무슨 상관이야? 그런다고 맛이 달라져? 그러나 지금의 나는 이렇게 대답한다. 상관 있고말고! 물론 맛도 크게 달라지지!

다시 엄마 이야기로 돌아가서 엄마의 부뚜막에는 늦여름만 되면 언제나 붉은 고추 서너 개가 말라가고 있었다. 무쇠솥 솥전의 열기로 물기가 완전히 가신 고추에선 달각달각 고추씨 소리가 났다. "파란 주머니 안에 은돈 열 냥, 빨간 주머니 안에 금돈 열 냥든 건?" 하고 수수께끼를 내면 얼른 "고추!"라는 정답이 나왔던 건 실제 주머니 속의 금돈 소리처럼, 마른 고추가 달각거렸기 때문이다. 붉은 껍질을 열면 실제 금돈처럼 노란 고추씨가 좌르르 쏟아졌기 때문이다.

우리 엄마가 찬장 안에 고춧가루를 따로 두고도 부뚜막에 말린 고추를 상비했던 건 그걸 손으로 비벼서 넣을 음식이 따로 있어서였다. 고춧가루는 자주 쓰이는 양념이긴 했지만 맑은 국에 그냥 넣을 수는 없었다. 콩나물국이나 무국 같은 맑은 국에 매운 맛을 더하려면 끓는 국을 그릇에 푸고 난 후 마른 고추를 손바닥으로 싹싹 비벼 넣어야 했다. 김 오르는 솥 위에다 마구 비벼서는 안 되고 반드시 그릇에 푼 후에 손바닥을 일단 불에 한 번 쬐어서 습기를 완전히 없앤 후에 순식간에 활활 비벼 넣어야 했다(살짝 구운 김을 부술 때도 같은 방법을 쓴다).

방앗간에서 빻은 고춧가루와 손으로 부빈 고추는 모양도 달랐지만 맛도 전혀 달랐다. 고춧가루가 매운 맛이 중심이라면 부빈 고추는 칼칼한 기운이 우선이었다. 고춧가루가 겸허했다면 부빈 고추는 도도했다. 맑은 국엔 수더분한 촌아낙처럼 어물쩡한 고춧가루가 아니라 귀부인처럼 쌀쌀맞고 도도한 부빈 고추를 써야 제격이었다. 고추를 방앗간에서 빻던 손으로 부비든 칼로 다지든 돌확에 갈든 성분이 달라질 리 없지 않으냐고? 성분이 같으면 맛이야 당연히 같은 것 아니냐고? 그렇게 주장하는 사람과 나는 더이상 얘기하고 싶지 않다. 당신이 이탈리아나 프랑스 요리 전문가라면, 나는 레시피로 정연히 계량되는 서구식 조리법을 살짝 비웃을 수밖에 없다.

그 맛의 차이는 누구보다도 아버지가 정확히 감별했다. 아버지는 엄마의 신이었다. 신의 입맛이 정교하면 신께 음식을 지어 바치는 사제의 기교는 절로 능란해지게 마련이다. 내 혀 역시 그 와중에 길들여져 그걸 정확하게 구분할 수 있다. 손으로 부벼 놓은 고추에서 풍기는 발랄하고 쌀쌀한 향, 그 달고도 맵고 마른 열매에서 나는 풋풋하고도 쓸쓸한 향이 코끝에 살짝 지나가는 순간의 황홀은 방앗간에서 마른 고추 수천 개를 한꺼번에 빻아버리는 고춧가루로는 절대로 흉내 낼 수가 없다.

우리 민족은 음식재료를 파쇄破碎하는 방법의 차이에서 오는 미각의 차이를 민감하게 캐치했다. 혀와 코와 눈이 그만큼 예민했던 탓이리라. 마늘과 파만 해도 칼로 썰었을 때와 칼등으로 으깼을 때와 손으로 문질렀을 때의 맛이 전혀 다르다. 영양학적으로는 무쇠 칼의 철 성분이 비타민을 파괴한다고 설명하겠지만 옛 어른들의 설명은 달랐다. 쇠를 대면 채소 안에 든 생명력이 달아 난다고 이해했기에 조리 과정에서 칼 대는 것을 금기했다. 되도 록이면 손을 썼고 손이 안 되면 나무나 돌을 썼고 그게 정 안 되 는 최후의 순간에만 생명체의 몸에 쇠붙이를 댔다.

우리 음식의 필수 양념인 마늘, 마늘 까기와 다지기는 내가 가 장 싫어했던 가사노동 중 하나였다. 좀체 익숙해지지도 않았고 결과가 만족스럽지도 않았다. 어떤 방식을 써봐도 늘 뭔가 부족 했다. 손에 마늘을 묻히기가 싫어 칼로 잘게 다져도 보고 '도깨비 방망이'란 전기기구로 드르륵 갈아도 보고 쇠로 만들어진 마늘 다지기 전용기구란 걸 몇 개—디자인과 재질이 다른 걸로—나 사서 짓눌러도 봤지만 그 어떤 방법도 도마 위에 나무 칼자루를 거꾸로 잡고 쾅쾅 때려 으깨는 방법에 미치지 못했다. 뒤처리도, 맛도, 향도, 양 조절도 그 원시적 방식이 단연 최고였다. 우리 엄 마가 어둑어둑한 부엌에서 오른발로 아궁이에 나무를 밀어 넣으 면서 도마 위에서 쾅쾅 리드미컬하게 마늘을 찧던 그 방식 이상 의 것을 난 아직 발견하지 못했다.

결국 나는 그 방식으로 귀의했다. 통마늘을 두어 통 꺼내 손톱 밑 아리게 겉껍질을 까내고 나무도마 위에 나무로 해박은 칼자루 를 뒤집어 탕탕 다지면서 내가 느끼는 안락과 희열, 그건 그간의 내 방황과 모색이 갖다준 보답이다. 내가 하고 있는 방식이 인류

조리사상 최선이고 최고라는 걸 확신하므로 이제 난 더이상 마늘 다지기를 싫어하지도 미워하지도 않는다.

그렇게 금방 다진 마늘을 넣은 시금치 무침과 미리 다져 냉장실에 보관하거나 냉동실에 얼렸다 녹인 마늘을 넣은 시금치 무침은 임금의 음식과 천민의 음식만큼 격조가 다르다. 그걸 알면서 마늘을 '도깨비방망이'로 드르륵 갈 수는 없는 일이다.

한국인은 손바닥과 손가락의 정교한 놀림을 관장하는 장장근 長掌筋이 유난히 발달했다고 한다. 자주 쓰는 근육은 발달하고 사용하지 않는 근육은 퇴화한다는 건 생리학의 상식이다. 서양식 합리주의는 손을 많이 쓰는 작업에 기계를 사용하면 효율적이라는 데 재빨리 착안했다. 산업화 이후 가사와 수공업 노동의 기계화가 빠르게 진행돼 인간이 손을 사용할 일이 부쩍 줄어들었다. 손 쓸 일이 줄었으니 장장근이 퇴화할 수밖에!

그러나 이건 남의 일이 아니다. 우리 또한 이제 기계화되지 않은 가사와 산업이 거의 없다. 모르긴 해도 요즘 우리 아이들의 장장근은 이전보다 상당히 퇴화했을 것이다. 칼로 연필을 모양 좋게 깎을 줄 아는 학생들이 거의 없고 젊은 새댁의 부엌에선 심지어 도마와 칼이 사라졌다는 얘기가 들릴 정도다.

'썰기'의 챔피언을 뽑자면 한국인—쉰 이상의 성숙한 한국인이라고 제한하자—이 부동의 1위일 건 물으나 마나다. 오죽하면 명필 한석봉의 어머니가 캄캄한 데서 떡을 고르게 빨리 써는 기술을 아들의 글씨 수업을 질책하는 회초리로 삼았을까. 《대지》를 쓴 펄 벅 여사가 경주에 왔을 때 가늘고 고르게 썰어서 무쳐놓은 무채를 보고 사람 손으로 썰었는지 기계로 썰었는지를 못내 궁금해 하고 경이로워했다 한다. 가래떡이든 무든 칼국수든 가늘게 고르게 써는 데엔 선수였던 우리가 정작 한식 조리에서 칼로 써는 공정은 되도록 피했다는 것은 정말 흥미진진하다.

어릴 적 봄에 바구니 끼고 냉이 캐러 나갈 때 할머니가 내게 쥐어준 건 칼도 호미도 아니었다. 그저 야물고 짤막한 나무 꼬챙이였다. 대추나무나 대나무 꼬챙이를 칼 대신 쥐어준 걸 나는 호미나 칼에 날끼이 있어 위험을 피하려고 그런 줄 알았다. 그런데 이제 보니 그게 아니었다. 뿌리와 잎을 상하지 않고, 쇠로 땅을 헤집지 않으면서 부드럽게 나물을 캐오라는 뜻이었던 것이다. 김치를 먹을 때도 마찬가지였다. 되도록이면 칼로 싹둑 자르지 않고 배춧잎을 결대로 죽죽 찢어 먹어야 맛있다고 했다. 죽죽 찢어서 밥 위에 척척 걸쳐 놓아야 제 맛이라 했다. 키가 큰 여름배추 쌈을 먹을 때도 엄마는 손으로 반을 뚝 무질러주지 칼로 댕강 자르지 않았다. 파 무침을 할 때도 손가락으로 죽죽 찢었고 오이도 손으로 댕강 분질렀고 쑥갓, 상치 같은 여린 잎은 더구나 손으로 뜯어서 무쳤다. 칼은 무나 호박 같은 큼직한 걸 자를 때나 한 번씩 꺼낼 뿐이었다.

생전에 한국문화론을 쓰셨던 이규태 선생이 남긴 《김치견문록》

이란 책에서 나는 엄마의 부엌을 떠올리며 무릎을 친다.

"써는 것을 거부하는 우리 풍습은 동서 문화를 비교해보는 좋은 패러다임이다. 곧 서양 문화는 인공적일수록 가치를 발휘하고 한국 문화는 자연적일수록 가치를 발휘한다는 차이가 썰기 문화를 해석하는 하나의 실마리가 될 수 있다. LA갈비는 소 늑골의 형태를 파괴해서 가로로 자르는데 우리 갈비는 갈비의 형태를 자연 그대로 보존해서 세로로 자른다. 갈비뿐 아니라 모든 자연물의 가로 절단은 원형 파괴율이 높고 세로 절단은 원형 보존율이 높다. 채소, 과일, 육류 등 모든 식품 재료의 결이 대체로 종적이기 때문이다. 오렌지나 네이블오렌지 같은 귤류도 서양의 식탁에는 가로로 썰어내는데 한국에서는 결 대로인 세로로 낱낱이 뜯어먹는다. 우리 조상들이 무나 오이김치는 세로로 자르고 배추김치는 가닥으로 잘라 먹는 것도 이 패러다임의 투영이 아닌가 싶다."

아아~ 그랬었구나. 채소와 과일의 결이 세로로 나 있어서 결대로 찢느라 김치를 싹둑 자르지 않은 거로구나.

기억은 꼬리를 물고 따라오는 속성이 있다. 다 잊은 줄 알았던 옛 부엌의 아침과 저녁들이 앞다퉈 떠오른다. 나는 다시 태어난다면 아이를 많이 낳아 부엌에서 제대로 된 방식, 우리 엄마말로는 '조백을 갖춘', 범절 있는 음식을 푸지게 만들어 먹이는 엄마가 되고 싶다. 내 아이들을 어려서부터 부엌일에 동참시켜 장장근이 발달한 사람으로 키우고 싶다. 혀와 눈과 코와 귀가 탁월한 기능을 갖도록, 강제가 아니라 즐거운 방식으로 단련해, 세상 온갖 미감을 만끽하는 인간으로 키우고 싶다.

그러려면 그 교육 장소는 부엌 이상 가는 곳이 없다고 나는 믿는다. 고추를 손바닥으로 비벼보고 냄새 맡고 마늘을 까고 찧고 오이를 분지르고 가지와 파를 결대로 찢고 늙은 호박 껍질을 닳은 숟가락으로 벗기고 양파와 토마토의 단면을 정신없이 들여다보며 아름다움을 발견하고 맵고 짜고 달고 쓰고 신맛을 혀끝에 올려놓고 전율할 때 인간은 우주의 본질에 도달할 수 있다고 나는 믿는다. 이기심과 탐욕과 분노와 공포 같은 걸로 흐려진 인간성의 밑바닥에 가라앉은 선하고 고운 그 무엇, 썩은 감자 속에서 길어 올리는 매끄러운 녹말 같은 그 무엇, 어쩌면 인仁이거나 사랑이거나 자비라도 불러도 좋을 그 무엇, 바로 그것을 대면할 수 있는 가장 가깝고 너그러운 장소가 저 산꼭대기 선방이나 성균관의 명륜당이 아니라 부엌이라고 나는 확실히 믿는다.

2018년 10월 6일
김서령

잊기 전에 기억 하나 더! 엄마는 여름 끝물 열무김치를 담글 때는 마른 고춧가루를 써서는 안 된다고 말했다. "젖은 고추를 절구에 드글드글 갈아서 넣그라. 그래야 열무김치가 씁쓸해지지 않는데이. 잠깐 편차꼬(편하자고) (고춧)가루를 넣으면 맛을 베레뿐다. 명심하그라……."

들을 때는 전혀 명심하지 않았는데 수십 년이 지나서 저 말은 불쑥불쑥 떠오른다. 그건 엄마가 그렇게 말하는 순간 절구 속에서 젖은 고추의 정령이 튀어나와 내 눈에 들어갔고 그 때문에 눈물을 쏙 뺐지만 눈에 돋았던 다래끼가 흐물흐물 녹아서 빠져나갔던 까닭이라고 말하면 내 말을 믿어줄 사람 몇이나 될까. 하하.

외로운 사람끼리
배추적을 먹었다

김서령이 남긴
'조선 엄마의 레시피'

차례

아름다운 사람 김서령
염무웅 4

먼저 한 꼭지
외로움에 사무쳐봐야 안다, 배추적 깊은 맛을 9
* '철철문장' 상의 할매의 '보단지 타령'

책을 내며
옛 부엌의 아침과 저녁들이 앞다퉈 떠오르니 22
* "편차고 하다 맛을 베레뿐다"

1부 ____ 아득하거나 아련하거나

어머니의 마술, 콩가루 국수...... 39

* 히수무레하고 부드럽고 슴슴한

엄마의 레시피를 귓전으로 흘려들었다...... 54

내 제사상에는 호박뭉개미만 있어도 될따...... 60

그 순간 생에 감사했다...... 66

콩 간 데 에미 손 간데라...... 72

무언가 고프고 그리운 이들에게 찔레 순 맛을...... 77

여름 더위 물렀거라, 야생 취나물 무침...... 80

삶이 '삶은 나물보다' 못할 리야...... 83

* 고요한 시간 겸허한 마음으로

입이 굼풋하면 좋은 소리가 안 나오니, 군입거리...... 90

백석이 그리도 좋아하던 가자미...... 93

* 야위어서 푸르른 가자미 한 토막

육개장과 하수상한 토란의 만남...... 100

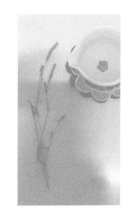

2부   고담하거나
의젓하거나

'명태 보푸름'의 개결한 맛이여 105

＊ "상미하게" "이식하시게"

슴슴한 무익지, '니 맛도 내 맛도 없는' 116

＊ 손님상엔 꿀 넣은 '약지'

달콤함을 옹호한다 123

수수 조청 고던 날 저녁 131

＊ 수수는 수수 몫이, 내게는 내 몫이

봄의 맛, 햇장 타령 140

＊ 콩나물밥에 달래 간장!

수박의 5덕德을 찬讚하노라 156

＊ 겨울 수박은 수박이 아니다

새근한 '증편'의 색깔 고운 자태라니 173

'난젓', 물명태와 무가 빚어낸 싱그러운 단맛 176

샤또 오 브리옹도 흥칫뽕! 정향극렬주 180

두견주 한잔 받으시라 184

＊ 한겨울 사랑방에 핀 꽃, 안동 다과상

순하되 슬쩍 서러운 갱미죽 188

＊ 가을 새벽, 홀로 차를 마시며

3부　슴슴하거나 소박하거나

팥소 든 밀가루떡, '연변'을 아시나요...... 195

들큰 알싸, 먹을수록 당기는 집장 209

쑥국 한 그릇에 불쑥 와버린 봄...... 212

* "님은 쑥을 캐겠지"

* 나의 〈오감도〉

* 쑥을 뜯으며 엄마를 생각하다

그 노랗고 발갛던 좁쌀 식혜는 어디로 가버렸나...... 220

* '식혜 르네상스' 유감

* 안동 '알양반'은 안동식혜를 꺼렸다

덤덤하나 반가운 맛, 감자란 놈 236

* 아버지가 못내 잊지 못한, 그 제주 고구마

밤에 보늬가 있는 까닭 248

물고기잡이 인술 이야기 둘...... 256

끝내 다 못 쓴 간고등어 이야기 260

덧붙임
한 사람이 가고 한 문장이 지고 (김성희) 264

1부
아득하거나
아련하거나

어머니의 마술,
콩가루 국수

콩가루 바가지는 고방에 있다. 고방 문은 조선종이를 바른 두텁 다지(갑문)로 안방 아랫목에서 마주 보인다. 고방 안엔 높은 독들이 여럿 있다. 높은 독은 옹기가 아니라 버들가지로 엮은 것인데 그 안엔 올망졸망 주머니들이 잔뜩 들어 있다. 주머니 안엔 들깨와 녹두와 메밀 같은 밭곡식과 호두와 대추 같은 실과들과 말린 도라지와 호박오가리와 피마자 잎 같은 나물들이 제각각 들었다. 그 곁엔 키 큰 자루들도 여럿 있다. 콩 자루가 있고 팥 자루가 있고 수수와 기장과 조가 각각 키가 다른 자루들에 담겨 도란도란 기대앉았다.

곡식들로 가득 찬 고방 안은 늘 어둑신하다. 광창으로 들어온 빛에 먼지만 자욱하게 떠다닌다. 먼지와 함께 별의별 내음도 떠다닌다. 그중에서 나는 콩 자루 속에 묻힌 곶감과 사기 항아리에 담긴 조청과 고염 내음이 가장 좋다. 그렇지만 그렇게 꽉 차는 건 겨울 고방이고 여름이면 고방은 대개 텅 빈다. 안방보다 온도가 훨씬 낮아 고방 문을 열면 찬바람이 한줄기 휙 불어와 시원해진다.

국수를 하려면 엄마는 우선 고방에 들어간다. 일단 한숨을 한번 쉬고 시렁에서 콩가루 바가지를 내린다. 콩가루는 바가지에 담겼고 밀가루는 바닥에 놓인 독 안에 들어 있다. 시렁 위에 얹힌 것이 아마 더 귀한 물건일 것이다. 놋양푼에 콩가루를 어림해서 치릇 붓고 조롱박으로 밀가루를 퍼 담아 엄마가 고방 문을 나서면 이제 우리 집 '누들 로드'의 장정이 시작된다.

콩가루 양은 밀가루의 반쯤이다. 둘을 대강 섞어 가운데쯤에 엄지로 구멍 내는 시늉을 하고는 찬물을 붓는다. 역시 눈대중으로 치릇 붓는다. 그런 후 치대기 시작한다. 원래 가루였던 것이 물을 섞는다고 금방 이렇게 액체도 고체도 아닌 상태로 만들어지는 것이 신통하고 재미있어 나는 연신 엄마 겨드랑이 사이로 파고든다. 반죽은 콩가루가 많이 들어 노리끼리하다. 곁에서 자꾸 거치적거리는 나를 떼어 놓으려고 엄마는 반죽을 주먹만 하게 떼어 준다.

"자, 니도 엄마하고 같이 치대자."

엄마는 양푼에서, 나는 대접에서 국수 반죽을 치대는 동안 밖은 설핏 해가 지려 한다. 매미가 갑자기 생각난 듯 악을 쓰고 울어댄다. 매미 소리에 놀란 듯 바람이 한줄기 불어와 엄마 머리칼을 살짝 나부껴 놓는다. 나부끼는 머리칼이 간지러운지 엄마가 날 돌아보며 살풋 웃는다.

국수 반죽은 보드랍고 말랑말랑하다.

"귓밥그치 말랑말랑해야 된데이. 자꾸 치대그라. 만지면 웃음이 나와야 잘 된 반죽이래이."

귓밥 한 번 만지고 반죽 한 번 만지면서 나도 엄마를 따라 엉덩이를 올렸다 내린다. 아이, 정말 바쁘다.

이윽고 둥글게 덩어리가 만들어졌다. 엄마는 재빨리 벽에 세워뒀던 안반을 편다. 안반은 크다. 아주 넓고 큰 것을 우리는 대개 "안반만 하다"라고 부른다. 옥자 아지매 엉덩이가 안반만 하고 솥뚜껑을 뒤집어놓고 부치는 배추전이 안반만 하고 울타리에서 늙어가는 호박이 안반만 하다. 넓고 큰 것을 일컫는데 안반 이상 가는 최상급은 없다. 아니 더 큰 게 있긴 한데 그건 주로 남자들의 말이다.

'조선 반만 하다'는 게 그것인데 옥자 아지매 엉덩이가 조선 반만 하고 배추적도 조선 반만 하고 늙은 호박더러도 조선 반만 하다고 감탄한다. 조선이 안반보다 큰지 작은지 나는 모른다. 그러나 전체가 아니라 '반만 하다'면서 크고 너른 것을 견주는 걸 보면 안반보다 크긴 큰 건가 보다.

안반에 반죽을 올려놓은 후엔 홍두깨를 꺼낸다. 홍두깨는 내 키 세 배가 넘는 길고 긴 막대기다. 엄마는 그 긴 막대기를 능숙하게 안반 위로 굴린다. 일단 반죽의 불룩 솟아오른 부분을 홍두깨로 평평하게 누른 후 가운데부터 사방으로 밀어나간다. 반죽 모양이 넓적해지면 이번에는 그걸 홍두깨에 감는다. 우리집엔 이 홍두깨 말고 다른 홍두깨가 하나 더 있다. 이불 홑청을 빨 때나 아버지 두루마기를 빨 때 옷감을 감고 방망이질을 하는 홍두깨로 그건 국수 홍두깨보다 표면이 훨씬 매끄럽고 굵다.

아무튼 홍두깨에 반죽을 감고 앉은 후부터 엄마 손길은 바람같이 빨라진다. 내가 칭얼대도 대답도 않는다. 엄마의 손동작은 리드미컬하다. 홍두깨 가운데서 한 번 멈춰서 앞으로 밀었다가 양 끝 쪽에서 한 번 멈춰서 뒤로 당기는 식이다. 손을 연신 모았다가 벌렸다가 한다. 그 리듬은 강, 약, 중간, 약 네 박자인데 밀가루 보자기의 크기에 따라 템포가 조금씩 변한다. 게다가 손동작이 하도 빨라 눈으로 따라갈 수도 없다. 반죽까지는 능히 따라 했지만 홍두깨질에 이르면 나는 닭 쫓던 개 지붕 쳐다보는 격이다. 멀거니 지켜볼 수밖에 없다.

그 강 약 중간 약 네 박자를 거듭하는 동안 밀가루 보자기는 순식간에 안반을 덮고 급기야 원의 가장자리 부분은 안반 너머로 넘쳐난다. 안반이 제아무리 넓다 해도 구조적으로 사각은 원형을 포용할 수 없다. 그것이 사각의 숙명이다. 땅이 아무리 넓다 해도 그걸 덮는 건 하늘이다. 엄마의 국수 안반 곁에서 나는 천원지방(하늘은 둥글고 땅은 네모나다)의 이치를 납득하고 혼자 고개를 끄덕끄덕한다.

엄마는 빼어난 숙수다. 빼어난 숙수의 조건은 반죽을 얼마나 얇게 밀 수 있느냐에 달렸다. 국수발은 가늘수록 고급품이니 얇게 밀지 않으면 가늘게 썰 수 없는 건 정한 이치다. 그러나 얇게 밀려고 홍두깨질을 마냥 오래 할 순 없다. 그러다 국수장이 찢어지면 큰 낭패니까. 국수발은 가늘기도 해야 하지만 길기도 해야 하는데 국수장이 찢기면 국수발이 길어질 리 없다. 얇되 찢어지지는 않게, 그 긴장과 탄력을 유지하는 지점을 포착할 줄 알아야 좋은 숙수라 할 만했다.

다음은 둥글게 민 국수장을 반으로 척 접는다. 접을 때도 타이밍을 감각하는 기술은 필수다. 다 된 밥에 코 빠뜨린다고 기껏 밀어놓은 국수장을 접다가 찢어버려서는 만사 도루묵이다. 반으로 접고 다시 반 접고 또 접고, 흡사 길쭉한 봉투처럼 국수장을 착착 집어놓은 후 엄마는 다시 한번 긴 숨을 내쉰다. 한숨 같기도 하고 호흡 조절 같기도 하고 그저 습관 같기도 한 그 긴 호흡, 난 그게 별로 달갑지가 않다. 거기엔 순식간에 바가지에 담긴 가루에서 귓밥 같은 말랑한 반죽으로, 다시 넓적한 종잇장에서 조붓한 봉투로 현란하게 변환하는 누들 로드의 마술사에게 어울리지 않는

피로가 묻어나기 때문이다.

　이번엔 썰 차례다. 엄마가 어느새 부엌에서 칼을 가져왔던가. 칼은 시커멓다. 자루로는 마늘을 다지고 칼등으로는 견과류의 껍질을 으깨고 손잡이 쪽 날로는 무 껍질을 긁고 가운데 날로는 채소를 자르며 날 끝으로는 깡통을 따는, 가히 만 가지 기능을 가진 칼인데 겉모양은 그저 음전하고 덤덤하다. 우리집 일꾼 황 씨가 담배건조실에 불 때면서 날을 야물게 벼려준 칼이다. 며칠 전 나는 저 칼로 객구물을 받아먹었다. 그래서 저 칼날의 맛을 안다. 칼날은 선뜩하고 비리고 아렸다. 곡식과 소채와 길짐승과 날짐승과 갯것들의 맛을 나는 모른다고 할 수 없다. 엄마젖을 떼고 암죽을 먹고 쌀미음을 먹고 조금씩 밥알을 씹을 줄 알게 되면서 내가 맛 본 음식의 가짓수는 아마 백을 훌쩍 넘을 것이다.

　그러나 칼 맛은 그 어느 것과도 달랐다. 왜 사람이 금속류를 먹어서는 안 되는 것인지를 나는 절로 납득했고 왜 칼이 사람에게 두려움을 주는지를 스스로 터득했다. 그건 지구 깊숙이 숨은 금지된 광석의 맛이었다. 뜨겁지 않았지만 혀가 델 듯 아렸고 갯것이 아니지만 구토가 솟을 듯 비렸다.

　엄마가 그 칼을 들어 접힌 밀가루 반죽 위에 올려놓는다. 나는 반사적으로 숨을 죽인다. 훌륭한 숙수가 써는 국수발은 가늘고 길어야 하지만 그보다 먼저 칼 땀이 고르고 촘촘해야 한다. 아니 촘촘하게 썰어야만 발이 가늘어진다. 이건 계산으로 될 일이 아니다. 몸과 칼이 한 덩어리가 돼야 한다. 호흡을 칼에 맡길 줄 알아야 한다. 칼질이 시작되자 사그락 사그락, 흡사 싸락눈 내리는 것 같은 소리가 들린다. 주변 소리를 빨아들여 사위를 한층 고요하게 만드는 소리다.

국수장은 신비롭게 썰려나간다. 엄마 오른손이 고요히 쓸고 가는 바깥쪽으로 국수발은 가지런히 눕는다. 누워서 올려다보는 세수 수건의 올들 같다. 그런데 우리 엄마는 언제부터 저렇게 칼국수의 숙수가 되었을까. 열여덟에 시집와서 스물아홉에 나를 낳았고 인제 내 나이 다섯 살이니 서른넷밖에 안 된 새댁인데 어찌 칼 다루는 솜씨가 저토록 능란할까.

엄마는 국수를 대개 세 종류로 썬다. 완전 홈메이킹, 핸드메이드이니 용도에 맞게 칼 땀의 사이즈를 조절할 수 있는 건 기본이다. 먼저 가장 곱고 촘촘하게 써는 것은 아버지와 사랑손님들 몫이다. 접은 국수장의 절반 정도를 이렇게 써는데 이건 건진국수용이다. 건진국수는 여름 국수다. 끓는 국수를 건져 찬물에 활활 헹궈내서 면의 끈기를 털어낸 후 멸치 국물을 붓고 간단한 고명을 얹는데 사랑손님이 귀빈일수록 고명의 가짓수가 많아진다. 평소 우리끼리 먹을 때는 그저 애호박을 파랗게 볶아 올리고 손이 오면 황백지단을 붙여 삼색 고명을 하고 귀한 어른이 오시는 날엔 석이버섯 채 썰어 얹고 쇠고기를 가늘게 썰어 오색 고명을 한다.

아버지는 씹을 것도 없이 목에 후루룩 넘어가는 고운 국수를 좋아하신다. 아버지는 엄마의 신이다. 신의 취향을 아는 이상 그걸 게을리 할 사제는 없다. 국수발이 아마도 이불 시치는 굵은 실보다 가늘면 가늘지 굵지는 않을 것 같다. 오늘은 사랑에 손이 넷이다. 아버지는 엄마의 건진국수 솜씨를 은근히 자랑하신다. 아버지가 우리집 건진국수가 먹을 만하니 들고 가소, 라고 손客을 잡는 기미가 보이자 엄마는 부리나케 고방으로 달려갔던 것이다. 아버지 몫까지 다섯 그릇 분을 곱게 썬 후 엄마는 다시 한숨을 쉬고 나서 이번에는 아까 것보다 한결 발이 굵게 썬다. 이건 일꾼 황 씨와 애기일꾼 동이 몫이다. 거기 아마 내 몫도 조금 들어 있을 것이다. 마지막은 엄마 몫이다. 엄마 몫은 대충 썬다. 고울 필요도, 고를 필요도 없어 그냥 숭덩숭덩 썰어버린다.

실은 아까부터 부엌에선 물이 끓고 있었다. 그 불을 누가 지폈는지 나는 모른다. 마른 삭정이가 타느라 간간이 타닥거리는 소리가 들렸는데 그러고 보니 엄마가 간간이 부엌에 달려 나가 불을 거두고 들어왔던 것 같다. 엄마 일손을 도와줄 사람은 아무도 없다. 부엌일은 여자 몫이고 우리집에 여자는 나와 엄마밖에 없다.

엄마는 재빨리 방금 썬 국수를 너른 채반에 종류대로 나눠 담아 부엌으로 달려 나간다. "엄마!" 괜히 치마꼬리를 잡고 칭얼대 보려 하지만 엄마는 하마 부엌으로 날아간 이후다. 할 수 없이 위치를 바꾸기로 한다. 안방과 부엌 사이에 자그만 쪽문이 있다. 그 문을 열면 부엌에 있는 엄마가 눈 아래로 내려다보인다. 거기서 부엌을 내려다보는 것을 실은 나는 꽤 좋아하고 있다.

　큰 솥과 동솥이 걸린 기다란 부뚜막과 그 아래 불길이 비쳐 나
오는 깊은 아궁이와 큰 솥 곁에 묻힌 열 말들이 물두멍과 물두멍
위의 조왕단지와 쌓아놓은 땔나무 더미와 천정 아래 용 이빨처럼
뚫린 살창(광창)까지를 한눈에 조망하는 시점은 날 묘하게 매혹한
다. 두렵고도 벅차고, 불안하고 또 설렌다. 남이 모르는 것을 나
만 내려다보고 있다는 은밀함이 있다. 현재가 아닌 오래고 먼 시
간, 이 부엌에서 지은 밥을 먹고살던 조상들이 줄줄이 뒷산으로
돌아가 묻혔던 시간, 일 년에 한 번씩 생전에 먹던 그 밥을 먹으
러 뒷산에서 사당을 거쳐 제상 위에 올라가 슬그머니 앉던 시간,
내가 다시 그리로 돌아가 누울 먼먼 미래의 시간, 지금 내가 보는
풍경 안에 그것들이 서로 겹쳐지고 있는 것을 나는 느낀다.

　밖은 하마 어스름이 깔린다. 커다란 발을 가진 밤이 성큼성큼
걸어올 때가 됐나 보다. 밤은 푸르고 깊다. 낮에 움직이던 것들은
다 잠이 들고 대신 밤에 움직이는 것들이 슬금슬금 잠을 깨는 시
간이다. 두렵고 놀라워 눈을 똑바로 뜨고 지켜보려 하지만 나는
낮에 깨어있는 족속이다. 그래서 밤이 큰 발로 성큼성큼 걸어오
기 시작하면 도무지 무거운 눈꺼풀을 이길 수가 없다.

　엄마가 동솥 뚜껑을 연다. 그러자 희뿌연 김이 갑자기 솟아 눈
앞에 있던 풍경이 모조리 지워져버린다. 엄마 모습도 김 속에 감
춰져 사라져버린다. 나는 깜짝 놀라 "엄~마"를 외친다. 김 속에

서 엄마는 목소리만 들린다.

"놀래지 마라. 괜찮다. 웅후야."

"엄마, 엄마!"

"그래, 그래……엄마 여깄다. 괜찮다."

"잉잉! 엄마, 엄마~잉잉!"

한번 보채기 시작하자 이상하게 탄력이 붙는다. 나도 모르게 자꾸자꾸 칭얼거림이 솟아난다. 칭얼거림이 솟아나는 내 깊은 속 저 안에도 부엌 안과 비슷한 풍경이 들어있는 것 같다. 그게 두렵고 낯설고 신기해서 나는 자꾸자꾸 엄마를 부른다. '엄마는 지금 바쁜데……국수를 삶고 있고 김이 나서 잠깐 안 보이는 것뿐인데……그러니 칭얼거리면 안 되는데……' 뻔히 알지만 멈출 수가 없다.

"엄마, 좀 있으면 보일 게다. 웅후야 쪼매만, 쪼매만……기다려라."

"엄마, 엄마!"

"아이고, 우리 웅후 양반이네~. 의젓하기도 하네."

엄마가 김 속에서 끓는 물 위로 국수를 흩뿌리면서 연신 나를 달랜다. 솥뚜껑을 닫자 정말 엄마 모습이 금방 다시 드러난다. 아궁이에서 비쳐 나온 불길이 엄마 얼굴 위로 붉게 너울거린다.

우리 부엌은 문이 없다. 그냥 안마당 쪽으로 문턱만 있다. 그 뚫린 안마당 위로 보자기만 하게 드리운 하늘이 아까보다 훨씬 낮고 새파래졌다. 거기 깜박깜박 별이 돋는다. 나는 자꾸 깜박거리는 별을 올려다본다. 날 향해 눈짓하는 저 빛나는 것은 무엇인가. 왜 저렇게 푸르고 맑고 가깝게 내려오는가.

올려다보는 사이 그 별은 내 눈꺼풀 위에 스르륵 얹혀버린다. 별이 얹힌 눈꺼풀은 무겁기 짝이 없다. 별이 깜박거리는 속도에 맞춰 마주 눈을 깜박거리다 내 몸은 그만 쪽문 앞에 스르륵 무너진다. 엄마가 만들어준 사령치마(주름 많이 잡힌 샤링치마)를 입은 헝겊 인형 같다.

"웅후야 잠들지 마래이. 국수 먹고 자래이."

엄마 음성이 아득하게 멀어지고 나는 조왕신 같고 삼신 할매 같고 칠성님 같은 커다랗고 푸근한 품에 안겨 하늘 너머인지 땅속인지 분간 못할 깊은 어둠 속으로 빠르고 혼곤하게 미끄러져 들어갔다.

한참 후 엄마가 나를 흔든다.

"자, 국수 왔다. 먹고 자자."

난 깨지 않는다. 엄마는 안달이 난다.

"굶고 자면 키가 안 큰데이. 국수를 먹어야 국수 같이 키가 크지. 그래야 빨리 어른이 되지."

조왕신의 어둡고 아득한 품이 나를 슬며시 위로 밀어 올려놓는다. 엄마가 내 이마께의 머리카락을 자꾸 위로 쓸어올린다.

"아이고, 우리 웅후, 아까는 잠투정이 나셨구나. 자, 국수 한

젓가락만 먹고 자자. 아이고, 맛있어라. 후루룩, 냠냠, 쩝쩝!"

살짝 눈을 떠보니 상 위에는 세 종류의 국수가 놓였다. 애호박 고명을 얹은 건진국수와 건진국수를 건져내고 그 물에 다시 호박을 썰어 넣고 굵은 국수를 넣어 삶은 '물국수'와 물국수 건더기를 건져 깨소금으로 양념한 '깨소금국수'다. 건진국수는 사랑에 내가고 남은 것이고 물국수는 일꾼들을 위한 것이고 깨소금국수는 나를 위한 것이다.

엄마가 내 입에 깨소금국수 한 오라기를 넣어준다. 부드럽다. 고소하다! 나는 눈을 뜨지도 않고 그 맑고 히수무레하고 수수하고 습습하고 조용하고 의젓하고 살뜰한 것을 씹는다. 그리고 꿀컥 삼킨다.

"아이고 잘 먹네!!"

엄마는 내가 국수를 삼키는 것이 몹시도 기쁜 모양이다. 그렇다면 이제 눈을 뜨고 본격적으로 먹기로 한다. 젓가락을 들자 엄마는 "아이고, 우리 웅후 인제 보니 알양반일세. 자다가도 벌떡 일어나 저녁 먹는 거 좀 봐." 짐짓 호들갑스럽게 칭찬한다.

난 좀 좋고 좀 무안해서 입을 더 크게 쩍쩍 벌린다. 알양반이 뭔지는 모르지만 그게 이렇게 맑고 습습하고 수수하고 의젓하고 살뜰하고 고담하고 소박한 것을 꿀컥 삼키는 것이라면 나는 얼마든지 '알양반'이 될 용의가 있다. 그렇고 말고!

시든 꽃나
시들지 않는 꽃

2013.11.8. 서리경

히수무레하고 부드럽고 슴슴한

글의 끝 부분, 고담하고 소박하고 부드럽고 슴슴하고 수수하고 의젓하다는 말은 실은 백석의 시에서 따온 백석의 단어들임을 고백한다. 내 구차한 천 마디 말보다 백석의 시 한 편을 읽는 편이 훨씬 국수의 본질에 닿으리라. 제목도 〈국수〉인 이 시를 읽을 때 내 마음은 평안도 어느 마을의 선명에 같은 국수틀 대신 으레 임하 안방의 안반과 홍두깨 근처에 가서 서성대곤 한다. 접시귀 소기름 불이 뿌였던 백석의 부엌 대신 살창으로 선득선득 동풍이 불어와 엄마의 치맛귀를 날리던 임하의 깊고 어둑신한 부엌을 떠올린다.

눈이 많이 와서
산엣새가 벌로 나려 먹이고
눈구덩이에 토끼가 더러 빠지기도 하면
마을에는 그 무슨 반가운 것이 오는가보다.
한가한 애동들은 어둡도록 꿩사냥을 하고
가난한 엄매는 밤중에 김치 가자미로 가고
마을을 구수한 즐거움에 싸서 은근하니 홍성홍성 들뜨게 하며 이것은 오는 것이다.
이것은 어느 양지귀 혹은 능달쪽 외따른 산 옆 은댕이 예대가리 밭에서
하룻밤 뿌오얀 김 속에서 접시귀 소기름 불이 뿌여연 부엌에서
산멍에 같은 분틀을 타고 오는 것이다.
이것은 아득한 옛날 한가하고 즐겁던 세월로부터
실 같은 봄비 속을 타는 듯한 여름볕 속을 지나서 들쿠레한 구시월 갈바람 속을 지나서

대대로 나며 죽으며 죽으며 나며 하는 이 마을 사람들의
의젓한 마음을 지나서 텁텁한 꿈을 지나서
지붕에 마당에 우물 둔덩에 함박눈이 푹푹 쌓이는 어느 하룻밤
아배 앞에 그 어린 아들 앞에 아배 앞에는 왕사발에 아들 앞에는
새끼사발에 그득히 사리워 오는 것이다.
이것은 그 곰의 잔등에 업혀서 길려났다는 먼 옛적 큰마니가
또 그 짚등색이에 서서 자채기를 하면 산 넘어 마을까지 들렸다는
먼 친척 큰아바지가 오는 것같이 오는 것이다.
아 이 반가운 것은 무엇인가.
이 히수무레하고 부드럽고 수수하고 슴슴한 것은 무엇인가.
겨울밤 쩡하니 익은 동치미국을 좋아하고 얼얼한 댕추가루를 좋아하고
싱싱한 산꿩의 고기를 좋아하고
그리고 담배 내음새 탄수 내음새 또 수육을 삶는 육수국 내음새 자욱한
더북한 삿방 절절 끓는 아르굴을 좋아하는 이것은 무엇인가.
이 조용한 마을과 이 마을의 의젓한 사람들과 살뜰하니 친한 것은 무엇인가.
이 그지없이 고담枯淡하고 소박素朴한 것은 무엇인가.

―백석,〈국수〉

엄마의 레시피를
귓전으로 흘려들었다

호박꽃이 피면 여름이 온다. 아니 여름은 호박꽃 핀 자리에 탁구 공만 하게 애호박이 맺히면서 시작되었다. 여름날 아침 우리집 울타리엔 스무 송이쯤의 호박꽃이 피었다. 그 꽃잎 속엔 어김없이 커다란 촛대 같은 암술이 들어 있었다. 황금 꽃가루가 잔뜩 묻은 암술 위엔 또 어김없이 커다란 호박벌이 잉잉댔다. 벌이 잉잉대는 소리만치 열렬한 게 있을까.

나는 살금살금 걸어가 호박꽃 여린 이파리를 순식간에 꽉 여몄다. 꽃 안에 포획된 꿀벌은 발버둥치며 아까와는 전혀 다른 방식으로 버둥거렸다. 같은 잉잉이라도 앞의 잉잉은 환희와 열락이었고 뒤의 잉잉은 공포와 절망이었다. 그 열락과 절망을 좌지우지하는 작은 조물주인 나는 호박꽃초롱을 양손에 하나씩 움켜쥐었다. 벌의 입장 같은 것은 생각할 필요도 없었다. 나는 포획자였고, 포획자는 얼마든지 잔인해도 좋았다.

내가 호박벌 놀이에 열중하고 있는 동안 엄마는 넝쿨과 이파리로 위장막을 치고 숨은 애호박을 골라서 땄다. 엄마 역시 포획자였다. 나의 포로가 순수한 놀잇감이라면 엄마의 포획물은 아침 반찬이었다.

호박 줄기는 억셌다. 줄기에 돋은 잔가시는 제 열매를 보호하려고 엄마 손등을 제법 아프게 찔렀다. 호박벌의 붕붕 소리를 양 귀에 달고 달리던 나는 엄마의 "아야" 소리에 잠깐 걸음을 멈췄다. 그러나 호박은 풀이었다. 풀은 아카시아나 산당화나 노간주나무 같은 혹독한 가시를 기를 수가 없다. 위력이라고 해봤자 잠깐 살갗에 와서 쓰라리게 살짝 쓸릴 뿐 피를 낼 만큼 깊이 찌르진 못한다!

양손엔 높이 쳐든 호박꽃 초롱이 있고 이마 위엔 장난치듯 어루만지는 햇살이 있고 발아래론 파란 꽃을 잔뜩 매단 달개비가 깔려 있는 아침, 나는 엄마의 나직한 비명이 피와는 상관없다는 것을 확인하고 안심한다. 나는 피가 두렵다. 피는 나를 울게 한다. 왜 그런지 알 수 없지만 피는 어둡고 슬프다!

엄마의 소쿠리엔 호박만 있는 것이 아니다. 그새 애호박 두어 개와 호박잎 한줌과 채 꽃이 안 된 호박 줄기까지 다 따서 담아 났다. 호박 꼭지에선 맑은 진액이 흐른다. 호박은 엄마와의 싸움 에서 졌다. 그래서 엄마 살갖을 찌르는 대신 제가 피를 흘리는구 나. 그 맑은 액체는 호박의 여린 몸을 칼로 동그랗게 저밀 때도 여전히 흘러나왔다.

도마 위에 흥건한 피를 외면하고 엄마는 호박 위에 굵은 소금 을 훌훌 뿌리는 한편 재빨리 양푼에 밀가루를 개었다. 애호박은 순식간에 숨이 죽었다. 상처에 소금을 뿌렸으니 얼마나 아릴까. 그러나 내가 호박벌의 고통에 관심 없듯 엄마도 애호박의 고통에 는 무관심했다. 우리 모녀는 먹이사슬의 꼭대기에 올라앉은 잔인 한 포식자였다. 식물의 푸른 피를 빨아 제 몸의 붉은 피를 만드는 평화로운 드라큘라들이었다.

산골 우리집엔 프라이팬이란 신식 조리 도구가 없다. 그게 들 어온 건 내가 초등학교에 들어갈 즈음이었고 이전엔 솥뚜껑을 뒤 집어놓고 썼다. 가운데가 우묵하고 두터운 무쇠 재질인 솥뚜껑은 썩 훌륭한 조리 용구였다. 호박전은 대개 동솥 뚜껑에서 부친다. 동솥은 안부엌 한켠에 놓여 있다가 여름이 되면 안마당에 내놓은 화덕 위에 걸린다. 동솥 뚜껑으로 부쳐낸 전煎과 적炙은 주물 프 라이팬에서 구운 부침개와 맛의 차원이 달랐다.

솥뚜껑엔 일단 기름이 많이 들지 않았다. 요즘처럼 프라이팬 에 기름을 주르륵 따르는 방식 대신 엄마는 솥뚜껑에 들기름을 살짝만 발랐다. 기름 바를 때 쓰는 도구는 우습게도, 아니 잔인하게도 바로 호박 꼭지였다. 호박은 도마 위에서 얄팍하게 저며지고 잘려나간 호박 꼭지는 솥뚜껑 위에서 들기름을 칠한다. 흡사 콩깍지가 콩을 삶는 땔감으로 최고이듯 호박 꼭지는 호박전을 굽는 데 최적의 조리 용구였다. 저 어딘가 계시는 눈 밝은 천지신명은 인간의 필요를 용케도 알아 필요한 그것을 언제나 우리 손 바로 곁에 두셨다. 줄기는 손잡이가 되고 넓적한 바닥은 기름을 찍으면 적절히 스몄다가 필요할 때 알맞게 흘러나왔다.

소금에 절여 물기를 짜낸 호박을 밀가루 반죽에 살짝 적셔 솥뚜껑 위에 얹고 아래로 불을 때면 금방 호박전 두어 접시가 만들어진다. 프라이팬이 없는 부엌에 뒤집개인들 있었을까. 도구가 아무것도 없는 시대에 가장 요긴한 대용품은 인간의 손이다. 아니 반대다. 인간의 손이 가장 훌륭한 도구임이 확실했지만 손을 허드레 도구로만 사용할 게 아니었기 때문에 인간은 도구를 발명했다. 여자의 손이란 눈으로 보기에 곱고 살결을 만지기에 부드러워야 한다. 각종 부엌도구는 여자의 손을 보호하기 위해 발명되었다.

그렇지만 엄마의 시절은 아직 여자의 손이 고울 필요가 발명되기 이전이었다. 그래서 전을 부칠 때도 뒤집개 같은 것은 필요치 않았다. 오로지 손을 썼다. 손등으로 꾹꾹 눌렀고 손가락 끝으로 슬쩍 뒤집었다. 뜨거워도 뜨거운 내색을 하지 않는 동안 손끝의 굳은살은 두터워지고 급기야 뜨거움에 무심한 경지에 이른다. 엄마는 아직 그런 경지에는 이르지 못한 어린 새댁이었다. 그래서 돈적—호박전을 우린 돈적이라고 불렀다—을 뒤집으면서 미간을 살짝 찌푸렸다.

솥뚜껑에 돈적을 굽는 동안 밥솥에선 밥이 익고 있었다. 밥솥에선 밥만 익는 것이 아니었다. 밥이 부르륵 끓어오를 때쯤 베 보자기를 깔고 그 위에 별의별 이파리와 열매를 얹는 것이 여름 밥솥의 풍경이다. 우선 아까 딴 호박잎을 얹고, 숭덩숭덩 썬 애호박을 얹고, 길쭉한 가지를 얹고, 밀가루 묻힌 풋고추를 얹고, 콩가루 묻힌 부추를 얹고 들깻잎, 콩잎을 켜켜이 있는 대로 얹었다. 밥물이 잦아들면 그것들도 따라서 익었다. 가루 묻힌 것은 각자 알맞은 양념장에 무치고 이파리 찐 것은 그냥 접시에 담아 쌈으로 먹었다.

밥이 뜸 들고 나면 아궁이의 불을 얼른 빼내어 간고등어를 굽거나 된장 냄비를 얹었다. 간혹 석쇠에 양념한 소고기나 돼지고기도 구웠지만 손이 오는 날이 아니고선 그런 일은 드물었다. 수저를 놓고 돈적을 담고 밥을 푸는 동안 석쇠 위의 생선이나 찌개 냄비는 금방 기름이 자글자글 끓거나 보글보글 익었다.

호박잎쌈은 된장찌개가 있어야 하느니라. 정구지(부추) 잎은 고춧가루를 쓰지 말고 간장에만 무쳐야 하느니라. 엄마는 사랑마당과 안마당을 괜히 비호처럼 날아다니는 날 향해 그런 레시피를 중얼거렸다지만 나는 물론 귓전으로 흘려들었다. 대신 아침 반찬이 될 돈적을 미리 두어 개 입에 넣고 오물거렸다. 돈적에선 아까 흘러내리던 진액의 비릿하고 상긋한 내음이 풍겼다. 꽃 안에서 붕붕거리던 호박벌의 저항은 아직 내 팔뚝에 찌릿하게 남아 있었고, 호박꽃 암술이 흘려준 꽃가루는 내 손가락 끝에 노랗게 묻어 있었다. 노란 손가락을 포플린 원피스 자락에 연신 문지르며 나는 탐욕스럽게 돈적을 씹었다.

여름내 따먹어도 호박은 끊임없이 열렸다. 여름내 잡아도 호박벌은 끊임없이 날아왔다. 여름날은 빠르게 흘러가고 나는 쑥쑥 자랐다. 호박잎과 호박순과 애호박을 실컷 제공하고도 호박 덩굴 속에서는 수박만 한 호박이 여남은 덩이 숨어서 늙어갔다. 늙은 호박이 희끗한 뱃구레를 보일 때쯤 나는 비로소 호박벌 포획에 싫증이 났다. 대신 댑싸리비를 높이 쳐들고 잠자리 사냥에 나섰다.

그때쯤이면 여름도 한풀 지쳐서 슬슬 물러날 차비를 했고 나는 괜히 머쓱해져서 마당 한 귀퉁이에 멈춰 섰다. 땅바닥엔 싸리비를 쳐든 내 그림자가 선명하게 찍혀 있었다. 나는 멈춰 서서 오랫동안 그림자를 지켜봤다. 죄의식 혹은 회한 같은 미묘한 것이 몸 안 가득 차올랐다. 그건 '피'에서 느껴지는 것과는 다른 종류의 슬픔이었다. 사랑마당은 넓었고 내 마음은 막막했고 그 사이로 문득 서늘한 바람이 불어왔다.

내 제사상에는
호박뭉개미만 있어도 될따

사랑마당에서 싸리비를 쳐들고 멈춰 섰던 날 가을은 시작되었다.
이파리에 숨어서 뱃구레가 희끗해지던 호박은 이제 누렇게 늙어
갔다. 일단 늙어가는 게 확인되면 그놈은 쉽게 따먹히지 않았다.
은근슬쩍 집안에 늙음을 장려하는 분위기가 조장됐다. 때로는 밥
상머리에서 "무실 할매네 집 앞에 호박 세 덩이가 늙어가고, 하회
아지매 밭둑에 호박 두 덩이가 늙어가더라"라고 흐뭇하게 생중
계되기도 했다.

'늙은 호박'은 보통명사다. '익은'이 아니라 '늙은'이란 관형어가
이토록 원숙하고 의젓한 의미로 통용되는 예가 호박 말고 또 있을

까. 늙은 오이가 '노각'으로 대접받기도 했지만 호박과는 견줄 바가 못 됐다. 원래 호박은 곡식이 아니라 채소. 그러나 늙은 호박을 채소라고 부르는 건 영 난처하다. 일단 늙기만 하면 호박은 곡식과 비슷한 대접을 받을 수 있었다. 채소가 곡물의 단계로 격상한 것이니 그건 단연 시간의 힘이었다. 긴 시간 땅기운을 빨아들였기에 품은 기운이 야물었고 저장이 가능했고 끼니가 될 수 있었다(애호박과 늙은 호박을 비교하면 곡식과 채소의 차이가 명료해진다).

늙은 호박은 훌륭한 겨울 양식이었다. 고구마나 감자보다 요긴했고 때로는 콩이나 쌀보다 나았다. 사랑방 남자들의 밥상엔 호박 따위 올리지 못했으나 안노인들의 주전부리엔 호박이 으뜸이었다. 이가 없어 입술이 복주머니 아구리처럼 합죽해진 할매들은 딱딱한 것을 씹을 수가 없다. 할매들은 커다란 늙은 호박을 가마솥에 뜨끈하게 삶아서 숟가락으로 얄미얄미 퍼 드셨다. 아니면 인절미 크기로 토막을 내 볶은 콩가루 바가지에 굴려서 인절미처럼 드셨다.

안방엔 큰으매(조모)한테 놀러온, 이가 다 빠진 할매들이 늘상 서넛 둘러앉아 있었다. 이가 빠지면 귀도 들리지 않았다. 서넛이 앉았어도 숨소리 외엔 아무 소리도 내지 않았다. 그래도 손으론 뭔가 끊임없이 일을 하셨다. 콩을 고르거나 콩나물을 다듬거나 도라지 껍질을 까거나 토란대를 벗기거나! 그러다 가끔 서로 마주 보며 잇몸만 남은 입으로 함박꽃처럼 활짝 웃으셨다. 이 없는 노인의 웃음은 아이의 천진한 웃음에 닿는다. 귀먹은 노인의 눈은 아이의 무죄하고 무오류한 눈으로 이어진다. 인간이 마침내 도달할 경지는 바로 그런 것이었다. 아무런 갈등도 번민도 부족도 없는 고요의 상태! 도니 해탈이니 무소유니 깨달음이니 요란을 떨 일도 없다.

이가 빠지고 귀가 먹고 허리가 굽고 다리가 가늘어지면서 인간은 비로소 제 무거운 껍질을 벗어놓을 수 있다. 임하의 할매들은 그렇게 가벼웠다. 쪼그려 앉으면 한줌이 채 되지 않을 만치 작았다. 고요히 둘러앉아 콩을 고르며 함박 웃다가 별반 아프지도 않고 재가 사위듯이 가만히 사그라졌다. 그 할매들은 내게 재종조모, 삼종조모, 사종조모들이었다. 우리 큰으매는 물론 친조모였지만 큰으매가 돌아가신 후에도 안방엔 할매들이 늘 한 방 가득 앉아 있었다.

그 여러 할매들에게 엄마가 대접하는 음식이 늙은 호박이었다. 그냥 삶아 콩가루를 묻히는 것이 일차 공정이었다면 조금 복잡하기로는 호박뭉개미가 있었다. 뭉갠다고 '뭉개미'였다. 손으로 으깨서 호박만큼 순하게 뭉개지는 곡물이 또 있을까. 젊은 사람들은 호박범벅이라고도 불렀지만 '범벅' 같은 입술을 부딪치며 하는 발음은 할매들에겐 서툴렀다. 이 없는 노인들은 단어도 부드럽고 순해야 했다. 할매들은 범벅 대신 애기들처럼 뭉개미라고 불렀다.

늙은 호박을 푹 삶고 거기다 여름내 호박 포기 곁에서 자라던 팥이나 넝쿨콩을 듬뿍 삶아 넣는다(넝쿨콩을 우리 동네서는 양대라고 불렀다). 거기 찹쌀이나 밀가루 반죽을 뚝뚝 떼어 넣고 부글부글 끓이는 것이 호박뭉개미의 조리법이었다.

뭉개미는 요즘 한정식집 애피타이저로 나오는 샛노란 호박죽과는 전혀 달랐다. 믹서로 돌리지 않으니 입자가 거칠고 팥을 섞었으니 빛이 검칙했다. 군데군데 덜 뭉갠 호박살이 씹히고 팥과 양대의 온순하고 착한 맛이 미각 돌기를 구수하게 어루만졌다. 간혹 호박씨와 호박 육질을 탯줄처럼 이어주던 진한 주황빛 실낱이 혀에 달라붙기도 했으나 그건 참외 씨앗을 감싸고 있는 끈처럼 당도가 높았다.

그랬다. 호박뭉개미는 달았다. 달되 다른 채소나 과일의 단맛과는 달랐다. 늙은 호박의 단맛은 모유의 단맛과 흡사했다. 깊으면서 풋풋하고 덤덤하면서 푸근하고 약간 비려서 사람을 한정 없이 편하게 만들었다.

할매들은 두레상에 둘러앉아 호박뭉개미를 한술 뜨면서 또 함박 웃었다. 할매들이 말을 안 한대서 말을 아예 잃은 것은 아니었다. 말수를 줄이고 꼭 필요한 말만 한다는 뜻이었다. 호박뭉개미 한 그릇을 달게 비운 할매들은 의젓하게 엄마를 칭찬했다.

"아이고 그 뭉개미 맛도 있데이~"

재산 할매가 숟가락을 놓으며 자그맣게 입을 열자 묵계 할매가 조금 더 적극적으로 맞장구를 친다.

"웅후 에미, 자네는……죽디라도……그 손은……끊어놓고 가게."

뜻은 격한데 말은 느리고 고요하다. 곁에 앉았던 부내 할매가 그 말을 조금 수정한다.

"손을 못 끊그들랑 그려라도 놓고 가게."

호박뭉개미 한 그릇에 이토록 과도한 칭찬이 쏟아지자 윗목에선 엄마 뺨이 발갛게 상기된다.

"아이고 아지매들도……어찌 그루꾸(그렇게)……."

바깥에 칼바람이 쌩쌩 불어 문풍지가 부르릉 울어도 방안은 포근하고 안온하다. 그때까지 입을 열지 않던 가일 할매가 빠질 수 없다는 듯 한마디를 보탠다. 가일 할매의 칭찬은 훨씬 실질적이다.

"아이고~ 내 제사상에는……웅후 에미 호박뭉개미만 있어도 될따……."

엄마 손은 얼어서 발갛다. 그 발간 손으로 엄마가 입을 가리고 웃는다. 나는 아까부터 윗목에 엎드려 채반에서 말라가고 있는 호박씨를 들여다본다. 이 조그만 씨에서 그 커다란 늙은 호박이? 아무래도 신기해서 보고 또 본다.

이 호박씨는 내년 봄에 다시 텃밭 호박 구덩이에 심기겠지. 다시 호박꽃이 피고 여름이 오고……애호박은 다시 늙은 호박이 되고 할매들은 우리 안방에 둘러앉아 저렇게 호박뭉개미를 드시며 엄마를 칭찬하시겠지. 아아, 아늑해라. 따뜻해라. 세상이 둥그스름하게 줄어들더니 호박씨 속으로 슬쩍 밀려들어갔다. 그걸 보며 나는 스르르 풋잠이 들었다.

그 순간
생에 감사했다

맛은 추억이다. 맛은 현재의 나를 돌연 다른 시점으로 공간 이동하게 만든다. 귀로 듣는 음악이 그렇고 코로 맡는 향기가 그렇듯! 혀 또한 지금 그 위에 오른 것만 감각하는 것이 아니다. 우리 삶은 순간순간 시공간의 다른 차원과 층위를 경험할 수 있게 디자인되어 있다. 감관을 예민하게 열어놓기만 하면 그런 순간은 누구에게나 찾아온다. 신기하고 황홀한 일이다.

그 황홀은 '진달래꽃 화전' 같은 자그만 부침개 위에서 일쑤 화르르 피어난다. 진달래는 봄에 맨 처음 피는 꽃이다. 산과 들이 아직 마른 삭정이 빛일 때 돌연 환한 분홍으로 산천을 밝힌다. 그

꽃잎을 떼어 혀 위에 올리는 건 일종의 봄맞이 의식이었다. 배고
파서 입술이 퍼렇도록 진달래 꽃잎을 따먹은 시절도 있었다지만
얄팍한 진달래 잎이 무슨 구황식품일 리는 없었고 다만 긴 겨울
이 지나갔다는 신호로서 우린 진달래를 따서 숨가쁘게 입안에 넣
었다. 겨울이 갔다는 건 먹을 것이 많아진다는 의미였다. 고사리
와 취나물이, 쑥과 냉이가, 물오른 송기와 잔대가 곧 산과 들 여
기저기서 우리를 불러들일 것이었다.

진달래꽃 여린 이파리가 내 이빨에 으깨지면서 풍기던 그것,
그 살짝 쌉쌀하고 약간 배릿하고 얼핏 상긋하던 그것이 맛이었는
지 향이었는지도 나는 가늠치 못하겠다. 다만 그 맛 혹은 향은 내
안에 가라앉았다가 볕이 달궈지는 봄날, 맨 처음 핀 진달래꽃을
차창 밖으로 확인하는 순간 거짓말처럼 혀 위에 다시 고여온다.

그런 진달래꽃 철, 암만 바빠도 엄마는 억지로 짬을 내어 화전
을 부쳤다. 거창하게 찬합에 밥을 싸서 들놀이를 가진 못했지만
소쿠리를 들고 부리나케 뒷산에 올라가 꽃을 땄다.

화전은 가장 간단한 전이다. 소(속)도 필요 없고 고물도 필요
없다. 찹쌀을 익반죽해 동그랗게 지지다가 그 위에 꽃잎을 올려
놓고 한 번 뒤집으면 그만이었다. 화전의 맛은 지질 때 쓰는 참기
름과 나중에 한 숟가락 끼얹는 꿀맛에 있지 그 위에 얹은 진달래
에서 나는 것은 천만 아니었다. 그런데도 흰 쌀가루 위에 염염하
게 붉던 진달래 꽃잎 없이는 화전이 될 수 없다. 쓰다 남은 진달

래 꽃잎을 버리면서 그 수북하게 뭉개진 꽃잎을 뒤돌아보는 애잔함 없이는 화전을 구울 수 없다.

여전히 봄은 오고 여전히 진달래는 핀다. 나 역시 암만 바빠도 억지로 짬을 내어 화전을 부치려고 한다. 내가 부쳐놓은 화전은 그 옛날과 조금도 다르지 않다. 다만 나의 화전 곁에는, 지금 나보다 훨씬 어린 새댁인 엄마가 서 있다. 긴 앞치마를 입고 풀 먹인 옥양목이 사각사각 부벼지는 소리를 내면서 꿀병이니 참기름 병이니를 들었다 놨다 하면서!

큰 강을 세 번 건넜다. 서후면을 벗어날 때 처음 건넌 강은 이송천이고 안동읍을 지날 때 건넌 강은 낙동강이고 의성김씨 큰 종가가 있는 내앞을 지날 때 건넌 강은 반변천이라 했다. 이송천, 낙동강, 반변천, 엄마는 강 이름을 입에 넣고 사탕처럼 굴렸다. 외할배는 아이들을 모아 놓고 한문을 가르칠 때 늘 말씀하셨다.

"글자의 의미를 모를 때는 입에 넣고 자꾸 굴려봐라. 그러면 의자현(뜻이 저절로 드러남)이 되느니라."

큰 산은 없었으나 작은 고개는 열 번이고 스무 번이고 넘었다. 길은 대개 천과 강을 따라 이어졌고 강변엔 흰 모래가 흰 깁처럼 끝도 없이 펼쳐졌다. 드문드문 박힌 길가 바윗돌엔 주먹만 한 석영 덩이가 박혀 사금보다 찬란하게 번쩍거렸다. 엄마는 가마 밖으로 내다보이는 풍광에 반해 자신이 지금 시집을 가고 있다는 것조

차 잊을 만큼 들떴다. 먼 길을 가는 것은 난생처음이었다. 그랬다. 엄마는 여행을 좋아했다. 나중 늙어서 내가 엄마를 태우고 소위 드라이브란 것을 할 때 엄마는 언제나 정도 이상으로 열광했다.

"야야, 굽이굽이 이 길을 누가 다 닦아놨노?"

"나라에서 닦았지."

"하이고 세상에~넓기도 넓다, 길기도 길다. 나라가 참 고마운 일도 했다."

"하하. 고맙기는"

"마을마다 골골마다 이꾸 좋은 신작로를 끝도 없이 닦아났는데 고맙지 그럼 안 고맙나. 그런데 너어는 왜 자꾸 나라가 일을 잘못한다 카노?"

"길이 그꾸 좋아 엄마는?"

"그래 내사 길만 봐도 좋다. 속이 툭 터진다. 자꾸자꾸 길 우로 가고 싶다."

상객으로 가는 작은아버지는 말을 타고 앞장서시고 가마 탄 엄마는 자꾸만 뒤로 처졌다. 사월이라 볕은 알맞게 따스하고 강에서는 연신 다디단 바람이 불어왔다. 가마를 메느라 땀이 났을 교군들은 바람이 불 때마다 어, 시원하다, 라고 탄복했다.

엄마는 가마 안이 답답했다. 손 명주를 다듬질해 지은 초록 저고리 붉은 치마도 답답했다. 새신부만 아니라면 교군들과 나란히 어, 시원하다, 외치며 강바람을 감탄하고 싶었다. 가마요강이 있었지만 오줌이 마려울 것도 두려웠다. 앞뒤에 교군을 두고 어찌 쪼르륵 소리 내어 오줌을 눌 것인가. 생각만 해도 낯이 홧홧해질 일이었다.

전에는 혼례식을 치룬 후 일 년 정도 친정에 머물다가 신행(신부가 시댁으로 가는 첫걸음)을 가는 게 원칙이었지만 엄마가 시집갈 당시엔 살림들이 팍팍해져 '도신행'도 드물지 않았다. 도신행이 신부집에서 치루는 혼례식 당일 시집으로 들어가는 것이라면 묵신행은 친정에서 한 달에서 일 년 정도 묵었다가 가는 것이었다.

묵신행을 하면 아무래도 신부집에 신랑이 자주 들락거리고 새손님이 올 때마다 닭을 잡고 떡을 하고 온 동네(씨족마을이라 온 동네라고 해봤자 모조리 일가붙이였다) 처녀총각이 모여 먹고 떠들고 노느라 반은 잔치를 치러야 하기에 비용이 꽤나 먹히는 일이었다. 그래도 신부에겐 혼례 이후 친정에 머무는 그 시간이 일생 중 가장 달콤한 시절이라 친정엄마들은 딸을 위해 묵신행을 원했다.

혼례를 치른 후 얼굴도 알 듯 말 듯 거기 남겨두고 온 신부가 보고 싶어 새신랑들은 처가 문턱이 닳도록 드나들었고 어른들은 철없는 것, 흉을 보는 듯하면서도 그런 새사위를 어여뻐했다. 만약 새신랑이 신부집에 자주 드나들지 않는다면 그건 흉한 조짐이었다. 신부가 맘에 들지 않거나 혹은 새신랑의 건강에 문제가 있거나 집안에 문제가 있거나.

엄마는 한 달 만의 신행이었다. 외할매는 막내딸을 집에 좀 더

데리고 있고 싶어 했지만 시가에서는 어서 신행하기를 원했다. 그사이 신랑은 단 한 번 다녀갔다. 얼굴을 똑바로 본 적이 없었고 얘기를 나눈 적도 없었고 실은 합방조차 제대로 한 건지 만 건지 확실치 않았다.

열여섯 새신랑은 얼굴과 자태가 관옥 같다고들 했다. 개실이 생긴 3백 년 이래 최고의 인물이 문객(가문의 손님)으로 등장했다고 숙모와 사촌오라비의 아내들이 입을 모아 말했다. 그렇지만 엄마에겐 실감나지 않았고 다만 강과 물과 바람과 갓 모가 심긴 들판과 논물 위에 내려와 앉은 복사꽃 이파리가 좋아 신행길이 좋았다. 시조모와 시조부, 홀로 된 시어머니와 어린 시동생 둘, 그들의 음식 수발과 옷 수발과 한 해 열세 번이나 지낼 제사를 홀로 감당해야 할 운명을 목전에 두고서도 엄마는 공중에 휘날리는 복사꽃 이파리가 좋아 그 순간 생에 감사했다. 천지가 이토록 고우니 인간으로 태어난 것은 얼마나 고마운 일인가.

반변천은 건널 때는 강물 위로 화르륵 꽃잎이 쏟아졌다. 맑디맑은 강이었다. 물무늬가 아른아른했다. 가마 밖으로 그걸 내다봤다. 낙동강보다 강심은 낮으나 강폭은 더욱 넓은 듯했다.

임하, 엄마는 시집 마을의 이름을 입속에서 다시 사탕처럼 굴렸다. 입안이 박하처럼 시원해졌다. 교군들이 젖은 발을 닦을 때 멀리 시댁의 덩실한 기와지붕이 보였다.

콩 간 데 에미 손 간데라

겨울 냉이는 제 몸을 있는 대로 낮춰 바닥에 납작 엎드린다. 빛깔도 모조리 지워 얼어붙은 땅 빛을 띤다. "겨울 냉이 한 뿌리가 봄 냉이 열 뿌리"라고 동네 어른들은 말했다.

　설을 지내고 나면 무 구덩이의 무에 슬슬 바람이 든다. 김치광의 김치도 군둥내가 나기 시작한다. 그럴 때 몸에 생기를 불러오려면 나물이 최고이련만 천지에 푸른 나물이라곤 눈 씻고 찾아도 없다. 냉이는 이럴 때 등장시키려고 땅이 감춰둔 보배다. 멀리 갈 필요도 없다. 그저 호미 하나 들고 몸을 낮춰 양지 바른 밭두둑을 어슬렁거리기만 하면 된다.

납작 엎드린 냉이의 뿌리는 길고 굵다. 제 몸의 대여섯 배 이상 땅속으로 깊이 뿌리박은 그놈을 많이는 말고 열댓 뿌리만 캔다. 뿌리가 상치 않게 조심해야 한다……

나는 지금 냉이 뿌리 내음을 뭐라고 말할지 적절한 말을 찾지를 못하겠다. 분명 향기는 향기인데 꽃이나 과일향과는 다르다. 꽃향이 코로 맡는 종류라면 냉이향은 피부로 맡는 종류다. 꽃향이 뇌에서 작동하는 감각이라면 냉이향은 몸에서 작동한다. 꽃향이 가볍게 공중을 떠돈다면 냉이향은 무게를 지녀 바닥으로 가라앉는다.

캐는 중에 이미 냉이는 자기를 캐는 존재를 행복감에 휩싸이게 만든다. 땅의 정기를 물질화한 것이 바로 냉이다. 냉이의 향은 대지의 비밀스런 뜻이고 본질이다. 어린 나는 미처 그걸 알지 못했다. 그러나 알지 못한 채로도 꼬챙이를 땅속 깊이 쑤셔 넣으면서 등에 내리쬐는 입춘을 앞둔 봄볕 속에서 지상과 천상이 바로 이어지는 듯한 완벽한 순간을 맛봤다. 그 충일과 자족은 순전히 냉이향이 전해준 화학 작용이고 신비 체험이었다.

캐 온 냉이로 국을 끓이는 건 엄마다. 엄마는 냉잇국에 된장을 풀지 않는다. 된장이 냉이향을 지우는 걸 용납할 수 없어서였다. 대신 날콩가루를 쓴다. 열댓 뿌리 냉이에 콩가루를 다박다박 무친다. 그걸 동솥 한켠에 담고 그것만으로는 양이 적으니까 채 썬 무를 곁들인다. 바람 먹은 가운데 부분은 빼버리고 바깥쪽만 써서 무채의 길이는 짧다. 냉이보다 무 길이가 더 짤막하다. 물은 쌀뜨물을 써야 한다. 세 번쯤 헹궈낸 쌀을 일부러 바락바락 문질러서 뽀얀 물을 받아서는 냉이가 잠길 듯 말 듯 자작하게 붓는다. 그런 후 뭉근하게 끓인다. 무가 온화하게 숨이 죽을 때까지, 냉이 뿌리가 무 뿌리에게 제 향을 완벽하게 넘겨줄 때까지, 콩가루 입자가 쌀뜨물 사이로 이물감 없이 섞여들 때까지!

마침내 흰 사발에 담겨 검은 소반 위에 올려진 한 그릇의 냉잇국, 그것은 우주 운행의 질서를 함축하는 상징이었다. 한 숟갈 입 안에 흘려 넣으면서 우리 식구들은 아아, 신음했다. 봄, 봄이 오는구나. 암만 추워도 머잖아 봄이 오는구나…….

콩가루 냉잇국 한 그릇을 뚝딱 비우고 그 향을 아껴 몸속에 저장해두기 위해 우리 식구들은 일찍 불을 껐다. 그리고 콩가루처럼 순하게(콩가루 집안이란 말은 도대체 왜 생겼을까. ㅎㅎ) 잠이 들었다.

잎이 천지에 가득 찬 철이다. 잎은 땅에서 솟고 땅에서 솟는 것은 웬만하면 인간의 먹이가 된다. 이맘 때 우리집 밥솥 안엔 밥만 있지 않다. 밥 위에 베 보자기를 깔고 그 철에 나는 각종 이파리들을 함께 얹어서 찐다. 물론 쌀을 안칠 때 첨부터 얹어선 안 된다. 밥물이 부르륵 끓어 넘칠 때쯤, 타이밍을 절묘하게 맞춰야 한다.

그냥 찌는 것도 있고 가루를 묻혀야 하는 것도 있다. 밀가루를 묻히는 것도 있고 콩가루를 입히는 것도 있다. 나물을 삶아 무칠 때 된장이 들어가는 것과 고추장이 들어가는 것이 따로 있는 것과 같다. 밥 위에 얹는 이파리의 가짓수는 가히 백화점 야채코너 수준이다. 애호박이나 가지 같은 열매들은 일단 빼고 호박잎, 깻잎, 콩잎에 열무, 쑥갓, 어린 배추, 마늘잎, 부추가 켜켜이 얹힌다. 그것들을 걷어 각자 알맞은 양념으로 무치는 게 우리집 초여름 밥상인데 세상 어딜 가도 그처럼 화려하고 자연친화적이고 맛있는 밥상을 만날 수 없었다는 것을 이쯤 살고 나니 비로소 알겠다.

그 무수한 이파리들 중에서 이맘때 내가 가장 좋아하는 것은 마늘잎과 부추였다. 마늘과 부추는 산성식품이다. 오신채에 들어 절간 스님들은 상에 올리지 않는다고 들었다. 아닌 게 아니라 살짝 독한 기운이 도는 것도 같다(오신채가 독해서가 아니라 정精을 강하게 만들어 승려들의 공부를 방해할 수 있기에 금한다는 얘기도 듣긴 했다).

그 독을 눅이기 위해서 우리 엄마가 쓰는 방법은 콩가루를 묻히는 것이었다. 다른 것은 그냥 쪄도 마늘잎과 부추만은 생콩가루를 살짝 입혔다. 콩이 흔한 땅이어서 그랬겠지만 부엌 한켠에 늘 콩가루 바가지가 있었다. 거기 일단 굴려내면 식물의 독이 사라진다고 엄마는 믿었다.

"콩갈기(콩가루가) 독을 없앤데이. 콩 간 데 에미 손 간 데라 캤다.~"

엄마는, 생콩가루 분을 하얗게 뒤집어쓴 채 여릿여릿 순해진 마늘잎과 부추를 꺼내면서 콩과 엄마 손의 공통점을 이토록 간명하게 요약했다. 거기에 참기름과 간장만 살짝 얹어 무친다. 마늘은 넣어도 좋지만 안 넣는 게 더 순하다는 게 엄마의 평이었다. 그렇게 쪄서 먹으면 마늘잎과 부추는 날로 먹던 것과는 전혀 다른 야채가 됐다. 부드럽고 달고 씹는 감촉이 포근했다. 익혔기 때문인지 콩가루 때문인지는 잘 모르겠지만.

시장에 햇마늘 잎이 잔뜩 나왔다. 부추도 수북하게 넌출거린다. 그런데 내 살림엔 생콩가루 바가지가 없다. 사면 되지? 아니, 그래도 뭔가 쓸쓸하다.

무언가 고프고 그리운 이들에게
찔레 순 맛을

찔레는 찌른다. 찌르니까 찔레다. 가시로는 제 곁에 오는 짐승의 살을 찌르고 꽃으로는 제 곁에 오는 사람의 마음을 찌른다. 찔레 가시를 가만가만 피해 찔레 순을 하나 꺾어 공들여 겉껍질을 벗긴 후 입속에 집어넣을 때의 맛, 그건 대지가 뽑아 올린 봄의 맛이다. 새로 돋는 어린 순들의 매웁고 연한 맛이다.

찔레 순은 굵기가 제법 어른 손가락만 했다. 겉껍질을 벗겨내면 연둣빛 속살이 드러났고 베어 물면 아삭 소리를 냈다. 열 대궁 쯤 꺾어 양손에 가득 움켜쥐면 제법 배가 불러졌다.

찔레 순은 물론 과일도 야채도 아니다. 동물의 먹이가 되기 위해 자란 것도 아니다. 찔레는 인간에게 유용하게 진화하지 않았다. 땅에 딱 달라붙은 쑥과 냉이도 사람의 먹을거리가 됐는데 그토록 흔하고 그토록 생명력이 왕성하고 그토록 오랫동안 우리 곁에 머물러온 찔레가 식용도 관상용도 되지 못한 것은 아무래도 수수께끼다. 찔레 순을 아스파라거스처럼 데쳐 먹을 수는 없을까. 샐러리처럼 마요네즈에 버무려 먹어도 상관없지 않을까. 토란대나 고구마 줄기까지 요리할 줄 아는 사람들인데 어이해서 살찐 찔레 순을 그냥 내버려뒀을까.

찔레는 오랜 세월 거기 방치된 채 덤불을 이루고 살았다. 그러나 우린 찔레 덤불 곁을 그냥 지나가진 못한다. 꽃이 필 때가 아니라도 마찬가지다. 찔레의 서정, 찔레의 비애, 찔레의 생명력, 찔레의 미학에 우리 모두는 딱히 이유를 모르는 채로 공감한다. 배고프던 춘궁기에 마치 쌀밥처럼 하얗게 피던 꽃이었기 때문일까. "찔레꽃 이파리는 맛도 좋지"라는 구슬픈 노랫가락 때문일까. 척박한 땅에 하도 흔하게 피어 끈질기게 흔들렸기 때문일까.

경음을 자주 쓰면 국민정서가 사나워진다고 한때 짜장면을 자장면으로 고친 시절이 있었다. 그때도 찔레는 '질레'로 강등되지 않고 찔레로 살아남았다. 찔레는 암만 경음을 써도, 암만 가시가 찔러도 도무지 사납지가 않은 이름이다.

지진이 일본 열도를 흔들어도, 미사일이 리비아 하늘에 쏟아져도 어김없이 봄은 왔다. 그리고 어김없이 찔레는 돋는다. 올해는 내가 먼저 찔레 순을 툭툭 잘라 고추장 혹은 마요네즈에 찍어 먹어볼까. 배는 불러도 여전히 무언가 고프고 그리운 이들에게 그동안 아무도 먹지 않았던 찔레 순 샐러드를 권해볼까.

엄마는 찔레 맛을 '배릿하다'고 말했다. 배릿하다는 것은 아직 제 맛을 찾지 못한, 모든 어린 것들의 맛이다. 어리고 여린 것들이 굳고 거친 것들을 순화하고 정화한다. 그러려고 해마다 봄은 오고 해마다 찔레는 돋는다. 그러려고 애기들은 꼬물꼬물 태어나 그 고사리 같은 손가락을 제 에미 애비, 할미 할비의 주름진 얼굴을 향해 뻗는다.

여름 더위 물렀거라,
야생 취나물 무침

취나물은 비스듬한 산비탈에서 자란다. 진달래 필 때는 자취도 없다가 산벚이 필 때쯤 야들야들 푸른 이파리를 내민다. 우리 동네 여자아이들은 열 살만 되면 참취와 미역취와 개미취를 구분할 줄 알았다. 참취는 잎이 짤막하게 도도했고, 미역취는 길쑴하게 너풀거려 너그러웠으며, 개미취는 잎 표면이 울룩불룩하고 불그죽죽했다.

산나물을 캘 때 바구니를 들고 다니는 짓은 야잘찮았다. 한 손을 바구니에게 통째로 맡겨둬도 될 만큼 손이 많지를 않았으니까! 두 손 다 자유로우려면 치마 앞에 큼직한 보자기를 덧매서 양쪽 귀퉁이를 잡아 허리에 꿰질러야 했다. 이것은 인류 역사상 가장 간편하고 튼튼하고 포터블(^^)한 그릇이다. 뿐만 아니라 변신도 자유로워 집에 와서 나물을 풀어놓고 툴툴 털기만 하면 목에 둘러도 되고 장독을 덮어도 되고 머리에 써도 되고 깔고 앉아도 되는 만능의 도구였다.

이 보자기를 앞자락에 하나씩 차고 봄이 오면 여자들은 산으로, 산으로 올라갔다. 취나물의 이파리가 연하고 실한 것을 엄마는 "이틀이틀하다"고 했다. 어린 취의 줄기는 아직 발갰고 땅과 맞닿는 부분은 붉은빛이 더 진했다. 그걸 보고 '피'를 연상하지 않을 사람은 없었다. 피가 연상되기에 사냥꾼들, 아니 나물꾼들은 더욱 공격성을 얻어 온 산을 지치도록 헤맸다. 저녁이면 다들 만삭의 임신부처럼 배가 불룩해졌다. 걸음을 떼어놓기 어렵도록 앞에 찬 보자기 가득 산나물이 철철 넘쳐났다. 고사리와 원추리와 홑잎도 있었지만 태반은 개미취와 참취와 미역취였다.

단오가 가까워지는 저녁, 우리 마을엔 집집마다 취나물 무더기가 마당가에 더미를 이뤘다. 이튿날은 삶은 나물이 마르기 좋도록 봄볕이 다글다글 내리쬐었고 바람결엔 종일 취의 향기가 화르륵 화르륵 날아다녔다. 세상에 꽃이란 꽃은 있는 대로 피어 삶은 취나물 검은 가닥들 위로 새암하듯 하얗게 내려앉았다. 말리는 몫 말고 당장 삶아 무쳐 먹는 몫도 물론 있었다. 엄마는 거기 된장과 빻은 마늘과 들기름을 듬뿍 쳐서 즙이 나오도록 주물러

무쳤다.

"많이 먹어라. 산나물에 양분이 많단다!"

엄마가 말하는 '양분'이란 영양학의 '영양분'이 아니라 한의학의 '산의 정기'였을 것이다.

아아, 밥그릇보다 수북하던 갓 뜯은 취나물 한 보시기! 취나물이 빨아들인 산의 정기가 눈앞에서 푸른 피를 철철 흘리고 있었다. 이것 없이 봄을 보낸 인간이 어찌 여름 더위를 이길 수 있으랴. 더 늦기 전에 그대 밥상 위에 취나물을!

삶이 '삶은 나물보다'
못할 리야

봄내 어딘가를 허랑하게 쏘다니다 시골집에 왔고 온 김에 냉장고 청소를 시작했다. 그런데 맘이 먹먹해 계속할 수가 없다. 냉동실에서 동그랗게 뭉친 뭉텅이가 자꾸만 굴러 나온다. 대개가 말린 나물을 삶아놓은 것들이다. 혹은 시래기 혹은 묵나물 혹은 고사리 혹은 깻잎 혹은 쑥. 녹이기만 하면 국을 끓이든 무쳐 먹든 볶아 먹든 일 년내 두고 먹을 수 있는 것들이다. 다 내가 좋아하는 것들로 어릴 때는 외면하다 나이 들면서 맛을 알게 된 것들이다.

이 나물은 내가 말린 것이 아니다. 내가 삶은 것도 내가 얼린 것도 내가 뭉친 것도 아니다. 모조리 고모가 주신 것들이다. 고모가 말려서 삶아서 얼려서 출발하는 차 속에 한사코 넣어주신 것들이다.

나물은 이렇게 엄연히 냉동실 안에서 뒹굴고 있는데 이걸 캐고 말리고 삶은 고모는 지상에 없다. 지난 가을 잿불이 잦아들듯 고요하게 홀로 사위어지셨다. 집도 없이 절도 없이 연기처럼 아니 실제로 화장장의 연기가 되어 가만가만 사라지셨다. 여기 왔다 갔다는 흔적이라곤 아무것도 남기지 않으셨다. 남편도 없었고 자식도 없었다. 다만 있는 것이라곤 층층시하 시어른들과 불천위 종가의 잦고 번거로운 제사뿐이었다. 남편 없는 시가에서 고모는 그걸 평생 해냈다.

고모부는 사회주의자였다. 아니 사회주의자라기보단 평균인보다 정의감이 조금 더 큰 청년에 지나지 않았을지도 모른다. 식민지시대 조선인에게 악독하던 경찰이 해방 이후에도 여전히 경찰인 것에 반발하다가 경찰의 미움을 샀고 경찰의 미움을 받자 저절로 '빨갱이'가 돼버렸다. 매에 굴하지 않자 점점 거물이 되어갔고 마침내 서대문형무소에 수감되기에 이른다. 한국전쟁이 터졌고 인민군이 급작스럽게 서울로 밀려들어 형무소의 문을 열어젖힌다. 고모부는 그때 이북으로 올라갔던 것 같다.

해방 직전에 혼인했고 해방 후엔 쫓기는 몸이 되고 말았으니 고모는 신랑과 채 스무 밤도 함께 자지 못했다. 같은 집에 살아도 사랑채와 안채는 천 리나 멀어 어른들이 허락하지 않으면 합방할 수 없었다. 어찌어찌 아이는 하나 생겼으나 홍역으로 금방 잃고 말았다. 아이는 다시 낳으면 될 줄 알았다. 어린 신랑과 어린 신부였다. 신랑 맘이 여리고 다정해 둘은 사이가 아주 좋았다. 다툴 일은 한 번도 없었다. 사랑마당에서 뒷모습만 흘낏 보여도 맘이 참 흡족하고 좋았다. 그랬는데 몇 번 경찰서를 들락거리더니 사라져버렸다. 서대문형무소에 있다는 말을 듣고 솜옷을 짓고 엿을 한 말 고아 면회를 갔다. 금방 나갈 텐데 뭣 하러 왔느냐고, 어른들 걱정하시는데 얼른 돌아가라고, 감옥에서 햇볕을 오래 못 봐 창백한 신랑이 말했다. 창백해도 웃는 얼굴을 보니 맘이 참 좋았다. 그게 49년의 일이니 고모 나이 스물넷이었다.

전쟁이 일어났고 인민군이 안동까지 내려왔다. 혹시 신랑에게 소식이 오나 기다렸으나 종무소식이었다. 행방불명인지 전사인지 월북인지 알 수 없는 채로 마을에 다시 국군이 들어왔다. 국군은 좌익의 집이라고 서른여섯 칸 큰 기와집 여기저기에 칼을 꽂고 다녔다. 고모부는 떠르르한 안동 양반, 광산 김 씨 유일재 종가의 종손이셨고 그 아내인 고모는 종부였다. 혼인할 당시 종손과 종부는 명예로운 직책이었지만 몇 해 사이 개도 안 물어갈 난감하고 허튼 굴레가 되고 말았다. 경찰이 찾아와 함부로 따귀를 때려도 체통은 지켜야 해서 비명을 지를 수도 없었다.

젊은 새댁에게 경찰이 찾아오는 것을 견딜 수 없어 고모는 깊은 산골 아카시 더미 속으로 피신했다. 그리고 피신하는 즉시 죄인이 돼버렸다. 군인인지 경찰인지 모를 사람들이 부역자를 찾는다고 여기저기를 쑤시고 다녔다. 한번은 고모의 검정치마 자락에 칼이 푹 꽂혔다. 죽었구나 싶었고 죽었으면 싶었다. 그러나 군인 인지 경찰인지 모를 사람은 칼을 빼더니 그냥 가버렸다.

고모는 살아났고 살아났으니 그냥 살았다. 10년이 지나고 20 년이 지나고 30년이 지났다. 다시 40년이 지나고 50년이 지났다. 고모가 신앙처럼 떠받들던 사장어른(고모의 시아버지)은 소식 없는 아들을 기다리느라 99세까지 사셨다.

아침이면 고모는 사랑채와 안채를 잇는 중마루에 가서 기침을 한 번 하고 고했다. "아벰, 아침이시더." 점심이면 고모는 중마루 에 가서 다시 고했다. "아벰, 점심이시더." 저녁이면 다시 중마루 에 가서 고했다. "아벰, 저녁이시더." 사장어른은 학처럼 하얀 바 지저고리를 차려 입으시고 바둑판 앞에 하염없이 앉아 계시다가 번번이 "오~냐" 하셨다. 밥상을 깨끗이 비우실 때도 있었고 식사 를 전혀 못하실 때도 있었다.

사장어른이 식사를 못 하시면 고모는 안절부절했다. 밥상에 비 린 것(생선)과 누린 것(육류)을 떨어뜨리지 않으려고 필사적으로 일 을 하셨다. 평생 한 번도 무색옷을 입지 않으셨다. 기껏해야 옥색 치마 정도만 입으셨다. 시어른 돌아가셨을 때 고모 나이 77세셨다. 스무 살 새댁이 비린 것, 누린 것, 익힌 나물, 생나물을 도토리깍정 이 같은 그릇에 일일이 뚜껑 씌워 칠첩반상 격식 갖춰 지어 바치는 동안 세월은 거짓말처럼 흘러가버렸고 고모는 사장어른 영정 앞에 엎드려 비로소 몹시 우셨다. 아이가 죽었을 때도 남편이 사라졌을 때도 경황이 없어 울지 못했던 울음을 비로소 마음껏 우셨다.

아침저녁 빈소에 상식상을 지어 바치는 시어른 삼년상이 끝나고 여든이 됐을 때 고모는 내게 말하셨다. "야야 살아보니 인생이 참 허쁘다." 살아보니 인생이 참 허쁘다, 라고 토로하신 후 고모는 다시 십 년쯤을 더 사셨다. 그 나머지 십 년은 오롯이 나를 위한 세월이었다. 시어른 밥상을 차리는 대신 철따라 끊임없이 생겨나는 나물을, 곡식을, 양념을, 장아찌를, 김치를, 젓갈을, 부각을, 정과를, 다식을 모조리 내게로 보내고 또 보내셨다. 돌아가신 다음까지 냉동실에 굴러다니는 묵나물 덩이가 서른 개도 넘을 만큼. 나는 이걸 녹여 입안에 넣을 수 있을까. 입에 넣어 먹지 않으면 그럼 이걸 어떻게 하나.

냉동실 문 앞에 하염없이 서 있다. 허쁘다는 말은 기쁘다와 슬프다와 고프다와 아프다를 다 녹여 비벼놓은 말이다. 삶이 '삶은 나물'보다 못할 리야. 눈에 보이지 않는다고 다 사라져버렸을 리야.

냉동실 문을 잡고 삶과 죽음의 어처구니없음을 생각하는 날, 민들레 꽃씨는 횡횡 날고 뭔 새는 줄곧 쪼롱쪼롱 울고 줄에 넌 빨래는 바람에 화르륵 화르륵 뒤집힌다. 나는 오늘 저 시래기를 녹여 멸치를 대가리 채 쏼쏼 부숴 넣고 시래기국을 한 솥 끓여볼까. 해 지고 난 후 고개 숙이고 후루룩거리며 마셔볼까. 서울이라면 친구들 몇 불러 독한 술을 함께 하련만. ㅜㅜ

두 해 전에 썼던 글이다. 고모부는 평양에 살고 계셨고 거기서 혼인해 아이를 넷이나 두셨다. 그걸 알고 난 후 고모는 별 망설임도 없이 그 사람들을 '평양 노친네' 또는 '평양 아이들'이라 부르셨다. 금강산 상봉을 하던 날엔 '평양 노친네'(고모부의 새 아내)를 위해 금반지 한 돈 반, 목걸이 세 돈 반을 만들어서 들고 가셨다. 고모부는 아직 살아 계실까. 고모가 돌아가신 것을 전해 달라고, 고모부 친구인 일본의 이용극 선생에게 편지를 쓰긴 했지만 그게 전달이 되었을까.

뭔가 역사가 달라진 듯한 아침, 역사의 수레바퀴에 치여 일생을 종이처럼 하얗고 납작하게 살다 가신 고모, 가엾고 안타까운 우리 고모를 다시 생각하지 않을 수 없다.

고요한 시간 겸허한 마음으로

사래 긴 콩밭 위로 이제 막 아침볕이 쏟아질 때, 수염이 마르는 옥수수를 골라 꺾을 때, 푸른 겉치마를 벗기고 얇은 속치마를 살짝 열어젖힐 때, 속살이 여물었는지를 확인하며 실없이 설렐 때 털털하고 허우룩하게 거기 서 있던 옥수수 한 그루, 아무렇지도 않던 그가 문득 미덥고 정다워질 때.

늙은 오이를 아름 가득 묵직하게 안고 올 때, 오이에서 노각으로 생명의 차원을 바꿔버린 열매를 목격할 때, 노각의 몸통을 훑고 지나간 굵고 우아한 주름을 발견할 때 그게 슬쩍 눈물겨워 콧등을 문지를 때.

가지의 가짓빛을 곰곰이 들여다볼 때, 보라라고 단정할 수 없는 깊은 어둠에 괄목할 때, 가짓빛 치마 가짓빛 새벽 가짓빛 머리카락 잊었던 관형어들이 새삼 그립게 떠오를 때.

풀 섶에서 늙어가는 청둥호박을 두어 덩이 발견할 때, 줄기에 돋은 가시가 손등을 쓰라리게 할퀼 때, 꼭지에서 피 같은 푸른 진이 주르륵 흘러내려 내 상처를 덮을 때, 불볕 아래 토마토가 익어갈 때, 눈부신 빛깔에 진저리칠 때.

바지랑대 끝에서 빨래가 말라갈 때, 못 견디게 휘날리다 이윽고 아우성을 멈출 때.
이럴 때가 고요한 시간이랍니다. 이럴 때가 고요한 시간이랍니다.

입이 굼픗하믄
좋은 소리가 안 나오니, 군입거리

곶감은 감을 깎아서 볕에 말린 것이다. 감을 깎으면 당연히 감 껍질이 나온다. 그럼 알맹이는 먹고 감 껍질은 버리나? 아니다. 그럴 리 없다. 그것도 말렸다. 곶감은 귀한 것이니 주렁주렁 시렁에 달아 말리고 감 껍질은 허드레 물건이니 바닥에다 신문지나 묵은 달력을 깔아 말렸다.

긴 겨울밤 안방의 간식은 감 껍질이었다. 제사상에 올리거나 사랑손님 안주상에 내놓을 곶감은 여자들 차지가 아니었다. 감 껍질을 어떻게 먹느냐고? 그게 그렇지 않다. 껍질에 인색하게 붙은 과육은 햇볕을 받아 분이 뽀얗게 났고 겉껍질 쪽도 쪼글쪼글 마르면서 당도가 아연 높아졌다. 쫄깃쫄깃 씹는 맛도 제법 쓸 만했다. 엄마는 안방에 모인 안손님들에게 감 껍질 말린 것을 한 양푼씩 내놨다. 아무도 손을 놀리지 않았다. 시집 안 간 처녀들은 동그란 수틀에 끼워놓은 베갯모를 수놓고 아지매들은 국 끓일 감자 껍질을 벗기고 할매들은 콩나물 기를 기름콩을 골랐다. 그러면서 입으로는 질깃질깃 감 껍질을 씹었다.

"입 가진 군정(사람)들이 모이면 어예든동(어떻든) '군입거리'가 있어야 해. 입이 궁뿟하믄(궁금하면) 좋은 소리들이 안 나와!"

늦가을 감 껍질을 말리며 엄마가 말했다. 여럿 모였을 때 군것질거리가 없으면 쓸데없이 공격적이 될 수도 있다는 엄마 나름의 통찰이었다. 아니 거꾸로 군것질거리가 사람 마음을 너그럽게 만들 수도 있다는 견해였다.

가을볕은 채소와 과일을 널어 말리기에 딱 알맞은 볕이다. 곶감과 호박과 가지와 토란대를 말리던 볕은 감 껍질에도 골고루 스며들었다. 그래서 밤이 한정 없이 길어지는 12월, 우리집 안방에서는 그 볕이 조금씩 풀려나왔다. 나른하고 따스하게 그 볕을 쬐며 아지매와 할매들은 도란도란 좋은 소리만을 주고받았다.

사랑에는 밤마실 오는 손이 없었다. 겨울밤 어쩌다 아버지가 문을 펄쩍 여시고 "군입거리 쫌 없나?" 주문하면 엄마는 부리나케 곶감 쌈을 만들었다. 넓적하게 편 곶감에다 살짝 볶은 호두알을 넣고 돌돌 말아 썰어내는 그것을 안사람들은 언감생심 맛 볼 생각조차 하지 않았다. 그게 엄마 생전까지 유지되던 우리집의 질서였다.

아무도 "감 껍질 대신 곶감을!"이라고 외치지 않았다. 왜 안채의 여자들은 껍질을 먹고 사랑채의 남자들만 과육을 먹느냐고 저항하지 않았다. 그런데 어느 날 작은 사랑의 삼촌들이 폭탄선언을 하기 시작했다. "나는 곶감보다 감 껍질이 낫더라!" 그러면서 슬슬 안채로 들어와 처녀들의 수틀 곁에 끼어 앉기 시작했다.

백석이
그리도 좋아하던 가자미

가자미 한 마리를 사면서 백석을 생각했다. 아니 거꾸로다. 백석을 생각하면서 가자미 한 마리를 샀다. 불광시장 호남상회에는 아이 손바닥만 한 작은 가자미는 없고 어른 손바닥 둘만 한 굵은 가자미만 나와 있다. 한 마리에 6천 원이다. 내 뒤를 지나가던 느긋한 아주머니는 뭔 가자미가 이렇게 비싸? 타박을 놓지만 나는 6천 원이 비싸다고 여기지는 않는다.

그건 내 살림이 그 아주머니보다 푼근해서가 아니라 한창 바다에서 헤엄치던 이 굵직한 놈을 잡아 올려 머나먼 서울까지 실어 와서 호남상회에 부렸다가, 비닐 앞치마를 두르고 종일 생선

배를 가르는 말없는 호남상회 주인에게도 약간의 이문을 남겨주고 마침내 내 손에 닿기까지, 가자미의 그 기나긴 여행을 생각하기 때문이다. 고깃배에 드는 기름값이며 트럭에 싣고 올라오는 차비며 수족관의 전기값이며 어부의 일당이며 운전기사의 인건비며 생선가게의 자리값이며를 두루 생각하면 가자미 한 마리를 내 입에 넣기까지 이렇게 여러 사람의 노고와 기술이 총동원되었다는 것이 문득 놀랍고 고맙기 그지없기 때문이다.

1936년, 백석은 십 전 하나에 뼘가웃 되는 가자미 여섯 마리를 샀다고 한 신문 칼럼에다 쓴다. 뼘가웃이라면 36센티는 된다는 말이니 내가 산 것보다 조금 더 큰 놈이다. 그러나 백석은 큰 가자미보다는 잔 것을 좋아해 할머니—아마도 하숙집 할머니겠지—가 두 두름 마흔 마리에 이십오 전씩에 사 오시는 걸 더 좋아한다고도 쓴다.

그런 글을 쓴 것은 1936년 9월이다. 1936년 9월이란 시간을 나는 모른다. 내가 태어나기 20년 전, 우리 엄마가 열 살쯤 되었을 무렵? 내 알량한 상상력은 일제강점과 가난, 그런 단어만을 먼저 떠올린다. 그러나 그 시공간에도 예민하게 오감을 열어놓고 바람 살랑살랑 부는 거리를 경쾌하게 걸어가는 발걸음들이 왜 없었으랴.

백석도 그렇게 거리를 걸어가는 사람이었다. 그는 기분이 아주 삽상하다. 삽상하다는 것은 가볍다는 말이다. 가볍다는 것은 좋다는 의미 그 이상이다. 온갖 불유쾌한 현실 같은 건 외면할 수 있을 만치 기분이 삽상해진 이유, 그걸 백석은 조목조목 열거한다. 단지 몇 가지 이유를 나열했을 뿐인데 이렇게나 울림이 깊고 여운이 오래가는 풍경을 만들고 있다. 가볍게, 거의 장난스런 터치로 던지는, 몇 마디 말들이 어이 이토록 삶의 정수를, 행복의 본질을 건드린다는 것인지 나로서는 해명할 길이 없다.

주어와 서술어 사이의 거리를 병렬과 나열로 이만치 떨어뜨려 놓은 단 두 개의 문장, 그 안에 식민지 지식인의 아픔과 기쁨이, 설움과 그리움과 자족과 애정이 모조리 녹아 있다. 그는 홀가분하고 삽상하게 "외면하고 거리를 걸어가건만" 그 두 개의 문장을 읽으며 70년 후의 나는 일없이 눈물이 핑 돈다. 현직이 아마도 함흥 영생고보 교사일, 지금 나보다 나이 어릴, 코밑수염을 기르고 숱 많은 머리카락이 바람에 휘날릴, 이 키 큰 청년의 쓸쓸하고 따스한 서정이 손에 잡힐 듯 생생하다.

내가 이렇게 외면하고 거리를 걸어가는 것은 잠풍 날씨가 너무나 좋은 탓이고 가난한 동무가 새 구두를 신고 지나간 탓이고 언제나 꼭 같은 넥타이를 매고 고운 사람을 사랑하는 탓이다.
내가 이렇게 외면하고 거리를 걸어가는 것은 또 내 많지 못한 월급이 얼마나 고마운 탓이고 이렇게 젊은 나이로 코밑수염을 길러보는 탓이고 그리고 어느 가난한 집 부엌으로 달재 생선을 진장에 꼿꼿이 지진 것은 맛도 있다는 말이 자꾸 들려오는 탓이다.

여기서 달재는 달강어라는 생선이라지만 나는 이 시에서 풍겨 나는 달재 생선을 진장에 지진 것에서 백석이 그리도 좋아하던 가자미 냄새를 맡는다. 착하고 친하고 선한 가자미 같다. 그 값싼 가자미를 진장에 꼿꼿이 지져 식구들이 둘러앉아 '맛도 있게' 먹을 수만 있다면 가난이면 어떻고 식민지면 어떻단 말인가. 그에게 오늘 잔잔하게 바람 부는 날씨가 이리도 삽상한 것은 평소 날씨가 몹시도 울적했던 탓이고 가난한 동무가 새 구두 하나 사 신을 수 없었던 탓이고 고운 사람을 생각하면서 언제나 똑같은 넥타이밖에 맬 수가 없었던 탓이고 가난한 집 부엌으로 아무 소리도 들려오지 않았던 탓이다!

함흥으로 와서 나는 가자미와 가장 친하다. 광어 문어 고등어 평메 횟대……생선이 많지만 모두 한두 끼에 물리고 만다. 그저 한없이 착하고 정다운 가자미만이 흰밥과 빨간 고추장과 함께 가난하고 쓸쓸한 내 상에 한 끼도 빠지지 않고 오른다. 나는 이 가자미를 처음 십전 하나에 뼘가웃 되는 것 여섯 마리를 받아들고 왔다. 다음부터는 할머니가 두 두름 마흔 개에 이십오 전씩에 사 오시는데 큰 가자미보다도 잔 거슬 내가 좋아

해서 모두 손길만큼 한 것들이다. 그동안 그때엔 또 이십오 전
에 두어 두름씩 해서 나와 같이 이 물선을 좋아하는 h에게도
보내어야겠다(《조선일보》 1936).

호남상회 주인남자는 시키지도 않았는데 가자미를 이리저리
뒤집어가며 굳이 알배긴 놈을 골라준다. 암가자미 뱃속에 알이
꽉 배겼다. 조릴 거라니까 비늘을 박박 긁어내 셋으로 토막을 쳐
준다. 굽는다면 왕소금을 활활 뿌려줬을 것이다.
　백석 덕에 가자미는 내게 정답고 애틋한 물선物膳이 됐다. 물선
이란 말도 나는 백석에게 배웠다. 반찬거리라는 말보다 간결한데
음절에서 비릿하고 싱그러운 내음이 풍겨 내 어휘사전에 등록해
됐다.
　서울의 내 가자미는 두어 날 꾸덕꾸덕 볕에 말려 진간장에 지
져 먹었다.

아위어서 푸르른 가자미 한 토막

아침상에 튀긴 가자미 한 토막이 나왔다. 무 넣고 마늘 넣고 진간장에 조렸으면 더 나았 겠지만 튀겨서 소스를 끼얹은 것도 나쁘진 않다. 비리지 않은 생선이라 얼른 껍질을 벗 기고 살을 발라 먹는데 역시 백석의 시와 산문이 이리저리 생각난다. 뺑뺑 사거리 어느 생선집 벽면에 크게 걸려 있던 선우사膳友辭, 거기 걸려 있어서 선우사를 처음 안 건 아 니지만 생선구이집 벽면에 걸린 시는 가자미라는 생선에 스포트라이트를 비춘 것은 확실하다.

우리들은 아무런 욕심이 없다. 우리들은 야위어서 푸르렀다. 우리들은 세관은(어센) 가시 하나 없다.……흰밥과 가자미와 나는 그렇게 친구라는 것인데 오늘 내 밥상의 가자미는 가시가 제법 세군다. '해정한' 모래톱에 달빛이 내릴 때 거기서 달빛을 희롱하며 자랐을 가자미를 나는 꼭꼭 씹어서 삼킨다. 흰밥과 가자미와 나는……같은 시절 같은 해와 달을 올려다보며 살다가 오늘 밥상 앞에서 서로 만났다.

여기에 외롭고 높고 쓸쓸하게 살다간 백석을 초대한다. 우리 넷은 외롭고 높고 쓸쓸해서 좋은 친구들로서 밥상 앞에 지금 파리하게 도란도란 둘러앉았다.

육개장과 하수상한
토란의 만남

육개장을 뻘겋게 한 솥 끓이고 싶어 고사리와 토란대와 우거지와 대파를 사왔다. 쬐끔 끓이는 것은 성에 차지 않지만 먹을 사람도 없이 국을 한 솥 끓여서 못 먹고 버리는 짓은 죄악—죄책감과 낭패감의 강도가 능히 이 말에 값한다—이라는 걸 알기에 다랍고 야잘찮게도 딱 한 줌씩만 사왔다.

그런데 토란대 이게 좀 이상하다. 세 번을 삶아내도 아린 맛이 빠지지를 않는다. 첨에 무심코 한 가닥을 씹어보다가 혀가 오그라드는 듯해 깜짝 놀라 뱉어냈다. 아무래도 토란대가 본디 지닌 '자연'의 아린 맛이 아니라 뭔가 약품 처리를 해서 생겨난, '인공'

의 아린 맛이 확실한 듯하다.

바야흐로 나는 이러지도 저러지도 못할 딜레마에 봉착했다. 버리자니 육개장을 포기해야 할 판이고(토란대를 씹는 질깃질깃한 맛 없이 어찌 육개장을 먹을 것인가. 게다가 심어서 키워서 까서 말려서 삶은, 여태껏 에너지와 공력을 어찌 한달음에 버릴 것인가) 먹자니 뻔히 알면서 독을 몸 안에 흡입하는 꼴이다.

그러나 나는 곧 결론에 도달했다. 수상하게 아린 토란대를 그냥 국솥에 투하하기로 한다! 지금껏 의식하지 못한 채 위장 속에 집어넣은 독성 물질이 무릇 기하幾何이며 활성 단층대로 판명돼 언제든 지진이 일어날 수 있는 지역에 열 개가 넘는 원자력발전소를 지어놓은 나라에서 천연덕스럽게 살아온 주제에 토란 한 줌의 독성이 뭐가 그리 대단할 것이며 무엇보다 이 우울과 심란을 해소하기 위해서는 차라리 독이 배합된 토란대를 질겅질겅 씹는 편이 훨씬 적절하고 온당하리라, 그런 판단이 유쾌 상쾌 통쾌하게도 쏴르륵 도출된 덕분이었다.

2^부

고담하거나
의젓하거나

빈 하루
2014. 6. 23.

'명태 보푸름'의
개결한 맛이여

"먼저 황태에 물을 뿌려 베 보자기에 싸서 하룻밤 재워야 되니라. 요새 막 주끼는(지껄이는) 이들은 노랑태라고 부르지만 황태가 본이름이지. 이튿날 방망이로 실컷 두들겨 누글누글하고 부들부들해지거든 반으로 딱 벌려서 깨끗한 보를 펴 놓고 닳은 술로 살살 긁으면 되지. 큰 거 한 마리믄 열 접시도 나오고 작은 거는 머 댓 접시나 나오까. 살이 부서지믄 가루가 돼서 못 쓴데이. 그라믄 젓가락으로 집을 수가 없거등. 황태 살이 결대로 살살 긁혀 나와야 양반시럽데이. 보푸름 해놓은 걸 보믄 그 집 견문을 대강 알제."

"그다음은요?"

"다음이 머 있나. 참기름으로 촉촉하게 무치면 되제."

"소금은 안 넣니껴?"

"소금을 왜 안 너? 불에 살짝 볶았다가 칼등으로 살살 문질러 보드랍게 맨들어서 넣제."

"고춧가루로 발갛게 무치는 집도 있든데?"

"아이고 그거사 신법新法이다. 뻘건 음식은 상시러워서 못 쓴데이. 큰손 상에 올릴라꼬 맨드는 게 보푸름인데 어데야 고춧가리?"

"설탕은요?"

"넣고 저우면(싶으면) 입맛대로 넣는 거제 머. 요새 사람들은 머든동(뭐든지) 들큰한 걸 좋다 카잖나."

고모께 전화로 대강 들은 보푸름의 레시피다. 자꾸 추임새를 넣어가며 겨우 얻어낸 정보다. 고모는 전화 끊기 전 황급히 앞의 말을 수정하셨다.

"그거사 옛법이고 요새는 닳은 술로 긁을 게 머 있노? 그 머라 카노? 드르륵 돌리는 믹사 기계로 뒤 번 돌리니까 희한하게 되드라마는!"

명태 보푸름에 향수를 가졌다고 고백하는 건 머쓱한 일이다. 요새 그게 너무 흔해져버렸다. 안동 가면 웬만한 음식집엔 명태 보푸름이 한구석에 삐죽하게 올라 있는 게 보인다. 만든 지 오래돼 가운데가 푹 꺼지고 주변에 부스러기가 어지럽게 흩어진 음식엔 향수가 깃들지 않는다. 고모 말처럼 믹서에 한 번 빙 돌려나오는 음식일 때 보푸름은 이미 보푸름이 아니다. 가게에서 돈만 주면 언제라도 살 수 있는 간고등어가 예전의 그 간고등어가 아니듯이! 우리 감정과 입맛은 매우 예민하고 정교하게 프로그래밍 되어 있다. 오래 그리워하다 맞닥뜨리는 것과 무시로 아무렇게나 부딪치는 것과는 정서의 작동하는 부위가 다를 수밖에.

보푸름은 원래 그리 흔한 음식이 아니었다. 잔치 때나 사랑에 큰손이 올 때라야 비로소 맛볼 수 있던 정갈하디 정갈한 반찬이었다. 하얗고 맑고 고왔던 그것, 입에 넣으면 눈 녹듯 사르륵 녹던 그것. 난 아직 아이스크림을 맛보기 이전이었고, 솜사탕이란 것이 존재한다는 것도 모를 때였다. 모기 눈알이라는 1밀리도 안되는 크기의 재료를 모아 끓인 스프가 있다는 소리도 언감생심 듣지 못할 시절이었다. 그때 내가 세상에 태어나 최초로 맛본 가장 정밀한 요리가 바로 보푸름이었다.

고모는 저 이야기에서 생략하셨지만 엄마에겐 가장 공들이는 한 과정이 더 있었다. 닳은 술로 긁은 명태 살을 손바닥으로 한번 더 보드랍게 비볐다. 흰 보자기에 무슨 수정 가루나 되는 듯 곱게 싸두었다가 상에 올리기 직전 참기름을 살짝 둘러 무쳐냈던 것 같다.

엄마가 보푸름을 담아내던 자그만 놋종지가 지금 내게 있다. 뚜껑 달린 놋종지에 담지 않은 보푸름을 보푸름이라고 말할 수 있을까. 윤 나는 종지 뚜껑을 열면 그 안에 놋쇠보다 훨씬 엷은 빛깔의 흰 보푸름이 소복하게 담겨 있었다. 흰 접시에 담으면 보푸름은 금방 노란빛 쪽으로 가버리지만 놋종지에 담으면 보푸름은 흰 빛이 유지된다. 비록 황태에서 긁어낸 것이지만 흰빛일 때 보푸름은 보다 보푸름답다. 맑고 개결하지 않으면 보푸름의 존재 이유가 없어지니까!

형태가 드러나지 않을 만큼 결이 고와야 하지만 젓가락으로 집히지 않아서는 안 된다. 혀 위에서 녹아들어야 하지만 가루가 돼서는 안 된다. 짜지 않아야 하지만 싱거워도 안 된다. 고소한 향이 풍겨야 하지만 기름기가 입에 걸려서도 안 된다. 그게 보푸름이 앉아 있어야 할 정밀한 좌표였고, 그 지점을 가장 섬세하게 맞출 줄 아는 사람이 엄마였다.

"닭실서 온 너 외아지매하고 원촌서 온 너 작은 외아지매하고 법흥서 오신 작은 외할매하고 나라골로 간 너어 이모하고 내하고 다섯이 앉아 누가 보푸름을 젤 잘하는지 내기를 했더라. 보푸름은 본법이 고대포로 하는 거다. 고대포는 요새 구하기가 쉽지가 않으니 할 수 없이 황태로 대신하는 거제마는!"

내기를 했다는 말만 하고, 누가 젤 잘했다는 결과는 말하지 않았다. 하지만 우리집 보푸름이 곱다는 얘기 끝에 나온 말이니 엄마 솜씨가 그중 나았다는 자랑이었을 것이다.

오래된 기억은 신기한 매직이다. 다 사라진 줄 알았다가도 어느 순간 토끼를 따라 굴을 빠져나온 앨리스처럼, 눈앞에 펼쳐진 낯선 세계와 맞닥뜨리게 만든다. 앨리스가 너무 어려 '언더랜드'를 '원더랜드'로 잘못 들었다고 팀 버턴 감독이 위트를 부렸듯 나 또한 가끔 내 뒤에 길게 늘어선, 숨겨둔 보물 같은 '원더랜드'를 감각한다.

엄마의 저 말은 실은 아주 도도한 고백이었다. 닭실의 안동 권 씨, 원촌의 진성 이 씨, 법흥 임청각의 고성 이 씨, 나라골의 재령 이 씨들보다 엄마 범절이 더 빼어났다는 토로일 수도 있었다. 그러나 어린 딸 앞일지언정 자랑을 겉으로 드러내는 건 금기였으니 말꼬리를 흐리면서 은근히 감췄으리라. 그게 친정인 무실 유 씨에 대한 자랑인지 시가인 내앞 김 씨에 대한 자랑인지는 끝내 아리송하지만. 음식 솜씨가 있다는 건 자랑이 아닐 리는 없지만 한편으론 형벌이었다. 감당해야 할 일이 그만큼 늘어났으니까. 엄마는 늘 상을 차리는 사람이었다. 잠자리에 누울 때 외엔 거의 앞치마를 벗지 못했다.

보푸름은 실은 밥반찬이라기보다는 죽 안주였다. 쌀을 으깨 끓인 미음 한 대접에 기름 없이 구운 맨김과 조선간장 한 종지와 보푸름 한 종지! 내가 맨 처음 만난 밥상의 원형은 그것이었다. 그릇마다 도토리깍정이 같은 뚜껑이 덮여 있었다. 검은 상 위에 정갈하게 올려진 그 자그만 유기 그릇에 담긴 음식은 먹고 없애는 것이라기보다는 신성에 바치는 종교의식의 그것이라는 느낌이 더 컸다.

집에 환자가 있었던가. 오래 자리보전하셨다는 증조부가 세상을 뜨신 것은 내가 태어나기 이전이었다니 그건 아니겠고, 사랑에 손으로 오셔서 일쑤 서너 달을 묵고 가셨던 종조부나 재종조부들이 밥보다 죽을 즐기셨던 것 같다. 밥을 삭이지 못하는 위장을 가진, 입맛도 성깔도 마냥 까다로운 어른들을 위해 엄마가 기도하듯 손바닥을 비벼가며 만든 음식이 바로 보푸름이었다.

손이 오면 외상을 차리는 게 안동의 관습이었다. 나이가 비슷하면서 아주 절친한 손이 아니면 좀체 겸상을 하지 않았다. 된장찌개 그릇에 서로 숟가락을 담그며 빙 둘러앉아 먹는 것이 흔히들 한국 본연의 밥상인 줄 알지만, 그렇지 않은 문화도 분명히 있었다. 비벼 먹지도 않았고 말아 먹지도 않았다. 심지어 구운 김도 손으로 집어 들지 않았다. 숟가락 등으로 눌러 살짝 붙여 먹어야 한다고 배웠다.

에티켓이란 엄밀히 말하면 위선이다. 남들과 변별되고자 하는 허위의식일 수 있다. 그러나 안동 양반들의 에티켓은 눈물겨운 수신의 방책이었다고 말해도 가당하리라. 벼슬로 나갈 길은 수백 년 동안 원천 봉쇄된 상태였고 아득하고, 아슬한 봉우리 같은 퇴계는 바로 이웃에 있는데다 글 읽지 않는 집을 우습게 여기는 풍조는 태중에서부터 절로 내면화됐다. 삶의 '파이널 고울'은 벼슬도 부도 아니고 군자가 되는 것이었다. 군자란 완성된 인격을 말하고 인격이 완성되는 방법은 쉼 없이 글을 읽는 것뿐이었다. 수신해야 제가하고 제가해야 치국할 수 있었으니, 그 수신법이 바로 글 읽기였다.

"글을 읽는 자가 어찌 음식을 탐해?"란 이데올로기가 안동엔 분명히 있었던 것 같다. 이밥을 수북이 퍼놓고 아귀아귀 퍼먹어서는 선비일 수 없었다. 그건 거꾸로 밥을 수북이 퍼담을 만한 재력이 없었기에 궁여지책으로 만들어낸 합리화일 수도 있다. 삶의 남루함을 군자라는 추상으로 외면하거나 미봉하려 했다는 심증이 가기도 한다.

안동 음식 거의가 음식 자체보다 거기 담긴 의미가 더 크지만, 보푸름이야말로 그런 추상의 의미가 더욱 확대된 음식이다. 글 읽는 선비의 상엔 그래도 고기가 있어야 했다. 평소엔 없더라도 적어도 손님이 오신 날은 그런 척이라도 해야 했다. 그게 상 차리는 아낙의 도리였다. 여름이야 앞 내에서 민물고기를 잡아 어죽도 끓이고 조림도 하지만, 겨울엔 그것도 불가능해진다. 그렇다고 수시로 닭을 잡을 수도 없고 소고기나 돼지고기를 구하기는 더욱 아득한 노릇이다. 그런데 말린 생선이 있다. 이건 오래 두고 먹을 수가 있는 요긴한 '고기'다. 안동에서는 땅에서 나지 않는 것이면 비린 것이든 누린 것이든 모조리 고기라고 부른다. 고기가 하도 귀해서 굳이 세분해 부를 필요조차 없었을 것이다.

그러고 보니 보푸름은 겨울 음식이었다. 말린 명태 반의 반 마리를 물을 축여 두드리면 보푸름 된 접시를 능히 얻을 수 있었고, 사랑손님 상에 귀한 '고기'를 올릴 수가 있었단 소리다.

같은 맥락의 음식이 바로 근래 야단스럽게 상품화한 안동 간고등어다. 사랑에 손이 오신 기척이 나면 소금 단지에 오래 묻어놔 짜디짠 고등어를 얼른 물에 담가 소금기를 뺐냈다. 싱싱하지 않으니 구울 수는 없고 무를 깔고 쪘다. 고등어는 상에 올리고 안식구들은 고등어 기름이 인색하게 배어든 무를 아껴 베어 물었다. 그 황홀한 맛을 어디다 비할까.

사랑어른들은 물론 이 '고기'를 다 드시지 않았다. 반쯤만 드시고 상을 물리셨다. 놋종지에 반쯤 담긴 하얀 보푸름이 내 차지가 됐을 때 그 환호작약하던 기분, 그걸 지금은 어떤 음식 앞에서도 되살려낼 수가 없다. 입맛을 잃어 쓸쓸한 게 아니라 그토록 공들인 음식을 아무도 만들어내지 않는 시절이 쓸쓸하다.

바로 그대가 다시 만들면 되지 않겠느냐고? 글쎄, 한 해 음식 쓰레기 150조 원의 시대에, 고작 반찬 서너 가지를 올리는 빈한한 밥상을 누가 받아줄까. 그러나 안동 선비 밥상의 서빙법만은 '웰빙'과 '다이어트'와 '럭셔리'가 난무하는 이 시대에 확실히 경쟁력이 있다고 생각한다. 내가 맨 처음 봤던 그 검게 옻칠한 상에, 유기 칠첩반상을 올리는 정갈한 외상이 프랑스나 이탈리아 식당의 풀코스보다 덜 럭셔리할 게 무에 있으랴.

2014.
4.7.
봄날

시그러라
꽃

"상미하게" "이식하시게"

혼인 후 처음 남편과 동반해 외종조부를 뵈러 갔다. 사십 년 동안 하루도 빠짐없이 일기를 쓰셨다는 외조부는 돌아가셨고 그 아우인 종조부를 뵙는 자리였다.

검은 상 위에는 송화다식과 통계피 박힌 배가 가지런히 놓여 있었다. 새 손이 온다고 외숙모가 특별히 공들인 음식이었다. 외할배가 다식 접시를 우리 쪽으로 밀며 점잖게 말했다.

"상미嘗味하게!"

안동 사람이 아닌 남편은 그 낯선 말을 얼른 알아듣지 못했다. 어리둥절해 있는 이에게 외할배는 이번에는 배 접시를 밀어놓고 보다 알아듣기 쉽게 말했다.

"이식梨食하시게!!"

그 후로도 오랫동안 우리집에선 배를 깎으면 이렇게 소리치곤 했다.

"이식梨食하자. 이식!!"

그 말엔 시대 변화를 따라가지 못하면서 쓸데없이 잘난 척하는 안동에 대한 비아냥이 슬쩍 묻어 있었다. 고모가 군이 황태를 노랑태라고 부르는 이들이 있다고 덧붙이는 것이나 엄마가 대구포라는 말을 모르지 않으면서 은연중 고대포라고 부르는 것이 다 같은 계열이었다.

요새 황태 대신 노랑태라고 부르는 사람은 아무도 없다는 것을 고모만 모르고 계신 것이고 고대포라고 불러서는 알아듣는 사람이 아무도 없다는 것을 엄마만 모르고 있었던 것이다. 마치 명나라가 망하고 청나라가 들어선 것을 오랫동안 인정하지 않았듯이!

그렇지만 엄마와 고모는 이미 이 세상 사람이 아니다. 안동문화권 바깥의 사람들이 이런 언어를 곱게 봐줄 리 없지만 사라져가는 그런 말들에 나는 지금 '보푸름' 같은 구체적 대상보다 더 강렬한 향수를 느끼는 중이다. 그게 설령 부질없는 감상일지라도!

슴슴한 무익지,
'니 맛도 내 맛도 없는'

낮에 수다를 떨다 갑자기 무익지라는 말이 내 혀에 사탕처럼 걸렸다. 무익지, 대여섯 둘러앉은 사람 중에 무익지를 아는 사람이 아무도 없었다. 앤초비와 루콜라를 말하는 자리에서 엉겁결에 튀어나온 무익지란 말을 나는 겉옷 밖으로 삐져나온 속옷인 양 얼른 안으로 들이밀었다.

그러나 무익지는 쉽사리 들이밀어지지 않고 자꾸 밖으로 삐져나왔다. 그토록 흔하던 무에 대해, 덤덤하고 시원한 무맛에 대해, 무로 만들던 별의별 반찬에 대해, 이제는 사라져버린 무의 아우라에 대해 최소한의 기록이라도 남기지 않으면 안 되겠다. 나는 자다가 벌떡 일어나 앉았다.

이제 무는 대접받는 야채가 아니다. 난 지금 무 없이도 살 수 있다. 실제 무를 사지 않고 시장을 돌아 나온 적도 많다. 그러나 전엔 겨울 야채라면 오로지 무와 배추였다. 당근, 양파는 아주 귀했다. 본 적은 있지만 그걸로 일상적인 반찬을 만드는 일은 드물었다. 감자가 있었지만 가난한 살림에 그건 대개 주식 취급이었지, 반찬 재료로 쓰는 일은 아주 적었다. 그러니 야채라곤 무와 배추뿐이었다.

물론 여름이야 텃밭 가득 백화점 야채 코너보다 훨씬 다양한 채소를 심어 기른다. 울타리를 치고 그 안에 한 줄 혹은 두 줄씩 상치, 오이, 쑥갓, 가지, 파, 시금치, 부추를 심었고 울타리를 타고 올라가게 호박을 심었고 그 곁 너른 밭은 고추밭과 깨밭과 마늘밭이었다. 그러니 호박, 호박잎, 고추, 고춧잎, 마늘잎, 들깻잎에 씨 뿌리지 않고도 자라는 쑥, 냉이, 달래, 쪼바리, 참비름, 질경이에 산으로 올라가면 얼마든지 캐올 수 있는 참취, 미역취, 개미취 같은 각종 취와 가장 먼저 빼족 고개를 내밀던 고사리와 넙적넙적했던 원추리잎과 가지째 죽죽 훑어먹던 홑잎과 나무에 돋는 새순인 두릅과 오갈피잎과 가죽나무잎이 다 우리들의 채소였다. 그러나 겨울엔 말려 갈무리한 산나물류와 시루에 물 줘서 기르는 콩나물과 피마자잎과 시래기 말고는 따로 채소가 없었으니 그때 가장 요긴한 것이 무와 배추가 될 수밖에!

무와 배추는 각각 구덩이를 파고 묻었다. 얼리지 않고 싱싱하게 보관하는 방법을 어른들은 용케 알고 있었다. 우리집 무 구덩이는 부엌문을 열고 높은 문턱을 타넘어 남쪽 펌프장 곁에 있었다. 내가 더 어렸을 적엔 거기 디딜방아가 있었다지만 어느 해 태풍에 디딜방앗간이 무너졌다 했고 나는 우리집 디딜방아를 봤던지 못 봤던지 기억도 아리송하다.

무는 반찬거리이기도 했지만 간식이었다. 겨울밤 아버지가 사랑채 큰 방문을 탁 열면 엄마는 그게 무 하나를 잘라 오라는 소리인 줄을 자동으로 알아들었다. 아무 말 없이도 그저 사랑방 문이 바람벽을 탁 치는 소리가 나기만 하면 엄마는 어둠을 아랑곳하지 않고 부리나케 남쪽 무 구덩이로 달려갔다.

무는 큰 바가지에 담겨서 왔다. 하나가 아니라 두셋쯤인 건 이왕 무 구덩이를 연 김에 내일 아침엔 무 반찬을 넉넉히 해보겠다는 뜻이렷다? 무는 통계적으로 머리 쪽 3분의 1 이상이 푸른빛을 띨수록 단맛이 강한 놈이다. 무를 꺼내오는 데는 어둠이 별 상관없지만 맛있는 무를 고르는 데는 어둠이 방해 요소다. 아, 지금 생각하니 엄마가 무를 둘 이상 꺼내온 것은 여러 개 가져와서 기중 맛있어 보이는 놈을 골라보려던 게 더 합당한 이유였겠다.

푸른빛이 많은 무를 골라들고 대범하게 껍질을 칼로 확확 벗겨낸다(반찬으로 쓸 때는 무 껍질은 닳은 숟을 써서 아까운 야채의 손실분을 줄인다). 무를 깎는 표정으로 대개 무맛을 짐작할 수 있다. 입에 도는 군침을 슬쩍 삼키면서 엄마 얼굴에 웃음기가 돌면 그건 물도 많고 단맛도 많은 무이고 낭패한 기색이거나 혀를 차면 그건 지리거나 맵거나 퍽퍽한 무일 확률이 크다. 혀로 맛보기 전 껍질 깎는 감각만으로 맛을 짐작하는 건 지금 나도 능히 할 수 있는 일이다.

그걸 접시에 네모나게 두부모 썰듯이 썰어 사랑으로 가져 나간다. 모양 없게 잘린 끄트머리는 엄마와 내 몫이고 반듯한 가운데 부분은 언제나 '상에 올릴 것', 즉 아버지 몫이다. 거기 대해 난 한 치도 불만이 없었다. 아버지는 아버지니까 지당할 뿐이었다.

자꾸 옆길로 새버리지만 '익지'는 우리집 특유의 반찬이었다. 나는 지금껏 다른 집에서는 어디서도 익지를 먹어본 적이 없다. '익은 지(장아찌)'란 뜻이었을까. 무를 나박김치 썰듯이 나박나박 썰어 밥 위에 살짝 쪄낸다. 이때 너무 물러 사각거리는 맛이 없어지면 실패다. 흐물거리지 않고 씹힐 때 소리가 날 정도긴 하지만 무가 설익어서도 안 된다. '익지'는 타이밍이 포인트다. 그렇게 속까지 익어 부드럽되 탄력 있는 저작감을 유지하는 정도로 절묘하게 익힌 무를 간장과 파, 마늘과 깨소금과 고운 고춧가루를 넣어 가볍게 무친 후에 참기름 한 방울을 떨어뜨린다.

이게 무슨 맛일 것인가. 그저 심심하고 덤덤할 뿐이다. 그런데도 아버지는 익지를 즐기셨고 엄마는 익지를 잘 만드는 걸 자부하셨다. 이건 양반 음식 중에서 상양반 음식이다. 아무나 해 먹는 게 아니다, 익지를 잘 해야 솜씨 있는 계집이다, 라고 엄마는 가르쳤다.

그건 콩장도 마찬가지였다. 암만 국거리가 없어도 계집은 국 없이 어른 상을 들어선 안 된다. 그건 흉 중에서도 아주 큰 흉거리다. 정 국거리가 없을 때는 콩장을 젓거라, 콩장은 양반 음식이다, 아무나 해 먹는 게 아니다. 콩장을 잘 저어야 범절 있는 계집이다, 라고 엄마는 또 가르쳤다.

콩장은 국이랄 수도 없는 음식이었다. 그냥 맹물에 콩가루를 타서 끓이는 것에 불과했다. 콩장 역시 포인트는 불 조절이었다. 조금만 늦으면 콩장은 부르륵 끓어 넘쳐 냄비 바닥에 아무것도 남지 않게 된다. 그렇다고 설 끓일 수도 없다. 끓으면 뚜껑을 열고 불을 낮추되 콩가루가 꽃피듯 위로 담뿍 떠오르는 순간에 불을 꺼야 한다. 가스불이라면야 조절 레버가 있으니 얼마든지 불 조절이 쉽겠지만 엄마의 부엌은 오로지 나무 때는 아궁이뿐이었다. 그러니 그 조절은 긴장과 내공이 필수였다.

양반 음식, 그건 허울 좋은 핑계일 뿐이었고 실은 '익지'도 '콩장'도 땅덩어리 적고 산물이 부족한 안동 같은 산골 지역의 빈곤 음식이었을 뿐이다. 그걸 호도하고 외면하려고 자꾸만 양반이니 범절이니 식의 다른 관념을 갖다 씌우려고 한 것 같다. 엄마의 의도가 아니라 엄마의 엄마, 엄마의 시엄마로부터 대대로 딸들에게 내려온 교육이고 그건 아슬아슬하게 내게까지 와서 닿았다. 유교와 가부장 이데올로기의 장점과 맹점이 내 안에 뒤섞여 요동하고 있는 것을 나는 느낀다.

요즘처럼 먹을 게 넘쳐나는 때에 익지는 무엇이고 콩장은 또 무언가. 나는 내 부엌에서 절대 그런 음식을 만들지 않는다. 필요를 느낀 적도 없다. 그러나 이상하다. 익지란 말을 엉겁결에 발음하고 나서 나는 난데없이 그 밍밍한 무와 심심한 콩장 맛이 그리워지기 시작했다. 그건 정말 아무렇지도 않은 맛이었다. 결코 맛있지 않은 맛이었다.

그런데 그 맛 속에 별의별 것이 담겨 있었던 것만 같다. 무와 콩을 길러낸 척박한 땅에 비치던 은은한 햇볕과, 땅속 깊이 인색하나 달디 달게 숨어 있던 지하수와, 눈물이 돌 것 같은 겸허와, 수도승같이 맑은 인내와, 텅 빈 밭이랑 위로 불어오는 바람결 같은 가난과, 그 가난과 짝을 이룬 꼿꼿한 자부와 자존심이 습습한 익지 맛 안에 모조리 담겨 있었던 것만 같다.

엄마가 해주는 반찬을 오랫동안 먹지 못해서 그럴까, 내가 먹는 음식에 인공 첨가물이 너무 많아서 그럴까, 온통 먹는 이야기 투성이인 백석 시집을 자꾸만 들여다봐서 그럴까. 머잖아 나는 문제의 그 '니 맛도 내 맛도 없는' 무익지를 기어이 내 손으로 해 먹게 되고 말 것 같다.

그리고 민망하지만 아까 했던 말을 스스로 번복해야겠다. 나는 지금도 무 없이는 살 수 없다! 무를 사지 않고 시장을 돌아 나오는 날은 기어이 다시 가서 무를 하나 사들고 와야 직성이 풀린다는 것을 고백해야겠다.

손님상엔 꿀 넣은 '약지'

참, 생각해보니 '약지'란 것도 있었다. 그건 익지에 꿀을 조금 넣어 단맛을 돋우는 것이었다. 익지가 식구들끼리의 반찬이었다면 약지는 손님접대용이었다. 난 당연히 익지보다 약지를 더 좋아했다. 약지를 무치고 난 흰 사기대접엔 참기름에 섞인 꿀이 조금씩 묻어 있었고 손님상을 눈썹에 맞추어 사랑으로 들고 나간 엄마가 부엌으로 돌아오자면 한참이 걸렸다. 그 한참 동안 나는 사기대접의 발간 양념을 혀를 길게 내밀어 핥아먹었다. 아, 고소함과 달큰함을 감각하는 미각돌기 곁에서 살짝 풍기던 마늘향이여!

달콤함을
옹호한다

감미로움을 감각하는 것은 혀끝이다. 단맛을 느끼는 게 혀끝임을 우린 대개 열 살쯤이면 배운다. 난 아직도 기억한다. 오후 햇살이 비스듬히 비쳐 드는 초등학교 4학년쯤의 교실, 칠판 위엔 길쭉하게 혓바닥이 그려져 있고 선생님은 혓바닥을 이리저리 나누더니 맨 앞엔 단맛, 가운데는 쓴맛, 양옆은 신맛이라고 써넣으셨다. 아니 달콤함을 느끼는 게 혀끝일 뿐이라고? 동의할 수 없었다. 내가 아는 단맛은 혀 전체뿐 아니라 온몸 전체를 빠져들게 할 만큼 강렬했는데?

용기를 내어 선생님께 항의했다. "저 그림이 과연 사실이냐,

내 혀는 끝 부분뿐 아니라 전체가 온통 단맛을 느낀다. 저 그림을 만든 사람이 누구인지 궁금하다!" 선생님은 그 의문을 건방짐이나 딴지 걸기로 해석하셨던 모양이다. 실험실이 따로 없고 아이에게 친절하지도 않았던 당시 교실 환경은 그런 항변을 허용할 수 없었다. 일일이 의문을 달지 말고 무조건 외워둬라. 그래야 착한 어린이다! 선생님을 곤혹스럽게 만들 질문은 금기였는데 그걸 건드렸기에 나는 그날 손바닥을 두어 대 맞았다. 감미로움의 첫 이론을, 나는 말하자면 가장 감미롭지 않은 방식으로 배웠던 셈이다.

집에서 벌을 쳤다. 어느 날 집 앞 감나무 꼭대기에 시꺼먼 벌 뭉치가 무섭게 잉잉대며 붙어 있었고 어른들은 그걸 떼어내 벌통에 담았다. 벌이 제 발(?)로 들어오면 집안에 복이 들어올 조짐이라고들 했다. 말벌이 오면 얼른 말해라.

조팝꽃이 피는 긴긴 봄날 아버지는 나를 벌통 앞에 앉혀두셨다. 나는 벌이 뒷다리에 노란 화분을 묻혀 오는 것을 하염없이 들여다보곤 했다. 온통 잉잉대는 벌 소리와 살짝 풍기는 꽃향과 세상 가득 아른거리는 햇살의 무늬, 벌통 앞에 앉아 반쯤 졸며 반쯤 황홀하게 그걸 감각했다. 가슴이 가끔 콰당콰당 뛰었다.

아카시와 싸리꽃이 지고 나면 한 해 한 번씩 꿀을 떴다. 원시적인 방법이었다. 흡사 봉세탁기처럼 생긴 둥그런 양철통에 네모난 벌집을 양쪽으로 끼우고 위로 솟은 손잡이를 힘껏 돌렸다. 벌집

안의 꿀은 양철통의 몸으로 줄줄 흘러내렸다. 꿀에는 벌이 꺼멓게 빠져 죽어 있었다. 그토록 열심히 화분을 물고 오던 벌이 결국 제가 만든 꿀 속에 빠져 죽다니! 진동하는 꿀 내음 속엔 어딘지 세상 전체를 허망하게 만드는 무엇이 들어있었다.

그 허망은 내게 명현으로 나타났다. 첫 번째 꿀 뜨는 날 나는 돌연 마당에 나자빠졌다. 통에 묻은 꿀을 두어 숟갈 긁어 먹었을 뿐인데 토할 듯 하늘이 빙빙 돌더니 잠깐 만에 까무룩 정신을 잃어버렸다. 설탕을 벌의 겨울 양식으로 주는 법을 모를 때였고 일 년에 한 번 뜨는 농도 진한 토종꿀의 성분이 안 그래도 허약 체질인 아이에게 너무 독했던 모양이다.

의식을 찾아보니 내 머리 위로 사람들의 얼굴이 빙 둘러서 있었다. "정신이 드나?" 엄마가 울먹였고 "사람은 술보다도 너무 단 것에 더 취한데이." 누군가 말했다. 꿀에 취했다 깨어 나면 웬만한 병통이나 잡귀는 그 몸에 범접을 못한다고 수군대는 소리도 들렸다. 난 선생님께 불손했던 아이가 아니라 며칠 전 명현으로 쓰러진 적 있던 아이일 뿐이었다.

맨 처음 설탕을 입에 넣던 순간의 황홀을 어디다 비할까. 그때까지 내가 아는 단맛은 꿀이나 조청이 전부였다. 설탕의 단맛은 이전과는 달랐다. 꿀이나 조청은 달되 신맛과 쓴맛이 두루 중첩된 깊은 단맛이라면 설탕은 오로지 단맛 하나만 남겨진 산뜻하고 얇다란 단맛이었다. 그건 단맛 자체라기보다 외래 문명의 맛이었다. 간식거리가 없던 우리 동네 아이들은 일쑤 엄마 몰래 맹물에 설탕을 타서 한 대접 쭉 마셨다. 설탕물 한 대접을 들이킨 직후의 '모영대'나 '우점주'의 얼굴에 떠오르던 그 흡족과 황홀을 나는 이후 어디서도 만난 적이 없다.

단맛에 열광하는 것은 인간만의 기호는 아니었다. 단맛에 이끌리는 게 포유류 전체의 본능이라는 건 나중에 알게 됐다. 인류학자들은 신맛 쓴맛 짠맛에 대한 사람들의 기호가 문화에 따라 다르지만 단맛만은 보편적이라는 사실을 발견해냈다. 자연은 에너지를 당분으로 저장하고 동물은 그걸 섭취해서 영양을 삼는다. 자연이 에너지를 굳이 당분으로 저장하는 까닭은? 그건 포유동물들이 맨 처음 에미 젖을 통해 단맛을 학습해뒀기 때문이다. 물론 다른 견해도 있다. 어미젖을 찾도록 만들기 위해 포유류에게 선천적으로 단것에 대한 욕망을 줬다는 설인데 학습이든 선험이든, 단맛은 동식물 전체의 진화에 큰 영향을 끼쳤다는 게 자명한 진리로 증명되고 있다.

과일은 달콤한 과육 속에 씨앗을 담아둬 동물을 유혹한다. 단것을 좋아하는 포유류의 특성을 맘껏 활용해 제 씨를 퍼뜨리려는 전략이다. 동물은 과당의 단맛을 섭취하는 대신 씨앗을 운반해 식물의 영역 확장을 돕는다. 사과든 수박이든 그냥 민들레 홀씨 같은 걸 달아둬 바람에 날려가게 만들어도 좋았을 텐데 굳이 동물을 개입하게 한 식물의 의도—혹은 신의 의도?—는 들여다볼

수록 흥미진진하다.

　그러고 보면 내가 수박이나 사과의 단맛에 도취하는 건 단순한 기호의 문제가 아니었다. 그건 전 지구적인, 동식물 간의 공진화를 위한 모종의 거래라고 할 만한 행위였다. 단맛을 좋아하는 동물과 크고 달콤한 과육을 가진 식물! 둘 사이의 공정하고 기분 좋은 거래가 없었다면 지구가 지금처럼 꽃피고 열매 맺는 아름다움을 유지할 수 있었을까. 서로의 생명을 유지하는 고리가 바로 단맛이라는 걸 발견하고 나는 뒤늦게 무릎을 친다.

　식물이 동물로부터 자신을 보호하는 조치들도 기발하다. 씨앗의 발육이 완전히 끝나기 전까지는 동물의 접근을 엄금한다. 동물이 좋아하는 단맛을 제대로 내지 않음은 물론 열매를 눈에 띄지 않게 잎과 똑같이, 녹색으로 감춰둔다. 아니 다 익어 눈을 유혹하는 붉은빛을 띠게 될 때에도 동물은 결코 식물의 씨앗 내부로는 접근할 수 없다. 영롱한 윤을 내는 갈색의 사과 씨앗, 인간은 이 씨앗을 먹지 못한다. 사과 씨앗에는 시안화 물질이란 독성이 함유되어 있다는 걸 우린 이미 알고 있다. 참외씨도 수박씨도 인간 위장 안에서 소화되지 않도록 두터운 장막에 쌓여 있다. 먹으면 설사를 일으키기도 한다. 화장실에서 둥둥 뜨는 악착 같은 참외 씨앗을 대수롭잖게 물에 흘려버리는 인간의 문명, 거기 언젠가 참외 씨앗들이 보복해올지도 모른다.

　감미로움에의 도취는 모든 욕망의 근원이다. 젖을 빠는 짐승의 맨 첫 번째 욕망이다. 지구란 발 달린 짐승이 감미로움에 탐닉할 수밖에 없도록 설계된 땅이다. 감미로움은 원래 선이었다. 달콤함이 나쁠 리가 없다. 영어의 sweet도 긍정적인 단어였다. 셰익스피어는 봄을 '가장 감미로운 계절'이라고 불렀고 내가 가진 에센스 영어사전은 설득력 있는 말, 가장 비옥한 땅, 아름답기 그지없는 광경, 매우 고상한 사람에 두루 스위트란 단어를 쓴다고 나와 있다.

그런데 언제부턴가 단맛은 급작하게 싸구려로 전락했다. 달콤함은 사라지고 들쩍지근함만 남은 것 같다. 고상한 사람을 달콤하다고 부른다고 사전에 나오다니 얼토당토 않다는 느낌이다. 고상함은 차라리 약간 쌉쌀하거나 적어도 무가당이라야 이를 수 있는 반열이 아닌가? 언제부터 달콤함이 우리에게 천박함 혹은 저급함으로 인식되기 시작했을까. 고급 커피는 대개 무설탕이고 케익 또한 단맛을 빼버려야 웰빙족의 환영을 받게 된 게 상식이다.

그 황홀하던 설탕 맛이 변했나? 그건 아닌 것 같다. 유죄라면 오로지 너무 흔해졌다는 것뿐이다. 단맛의 가치가 추락한 건 분명 꿀이나 조청 탓은 아니다. 약으로 한 방울씩 먹던 꿀이 슈퍼에 마구 진열돼 소금보다 흔한 양념이 된 탓도 없을 리 없지만 큰 몫은 단연 설탕에 있다. 외래 문명의 맛 자체였던 설탕, 고급 선물로 애지중지되던 설탕이 값싸게 마구 유입되면서 감미로움이란 정서조차 덩달아 싸구려 감상으로 취급받게 돼버렸다.

그렇지만 감미로움이 가치 없다면 사람들은, 나는, 뭘 바라고 살아야 하나? 타고난 욕망을 억압하고 단맛을 저급하다고 손가락질해버린다면 세상을 무슨 재미로 살까? 단맛을 느끼는 게 혀끝이라는 건 우연이 아니다. 손바닥을 맞아가며 배운 진리가 괜히 생겼을 리 없다. 귓바퀴가 안으로 오목한 게 소리를 보다 잘 모으기 위한 방편이고 추운 지방 사람들의 코가 길고 높은 게 차가운 외기를 데워서 들이마시기 위함이라면 단맛을 혀끝으로 느끼라는 조치에도 분명 삶에 대한 신의 중요한 팁이 들어있을 것이다.

혀끝은 마구 씹기 위한 곳이 아니다. 조심스레 내밀어 살짝 음미해보는 데 적당한 위치다. 아껴 먹고 전율하고 눈감고 반추하면서 황홀과 도취에 빠지라는 명령 아닐까. 단맛은 단연 맛의 정수다. 흔할 수가 없다. 노예들(저임금 노동자들)의 값싼 노동으로 사탕수수를 대량 재배하면서 인류는 단맛의 절대가치를 모반하고 훼손했다. 그래서 제 안의 감미로움까지 폄하하고 저평가해버렸다. 19세기 이후 편찬되는 영어사전에는 '스위트'에 불성실이란 의미가 추가되었다.

감미로움이 저급해진 세상, 이 이후에도 여전히 꽃은 피고 벌은 꿀을 따고 과일은 제 몸 안에 단맛을 가득 담고 익어간다. 그렇지만 그들은 확실히 신명을 잃어버린 것 같다. 봄이 오면 벌과 꽃들이 잉잉대긴 하지만 왠지 제 소명에 시들해진 것 같다.

나 또한 봄이 와도 전처럼 설레지 않는다. 이 무슨 서운한 일이냐. 후드득 심장이 예전처럼 성능 좋게 고동치지 않는다. 내 안에 지나치게 고여 있던 단맛, 자동으로 생겨나 입장 곤란하게 만들던 그 단맛이 이제 슬슬 생성을 멈추는 것 같다. 이럴 수가! 오로지 설탕, 그놈의 설탕이 유죄로다!

수수 조청 고던 날
저녁

수수쌀을 엿기름물에 삭여 장작불에 오래 고운 조청은 구수하고 달고 약간 아리고 살짝 쌉쌀하고 은은하게 시었다. 과일 아닌 곡식에서 왜 신맛이 도는지는 알 길 없었지만 그것은 단맛을 방해하지 않고 옹호하는 신맛이었다. 그 맛이 혀끝에 남아 조청 숟갈을 놓지 못하고 한 번 더 떠먹도록 나를 유혹했다. 예상외로 조청 사발에 탐닉하는 나를 보고 이모와 엄마가 동시에 웃었다. 아궁이에 남은 불빛이 엄마와 이모의 잇바디에 반사돼 붉게 빛났다. 여름이었지만 밤은 좀 선득했다.

"방에 드가자. 우리 왜 여기서 이러고 있노."

이모가 문득 말했다.

"그양 여기 있자 형아. 오뉴월 겻불도 쬐다 두면 섭섭타드이. 뵉(아궁이)에 불이 있으이 두고 드가기 아깝다."

"김실이 니가 몸이 성찮구나. 더운데 불이 좋다 카는 거 보이."

그랬다. 큰으매 돌아가신 후 엄마와 나는 늘 추웠다. 한여름에도 땀을 흘리긴커녕 차렵이불을 꺼내서 덮고 잤다. 정확히는 큰으매 돌아가신 후가 아니라 아버지가 '작은댁'을 얻은 후부터인지도.

큰으매의 임종은 나 혼자 했다. 엄마는 부엌에서 흰죽을 쑤고 있고 아버지는 멀리 대구에 계시고 삼촌 둘도 직장을 따라 객지를 떠돌고 엄마, 나, 큰으매 세 식구만 살다가 당한 일이었다.

큰으매의 목에서 숨이 끊어지는 소리를 나는 선명하게 들었다. 그것은 정확하게 꼴~깍~이었다. 갓난아기가 정확하게 응~애~ 하고 음절을 분명하게 끊어서 울 듯 사람은 죽을 때 꼴깍 소리를 내며 숨이 끊어진다는 것을 나는 믿는다. 그걸 믿는다는 건 인생의 절차가 의외로 간단하고 인생의 내용이 의외로 단조롭다는 것을 믿는 것과 같다. 사람은 저마다 생김과 생각이 다르지만 응애 하고 울다가 꼴깍 하고 죽는다는 것, 그걸 나는 아홉 살 겨울에 이미 정확하게 숙지했다.

숨이 끊어진 큰으매는 서서히 미간이 펴지며 몸이 약간 더 반듯해지셨다. "엄마, 엄마", 큰으매의 손을 놓지 않고 나는 부엌의 엄마를 외쳐 불렀다. 아궁이 앞의 엄마는 불타는 소리 땜에 내 소리를 듣지 못했다. 나는 방금 큰으매가 우리 곁을 떠나 이승 아닌 저승으로 가셨다는 것을 어렴풋이 이해했다. 무섭지도 슬프지도 않았다고 말하면 틀리겠지만 그건 무서움이나 슬픔과는 다른, 보다 정확하게는 독수리 날개처럼 커다란 어떤 그늘이었다. 그게 걷잡을 수 없이 내게 덮어 씌워졌다. 그것은 어쩌면 나중에 알게 된 외로움이란 것에 훨씬 가까운 감정이었던 듯하다. 큰으매의 손을 절대 놓지 않고 꼭 쥐고 있었지만 독수리 날개 같은 그늘은 점점 더 커졌다. 기어이 나는 울면서 외쳤다. "엄마 큰, 으, 매, 돌아가셨어!"

"웅후야 수꾸 조청 맛있나?"

늙지도 젊지도 않아서 쪽 얹은 머리가 더욱 고운 이모가 곧은 콧날을 내 쪽으로 기울이며 물었다. 왠지 나를 옆으로 비켜놓고 엄마와 둘이서만 할 말이 있다는 동작이었다.

"방에 들어가서 먹을래? 아지매하고 엄마는 불 좀 쬐다가 들어가끄마."

곧 그런 제안이 나올 줄 알았더니 아닌 게 아니라 적중이다! 나는 인절미 접시와 조청 중발을 챙겨들고 군말 없이 방으로 들어온다. 그러나 정지 쪽을 향해 귀를 한껏 열어둬야 하기에 정지 문을 닫지는 않는다.

"쟈가 입이 짧라 걱정인데, 수꾸 조청은 지 입에 맞는갑다." 엄마다.

우리집으로 말하자면 수수로 조청을 만들어야 할 만큼 쌀이 없진 않았다. 조청쯤은 쌀로 해 먹을 수 있을 만한 논이 있었으나 그렇다고 돈이 있는 건 아니었다. 엄마는 쌀을 팔아 돈으로 바꿀 줄은 몰랐고 다만 집에 오는 장사치들, 독 장사, 채 장사, 그릇 장사, 건어물 장사, 포목 장사에게 잡곡이나 쌀을 주고 물건을 바꿀 줄만 알았다. 거래가 온통 물물교환의 방식이었으니 우리집은 식량이 모자라진 않았어도 공산품은 매우 희귀했다.

집에 오는 포목 장사는 평상댁이라 불렀는데 엄마는 주로 평상댁에게 이런저런 옷감을 부탁해서 샀다. 아니, 평상댁이 자투리 옷감을 한 보따리 들고 와서 견본을 보여주면 엄마가 주문을 하는 방식이었다. 엄마 옷과 내 옷은 주로 그렇게 포목 형태로 우리집에 들어와서 안방 윗목에 우뚝하게 선 싱거 미싱을 거쳐 옷으로 완성되었다.

평상댁의 친정도 나중 알고보니 무실 류 씨여서 엄마는 평상댁을 평상 아지매라고 불렀다. 이모가 사는 내앞과 우리 동네를 동시에 오가는 평상댁은 둘의 심부름꾼 노릇도 종종 했다. 아아, 그러고 보니 이모가 난데없이 들이닥친 우리를 그토록 심상해했던 것도, 술밥을 핑계로 찹쌀을 미리 담가놨던 것도 낮에 다녀간 평상댁에게 엄마가 저녁에 갈 거라는 귀띔을 미리

했던 까닭인가.

역시 어른들의 세계는 내가 단숨에 알 수 없을 만큼 켯속이 복잡하다. 그런데 평상댁은 '작은댁'의 얘기를 어찌 이모에게 전하지 않았을까. 지금 우리 동네에서 그것 이상의 핫 이슈(흠흠~ 이 말 이상으로 딱 맞는 우리말을 나는 지금 찾지 못하겠다!)가 어디 있다고?

정지에선 한껏 목소리를 낮춘 말들이 오갔다. 우는 듯도 하고 웃는 듯도 하고 화를 내는 듯도 하고 어리광을 부리는 듯도 한 엄마의 음성,……음전하게 어르고 달래는 이모의 음성,……아아……사향이라고 말했던가. 여우 거시기라고 말했던가. 속곳 가랭이라고 말했던가. 음성만으로도 삭아가는 잿불보다 더욱 안타깝고 슬프고 비밀스러운 말들이 가만가만 지나갔다.

나는 배를 깔고 바닥에 엎드려 갈비뼈와 명치와 배꼽에 닿는 구들장의 뜨거움에 쓸쓸해지려는 마음을 지졌다. 그건 나락으로 빠질 듯한 마음이었고 어쩌면 나락으로 빠지고 싶은 마음이었다. 바깥 기온과도 상관없고 간간이 지나가는 놀랄 만한 밝기의 헤드라이트 불빛과도 상관없는 어둡고 오슬오슬한 마음이었다.

삐거억 뒤란 문이 열리는 소리가 나더니 이모가 길쭉한 오지 두루미병을 들고 들어왔다.

"이게 그게따(그것이다)."

"아……정향극렬주 밑술.……"

"집에 가서 덧술을 해서 천천히 익히믄 향이 생긴다."

"찹쌀을 한 되 너으라꼬?"

"어떨지 모르니 우선 반 되만 넣어봐라. 웅후 배 아프다 칼 때 쪼매끔 먹에도 되니라."

음성이 아까만치 커진 걸 보니 비밀 얘기는 인제 지나갔나 보다.

빈 하루

2014. 6. 23.

수수는 수수 몫이, 내게는 내 몫이

올 여름 새로 눈뜬 수수밭의 아름다움, 밭에 심은 곡식이 이토록 미적으로 완성된 풍경을 이룰 줄은 몰랐다. 곡식은 열매를 맺어 인간에게 알곡을 제공하기 위해 거기 있는 건 줄 알았다. 싹이 나고 잎이 자라고 줄기에서 이삭이 올라오고 마침내 이삭 안에서 낟알을 여물리는 것, 그날을 위해 수수가 밤낮없이 자라는 줄로만 알았다. 그런데 올 여름 하루가 다르게 이삭이 패는 수수밭을 내다보며 수수는 '파이널 고울'을 위해 존재하는 게 아닐지도 모른다는 의심이 뭉클 인다.

모든 생물은 제 종족을 번식하고 한살이를 끝내지만, 그렇게 각자의 게놈 지도 안에 프로그램이 입력돼 있겠지만, 그렇다고 수수가 그 목적만을 위해 저기서 흔들리는 것 같지는 않다. 효율 만능의 인간이 생명의 진실을 너무나 목적지향적으로 해석해온 것 같다. 저 수수는 낟알과는 별개로 완벽하다. 완벽하게 자족적이다. 흙속으로 점점 깊이 파고드는 제 뿌리와 그걸 흔드는 바람과 낮의 볕과 밤의 별과 뜨거울 때 쏟아지는 소나기와 소나무 사이로 비치는 황혼과 제 어깨에 내려앉는 참새와 제 이마를 스치며 날아가는 잠자리의 날개와 저기 서서 그걸 한 톨도 빼놓지 않고 감응하고 있었으리란 의심!

물증을 찾는 수사관처럼 나는 수수밭 가에 엎드려 있다. 오늘 국수를 마침맞게 잘도 삶았다, 감자도 알맞춤 잘도 쪘다, 따위의 칭찬을 실컷 얻어들은 나이지만 저 수수에게 느끼는 열등감을 지울 길 없다. 사람인 나의 기쁨이 수수인 저의 기쁨보다 옹색해서야 원~.

수수는 수수 몫이, 나는 내 몫이 따로 있을 것이라고 위안한다. 그래도 지금 나는 저 수수밭의 수수가 뭔지 부럽고 몹시 켕긴다. 저토록 아름다운 풍경을 이루며 늙어갈 수 있을까. 저렇게 방심하듯 자유롭게 온 몸을 바람에게 내맡길 수 있을까. 그러는 중 머리 꼭대기에서 절로 익은 알곡으로 출렁, 고개 숙일 수 있을까.

봄의 맛,
햇장 타령

안동은 콩의 땅이다. 어디 안동만 그럴까. 한반도가 원래 콩의 땅
이었다. 그중에서도 안동은 논보다 밭이 많으니 빼꼼한 틈만 보
이면 콩을 심었다. 어디든 굴려놓기만 해도 콩은 자랐다. 꼬챙이
로 논밭 두둑에 구멍을 뚫고 콩 두서너 알을 넣어 놓으면 몇 알은
새가 먹고 나머지 알에선 싹이 난다. 싹은 거짓말처럼 자라서 자
그만 콩나무가 되는데 서너 갈래로 뻗은 가지에서 다시 잔가지가
뻗고 다시 갈래 쳐서 가지마다 서른 개가 넘는 콩꼬투리가 달린
다. 콩꼬투리엔 제각기 콩이 서너 낱씩 들어 있다.

　시월이 되면 콩꼬투리는 절로 벌어지고 토실토실한 콩이 사방

으로 핑핑 팡팡 튀어 달아난다. 그렇게 절로 달아나기 전에 얼른 자리를 깔고 콩대를 베어 모아야 한다. 콩 한 포기에 콩은 대개 얼마나 수확할 수 있을까. 평균 잡아 세 알이면, 3 곱하기 3 곱하기 3 곱하기 30이면 810알? 어림잡아 한 홉? 반 되? 가늠할 수 없어 올해 여든 다섯이신 고모에게 전화를 건다.

"아지매요. 콩 한 포기에 콩이 얼매나 나니껴?"

"왜, 콩이 없나. 콩 보내주까."

"아이 그게 아니라……"

"니 저녁은 먹었나? 그런 거는 알아서 머할라꼬? 또 글씨 쓸라꼬? 제발 글씨(고모에게 모든 글은 글씨다!) 좀 고만 써래이. 반찬은 뭐 하고 먹었노? 반찬이 없제? 밥에 까만 콩을 넣어 먹으면 몸에 잇는단다(이롭단다). 저번에 보낸 거부터 얼른 먹어라. 귀찮다 카지 말고 꼭 밥에 놔 먹어래이……"

용건을 말할 새도 없다. 콩과 밥에 얽힌 당부와 글씨 고만 쓰라는 다짐만 십여 차례 들은 후에야 겨우 얻은 대답이 "잘 되면 한 포기에 두 홉은 추수하고 못 되면 반 홉도 안 된다"다. 하나마나한 대답이지만 딴은 정확하기도 하다.

고모는 내게 콩을 보내주셨다. 흰콩과 검정콩과 강낭콩에 콩나물콩까지. 콩만이 아니다. 콩으로 만든 장도 보내주셨다. 된장과 고추장과 담북장과 집장에 햇장까지.

그동안 아쉽지도 그립지도 않던 햇장이었다. 그런데 머리칼에 슬슬 흰 낱이 섞이기 시작하니 잊었던 옛맛들이 덜컥덜컥 그리워지는지, 올 봄엔 느닷없이 엄마가 떠주던 그 슴슴하고 향긋하던 햇장이 한 숟갈만 먹고 싶어졌다. 무심코 고모에게 햇장 타령을 했다. 서울 사람들은 햇장이란 걸 통 모른다고, 햇장을 먹지 못하니 봄이 와도 봄이 온 것 같지 않다고, 춘래불사춘春來不似春이라고. 안부전화에 그런 말이 불쑥 나와버렸다.

그해 봄이 와도 봄 같지가 않았다. 천안함이 침몰하여 꽃 같은 청년이 오십 명 가까이나 영문 모르고 죽었다. 생때같은 아들을 잃은 부모의 통곡이 하늘에 사무치는데 침몰 사유를 아는 사람도 없고 책임지는 사람도 없다. 같은 배에 탔던 함장과 선원들은 입을 다물고 국방부의 발표는 미진하기 짝이 없다. 대신 인터넷에서는 침몰 원인에 대해 별의별 추측들이 떠다녔다. 그러더니 급기야 천안함 침몰 원인에 대해 정부 발표를 의심하는 것 자체가 국론 분열에, 불온한 짓이 되고 만다는 분위기였다. 슬슬 눈치를 보며 속엣말을 감추는 것, 석연치 않은 채로 의심을 꿀꺽 삼키는 것, 이건 어쩐지 익숙한 버릇이다. 수십 년 전에 익히 해오던 짓 같다. 나도 이런저런 세월을 겪어온 사람이라 왜 굳이 배를 인양할 때 골프장 망 같은 걸 덮어야 하느냐, 사고 처리에 어찌 그리 늑장을 부렸느냐, 천안함에 희생된 청년들은 군사훈련 중에 사고를 당한 건데 영웅 칭호는 과하지 않으냐, 영웅이란 국가를 위해 공을 세운 사람에게 붙이는 칭호이지 억울하고 애통하다고 마냥 붙여줄 순 없는 거 아니냐, 덮어놓고 잊지 않겠다는 현수막을 거는 대신 원인을 석연하게 밝히는 것이 천금같이 아까운 목숨에 대한 최소한의 예의가 아니겠느냐, 등등의 말일랑 꿀꺽 삼켜버린다.

내뱉지 못하고 억지로 삼킨 말이 있는 한 몸도 마음도 가벼울 리 없었다. 무겁고 칙칙해서 봄을 봄으로 느낄 수 없었던가. 울적하고 스산해서 햇장 타령을 하고 말았던가. 그랬더니 아니나 다를까 꼬부라진 허리를 이끌고 기어코 고모는 그 장을 만들어 보내주셨다.

햇장은 글자 그대로 새로 나온 장이다. 우리집에선 햇장, 외가에선 새장, 고모가에선 신新장이라고 불렀지만 이름이 뭐든 안동에서 봄철에 햇장을 담그지 않는 집은 없었다. 햇장 맛은 정확히 봄의 맛이었다. '봄'을 혀 끝에 대보면 딱 햇장 맛이 풍길 거라는 게 나의 익숙한 계절 감각이다.

햇장은 산뜻하고 풋풋했다. 산뜻하되 순간에 지나가는 산뜻함이 아니라 코끝을 오래 감도는 산뜻함이었다. 풋풋하되 풀을 비빌 때 나는 풋풋함과는 달리 옅은 곰팡내가 휘발하면서 풍기는 풋풋함이었다. 그래서 향이 깊고 여운이 길었다. 그러면서 코끝을 싱그럽게 자극했다. 날이 길어지고 먼 산에 아지랑이가 아물거리면서 실내가 갑자기 어둑신해지는 계절, 햇장은 그럴 때에 뜬다.

예전엔 장을 대개 삼월 삼짇날 담갔다. 요즘이야 정월장이 보통이지만 전에는 봄이 오는 기미가 보여야 비로소 천장에 매달았던 메주를 떼어냈다. 삼월은 따스하고 맑은 그해의 첫 볕이 온 세상에 가득 내리쬘 때다. 강남 갔던 제비가 처마 밑 지난해의 제비집으로 돌아와 기쁘고 맑은 첫 울음을 공중에 째액 내뱉을 때다. 우물물을 길어 올려도 더이상 손이 시리지 않을 때다. 그때는 마당에 자리를 펴고 쟁여뒀던 콩을 타작해 우리집에서 가장 큰 버지기(옹기로 된 함지박)에 넣고 씻어서 안부엌이 아니라 사랑부엌 제일 큰 가마솥에 넣어 메주콩을 삶은 지 석 달 열흘쯤이 지날 무렵이기도 했다.

내게 메주가 익는 서너 달은 아득하게 먼 시간이었다. 곰이 마늘과 쑥을 삼키며 인간 여자로 변할 만한 시간이었다. 지난 가을 입었던 바지를 꺼내 입을 때 바짓단이 종아리에 놓이도록 키가 쑥쑥 자라는 시간이었다. 봄의 나는 이미 가을의 내가 아니었다. 메주콩도 그 시간 동안 천천히 발효했다. 봄에 메주를 떼어낼 때 메주콩은 이미 지난 가을의 콩이 아니었다.

메주콩을 삶던 동지 어름의 그날 밤 엄마는 밤을 꼬박 새서 메주를 '디뎠다.' 이웃집 수곡(수곡은 무실이다) 할매가 밤늦게까지 디뎌주고 갔지만 돌아간 후엔 엄마 혼자 디뎠다. 디뎠다는 것은 밟았다는 뜻이다. 메주를 만드는 과정은 단순했다. 콩을 삶아 으깬 다음 발로 밟아 다지고 일정한 모양을 만들어 천장 아래 늘상 매달려 있던 시렁에다 짚으로 엮은 굴레에 싸서 매다는 일일뿐이었다. 그건 노역이었지 특별한 기술은 아니었다. 그런데도 그 과정이 중요한 것은 거기 들이는 정성 때문이었다. 행동과 마음을 정갈하게 삼가고 공들이지 않으면 장맛이 나지 않는다는 것을 엄마는 믿었다.

정성, 거기에 대해 나는 할 말이 너무도 많아졌다. 젊어서는 주변에 널려 있는 하염없는 정성들을 비웃었다. 나는 남들에게 저렇듯 헛된 정성을 바치는 사람이 되지 않겠다고 다짐하기까지 했다. 나이든 지금은 우습게도 정반대가 되었다. 인간이 제 안에서 뽑아낼 수 있는 최대 가치는 정성이라고 생각하는 사람이 되고 말았다.

정성은 사랑의 실천 강령이다. 눈에 보이지 않는 추상인 애정을 눈 앞에 구체화하는 방법이다. 정성을 들이지 않는 사랑은 사랑이 아니다. 언젠가 《음식디미방》이란 한글 요리책을 남긴 안동 장 씨의 삶을 기록하면서 나는 머리말에 자못 비장하게 썼었다. "세상에 에너지 불변의 법칙과 똑같은 정성 불변의 법칙이 있다는 것을 믿는다. 사람이 누군가에게 들인 정성은 눈에 보이지 않을지언정 결코 사라지지 않고 우주 공간 안에 총량 그대로 머물러 있다는 믿음이다."

그 정성이 일상으로 구현되는 것이 음식이고 그 음식의 본질은 기본이 바로 장이다. 장을 담기 위해 메주를 디딜 때 엄마가 얼마나 흐트러짐 없는 태도를 고수했는지. 어린 나는 아랫목에 등을 기대고 짜증스럽게(세상에~) 지켜봤다. 엄마는 우선 흰 수건을 머리에 둘러쓰고 그 한 귀퉁이를 입에 물었다. 함부로 말을 하지 않기 위함이었다. 침이 튈까봐 경계하는 것이 아니라 마음이 흐트러질까봐 하는 경계였다.

메주를 딛는 틀은 쳇바퀴다. 대개는 나무틀을 만들어 쓰지만, 내가 어렸을 적 우리집에서는 그물망이 빠져나간 헌 체를 사용했다. 정결한 무명 자루에 뜨거운 콩을 담아 그 둥근 테두리 안에 넣은 다음 깨끗한 흰 버선을 신고 가만히 올라서서 꾹꾹 디뎠다. 뜨거울 때 디뎌야 콩이 잘 으깨지므로 엄마는 발바닥이 뜨거워 간간이 바닥으로 내려서곤 했다. 그래도 뜨겁다거니 힘들다거니 졸립다거니 내색하지 않았다. 밤새 메주를 디뎌도 엄마는 졸린 시늉조차 하지 않았다.

생각해보면, 안동의 옛사람들을 지배하던 유교 정신의 본질은 경敬이었다. 우주 만물 앞에 고개를 숙이고 정성을 다하려는 마음가짐이었다. 위대한 사상들이 대개 그렇듯이 유교 역시 까다로운 예법의 껍질을 벗기고 들어가보면 본질은 아주 심플한 것이었다.

최근 우연한 기회에 《대학》의 한 구절을 다시 읽었다. 어려운 한자가 전혀 없이 간결하고 명료했다. 《대학》은 격물치지가 수신의 바탕이고, 수신해서 제가하고 제가해서 치국하고 치국해서 평천하 한다는 단계별 공부법이 일목요연하게 정리돼 있는 책이었다. 유교의 공부란 과거시험이 목적이 아니다. 덕을 쌓아 군자 혹은 선비가 되는 것이 목적이다. 사서와 삼경은 소가 풀 뜯어먹는 헛된 소리들이 아니라 덕을 쌓는 방법을 구체적으로 명기해둔 간명한 지침서였다.

현대 교육이 그걸 왜 그토록 어렵고 멀게만 느끼게 만들었는지 돌아보면 의아할 뿐이다. 그건 다름 아닌 삶에 정성을 다하는 태도가 인간의 근본이란 소리였다. 마주치는 우주 만물을 가벼이 대하지 말고 정성을 다해 들여다보면 거기서 앎이 나온다는 소리였다. 사서와 삼경을 다 읽지는 않더라도 어려서 잠깐 《천자문》과 《소학》을 귓전으로 듣기만 해도 그 본질은 여린 영혼 안에 각인된다.

안동의 삶이 지향하는 것은 분명히 출세가 아니었다. 되레 출세하고 벼슬이 높아지는 것에 살짝 혀를 차는 경향이 있었던 것 같다. 그러니 벼슬이 높다고 그 앞에 고개 숙일 리가 없다. 돈을 많이 벌었다는 것은 더욱이 살짝 하류로 쳐버린다.

몸에 붙은 껍데기가 아니라 그 안에 쌓인 덕이 얼마만 한지를 먼저 따지는 정신. 그걸 일컬어 쉽게 선비 정신이라고 불렀겠지만 이 도도한 자본과 물질의 시대에 그런 정신이 도대체 어느 정도 먹힐 수 있을지는 나도 모르겠고, 현재의 안동에서 그 정신이 얼마나 발현되고 있는 건지도 알 수 없다. 아무튼 그 격물치지와 수신제가 사이, 수신제가와 치국평천하 사이를 다리 놓는 것이 바로 성誠이었다.

윗목에서 메주를 디디는 엄마가 그걸 알았을까. 기껏《동몽선습》이나 읽다 만 엄마가《대학》을 읽었을 리 없고 덕을 쌓거나 군자가 되는 것이 언감생심 엄마 인생의 목표였을 리도 없지만 엄마는 태생적으로 성誠을 체득했던 것 같다. 관념이 아니라 태도로, 이데올로기가 아니라 생활습관으로! 그건 어려서 어른들로부터 보고 배운 견문見聞이었을 것이다(견문을 안동에선 보고 배운다고 '보배움'이라고 불렀다). 견문이 즉 예禮였고 '견문이 없다'라는 것은 유가에서 파문이나 다름 없었다.

군자가 된다는 건 일상 속 몸가짐에 성誠을 잃지 않는 것이었다. 그것으로 능히 덕을 이룰 수가 있었다. '성'을 다하면 마음이 발라지고 마음이 발라지면 '수신'할 수 있고 '수신'하면 '제가'할 수 있었다. 그 생각은 사대부의 사랑방뿐 아니라 안방으로도 면면히 이어져 내려왔고 그 이어짐의 끄트머리는 자연스럽게 우리 엄마에게까지 닿아 있었다.

17세기 경상도 영해 땅에 살았던 안동 장 씨라는 여인의 삶을 재현하면서 나는 여러 번 소스라쳤다. 1600년대 나라골 재령 이 씨 충효당의 안방 풍경과 1960년대 엄마와 내가 앉아 있던 임하의 안방 풍경은 그리 다르지 않았다. 여전히 전기가 들어오지 않았고 연료는 여전히 산에서 긁어온 갈비(솔잎을 땔감으로 쓸 때 그렇게 불렀다)나 청소깝(마르지 않은 소나무 가지와 솔잎)을 썼고 곡식을 빵을 때는 여전히 디딜방아를 이용했다. 유밀과나 약과, 정과를 만드는 과정도 전혀 달라지지 않았고 그 과정에서 가장 중요한 태도는 솜씨가 아니라 정성이란 것도 맞추어 같았다.

그 수백 년 동안 메주 쑤고 디디고 매달고 장 담는 모습도 크게 변했을 것 같지 않다. 인간의 일상이 헤까닥 바뀐 것은 전기 발명 이후라고 봐야 할 것이다. 이전 수백 년의 변화보다 온갖 가전제품이 생겨나던 이후 50년의 변화가 훨씬 컸을 게 확실하다.

임하에 전기가 처음 들어온 것은 70년대 초반, 그 이전까지의 삶은 조선 중기와 흡사할 수밖에 없었고 나는 행인지 불행인지 아슬아슬하게 그 마지막 시절을 경험했다. 날이 어두워지면 벽에서 등잔을 내려 성냥을 그어 어둠을 밀어냈다. 그 시절엔 전기 발명 이후 세대가 결코 경험하지 못할 영성이 우리 마음 안에 살아 있었다. 어둠 너머의 메시지를 감각할 줄 알았다. 세상 만물과 자신이 둘이 아니라 함께 엮여 있다는 것을 뇌가 아니라 오관으로 감지했던 것 같다.

정성이 무용하지 않다는 것도 그런 선험에서 왔을 것이다. 옛 공부는 문장을 낭송하면서 몸으로 가락과 의미를 함께 익힌다. 서양식 공부는 머리로 이해하고 암기해서 알량한 논리력과 냉정한 자의식을 키워놓는다. 논리는 일쑤 얄팍하고 조잡했고 자의식은 대개 불안정하고 배타적이었다. 상위 논리 앞에서는 순식간에 허물어졌고 자신을 대상화하느라고 헛되이 에너지를 소모하게 만들었다.

　엄마는 찬찬히 밟은 메줏덩이를 쳇바퀴에서 빼내 짚으로 만든 굴레를 씌웠다. 짚에는 '바실러스 서브틸리스'라는 미생물이 있어 콩의 발효를 돕는다는 것인데 이 미생물은 유독 물 맑고 볕 좋은 한국 땅에서만 활발하게 작용한다는 별난 놈이다. 바실러스 균의 존재를 전혀 모른 채 엄마는 "짚으로 굴레를 해야 메주가 뜬데이. 딴 걸로 하면 고만 생메주가 되뿐다. 메주 담는 본법이 그거다"라고 했다.

　물론 장은 세계 여러 곳에 있다. 일본의 미소와 낫토, 중국의 수푸와 더우츠, 아프리카의 다와다와, 인도네시아의 템페와 온쫌, 인도의 아이들리, 필리핀의 타오시가 다 콩을 발효해서 만드는 장들이다. 그러나 우리 된장 같은 맛을 내는 장은 어디에도 없다. 우리 땅이라고 장맛이 다 같은가. 지방마다 집집마다 장은 제각기 다른 맛을 낸다. 그건 바실러스 균으로만 설명할 수 없고 장 담는 사람 몸에 들러붙어 있던 효모니 미생물들이 발효를 관장하기 때문이라는데, 이쯤 되면 거의 신비의 경지다. 사람 몸의 굴곡과 체취가 저마다 달라서 은거하는 효모들의 종류도 달라지니까 담그는 사람에 따라 장맛이 달라진다? 일견 합리적인 이 설명을 믿어야 할까. 분명한 것은 엄마에겐 엄마의 장맛이 있었다. 된장과 고추장뿐 아니라 집장과 햇장도 엄마 맛이 따로 있었다.

　본격적으로 장 담그기가 시작되면, 엄마는 전날 씻어 말린 메주 귀퉁이를 조금씩 뜯어냈다. 그걸 따로 자그만 항아리에 담고 우물에서 갓 길어 올린 정한 물을 부었다. 큰 장독과는 별도로 그리고는 부뚜막에 얹어 두고 사나흘 삭히면 발갛게 메주물이 우러났다. 그게 바로 햇장이다. 아무런 기술도 양념도 필요치 않았다. 발효한 콩 안에 깊이 스몄던 대지의 정精이 부뚜막의 높은 온도로 저항 없이 딸려 나온 것일 뿐. 땅속 깊이 숨어 있다 치솟는 봄의 우물물이 겨우내 천천히 발효한 메주를 만나 그 달뜬 숨결을 가쁘게 토해낸 것일 뿐!

햇장은 흡사 봄에 부는 바람결이었다. 묵은 매화 등걸에서 막 개화한 매화송이였다. 그런 아취를 가진 장이었다. 햇장을 뜨다 고개를 돌리면 장 단지 위로 매화 꽃잎이 휘리릭 날아와 앉았다. 날이 더 길어지면 솔[松]에도 아련하게 꽃이 피었다. 송화는 더욱 적극적으로 낙화해 제 가루를 장 단지 위에 노랗게 흩뿌렸다. 송화가 무슨 안개처럼 뽀얗게 무리를 이뤄서 한바탕 날아들면 엄마는 "웅후야, 이 송홧가루 좀 봐라. 올 장맛은 제대로 들겠다. 야야!" 하고 웃었다. "음식은 장맛이데이. 국을 끓여도 나물을 무쳐도 장이 달아야 맛이 난데이"라면서 행주로 장독을 보물인 양 닦았다.

햇장은 아직 된장이 되기 이전의 어린 장이다. 된장처럼 진한 장이 아니었다. 하늘이 비칠 만큼 맑았고 슴슴하고 아련했다. 먹을 때는 흰 보시기에 발간 햇장을 뜨고 소금간만 약간 해서 막 돋은 움파(혹은 달래)를 썰어 넣고 고춧가루를 살짝 얹었다. 메주의 누른 빛과 파의 파랑 빛과 고추의 빨강 빛이 하얀 보시기에 담겨 검은 소반 위에 올려졌다. 이른바 오방색이었다.

엄마가 오방색을 염두에 둔 것 같진 않지만 전혀 몰랐던 것도 아닐 것이다. 춘삼월 다사로워진 봄볕 아래서 햇장 보시기의 오방색과 마주 앉을 때에 내게는 비로소 봄이 시작되었다. 한 숟갈 입안에 흘려 넣으면 뱃속에서부터 실핏줄 구석구석까지 약동하는 봄기운이 퍼져나갔다. 그럴 때 뒤뜰에선 살구꽃이 툭툭 소리를 내며 벌어졌고 앞산에선 뻐꾸기가 뻐꾹뻐꾹 의젓하게 울었다.

고모가 보내준 햇장은 풋풋하긴 했지만 조금 시큼했다. 택배 박스에 실려 오느라고 맛이 변한 것인지 여든다섯 고모 몸에 붙은 효모가 그런 맛을 냈는지는 확인할 길 없었지만.

고모는 몇 해 전 평양을 다녀왔다. 1949년 솜을 두둑하게 둔 명주 한복을 밤새워 지어 꿀 한 병과 함께 들고 갔던 서대문형무소에서의 면회 이후, 실로 56년만에 고려호텔에서 남편을 재회한 것이다. 고모부는 평양에서 3남 1녀를 두고 살고 있었다. 유교에서 사회주의로 곧장 건너가버린 그 대책 없는 좌익 노인은 평생 자식도 남편도 없이, 시부모를 공양하며 종가를 지켜온 옛 아내를 잡고 하염없이 울었다. 되레 울지 않은 건 고모였다.

"울먼 뭐하노? 세월이 돌아오나? 내사 안 울라꼬 안 운 건 아니래도 눈물이 안 나드라. 전에는 그꾸 흘러쌓든 눈물인데 왜 그러튼동(그렇던지) 몰래……."

그게 부부 상봉 이후 고모의 간결한 변이었다.

콩나물밥에 달래 간장!

달래는 양지바른 가시덤불 속에서 돋는다. 아직 무채색의 삭정이들 속에서 달래의 어린 싹은 파랗게 잎을 내민다. 물론 가시덤불은 잎이 피기 전까지만 가시덤불일 뿐 해가 길어지고 볕이 달궈지면 환한 찔레꽃 밭이 될 수도 있고 노란 골담초 꽃이 주렁주렁 매달릴 수도 있다.

달래는 성정이 급하다. 입춘 지나고 우수 지나면 바깥세상이 궁금해 땅속에서 진득하게 기다릴 수가 없다. 실낱보다 더 가느다란 몸을 볕살 속으로 얼른 내밀어버린다. 그래놓고 바람결을 따라 길쭉한 몸을 철없이 나부끼기를 즐긴다.

달래는 냉이나 쑥처럼 땅바닥에 납작 엎드릴 수가 없다. 여린 이파리를 지켜줄 가시도 없다. 있는 거라곤 살짝 매콤한 향내뿐이다. 이웃 가시나무 덤불에게 의탁하는 것은 그런 달래가 제 싹을 지키기 위해 찾아낸 안타까운 생존술이다.

봄은 해마다 오고 달래도 해마다 돋는다. 게다가 해마다 같은 곳에 돋는다. 엄마는 시집 온 지 두어 해 만에 달래가 돋는 곳을 알아챘다. 청골 가는 호젓한 길섶, 사람 눈길이 닿지 않는 찔레 덤불 아래, 닭둥우리 속에 따끈한 계란 두어 개가 놓이듯, 맨 처음 따끈따끈한 봄볕을 받은 달래가 때 이르게 돋아난다는 것을! 그것은 엄마의 오지고도 설레는 봄맞이였다. 음력 2월의 변덕스런 바람을 맞으며 혼자 웃음을 물고 청골로 올라가는 비밀이었다.

그날 저녁 우리집 메뉴는 콩나물밥이다. 겨울의 칙칙하고 무던하고 진지한 콩나물밥과는 천양지차로 다른 밥이었다. 쾌활하고 칼칼했다. 산뜻하고 경박했다. 엄마는 달래를 많이 캐지 않았다. 아니 달래가 제 어린 뿌리를 많이 캐 가게 놔두지를 않았을 것이다. 손등에 두어 줄 붉게 긁힌 상처를 얻는 엄마는 개선장군처럼 간장에 달래를 듬뿍 썰어 넣었다. 수선화의 구근 같은 둥근 뿌리와 미삼 같은 발 뿌리도 한 올 버리지 않고 다져 넣었다. 아아, 달래! 매웁고 풋풋하고 새침한 달래, 이웃의 가시나무를 충동질해 엄마 손등을 알밉게도 긁어버린 달래! 그렇지만 달래의 알싸하고 청량한 향기는 우리 식구들의 겨울을 화들짝 깨워놓았다. 달래 간장에 비빈 밥을 먹은 나는 지난 겨울에 입었던 옷이 무릎 아래 껑충하도록 키가 별안간 확 커져버렸다.

수박의 5덕德을
찬讚하노라

홍제동 유진상가 즐비한 과일가게, 집집마다 수박 수십 개씩 가지런히 오와 열을 맞춰 늘어놓았다. 초록 중에서도 검정 쪽으로 당겨진 어두운 초록과 검정 중에서도 초록 쪽으로 당겨진 짙푸른 검정! 두 빛깔이 부드러운 세로 줄 지그재그로 수박 몸통을 감싸고 있다.

어른 머리통보다야 진작에 더 크고 축구공보다 더 큰, 요즘 가격으로 만 오천 원이나 만 팔천 원쯤 하는 수박의 크기를 무엇에다 비할까. 그걸 나는 한동안 궁리한다. 내가 아는 사물 중에 수박만 한 구형球形이 거의 없다. 우물에서 물을 이는 오지항아리, 우린 그걸 '버지기'라고 불렀다(작은 것은 '옹가지'라는 이름이었다). 전에는 흔히 커다란 구형을 버지기만 하다, 라고 썼건만 오지 그릇이 일상에서 사라지면서 그런 표현은 생동감을 잃어버렸다.

그러고 보니 부엌용품 사이즈가 예전에 비해 말할 수 없이 작아져버렸다. 대가족을 잃는다는 것은 관계와 경험의 폭이 왜소해질 뿐 아니라 일상의 모든 사이즈를 줄여놓는 측면이 있다. 나의 일상 안에서 수박만 한 물건을 찾지 못해 슬쩍 울적해지지만 슬쩍 울적한 증세, 바로 그걸 치료하는 데는 수박만 한 특효약도 없다.

수박 몸통을 좍 가른다. 큼직한 칼을 들어 부드러운 몸 안에다 칼끝을 망설임 없이 푹 찔러 넣는다. 그리고 물기 많은 몸 안에서 칼끝을 거침없이 눌러내린다. 힘과 타이밍의 조절이 절대적으로 필요하다. 그럴 때라야 수박은 상쾌하게 제 속을 드러낸다. 수박은 실제로 쩍 하는 소리를 내며 갈라진다. 둥글고 물 많은 물체가 자발적으로 제 몸을 여는 순간을 시늉하는 소리인 "쩍-!", 그 말을 찾아낸 사람에게 축복 있으라.

"쩍-"은 소리 안에 이미 물 기운과 단 기운을 충분히 담고 있다. 무엇보다 강제 아닌 자발성을 담고 있다. 칼을 대자마자 기다렸다는 듯 환호하며 열리는 소리다. 여름내 누군가 바깥에서 제 몸을 열어주기를 간절히 기다려왔다는 신호, 꽃 진 자리에 콩알만 하게 맺혔던 수박이 골프공만 하게, 연식 테니스공만 하게, 배구공만 하게 자라면서 비와 바람과 햇빛을 빨아 마셔 연둣빛 껍질이 점점 짙푸러지는 동안 오매불망 기다려왔던 순간이다. 수박 한 통이 봄부터 여름까지 120여 일간 염원해온 순간의 의젓한 탄성이 바로 "쩍-"이다.

"쩍-"은 결코 호들갑스럽지 않다. 기쁨을 억제하며 짓누르는 소리도 아니다. 솔직하게 담백하게 자족하는 흐뭇함이 있다. 21일 동안 껍질 속에서 부화한 달걀이 새로 생긴 부리로 바깥에 나오려고 제 껍질을 필사적으로 콕콕 쪼듯, 그럴 때 어미닭이 바깥에서 병아리가 쪼는 바로 그곳을 정확하게 가늠하여 가볍게 콕콕 쪼아주듯, 그렇게 줄啐과 탁啄이 동시에 이루어지는 우주적인 순간은 수박 한 통이 갈라지는 때에도 어김없이 찾아온다. 소리 자체만으로 듣는 이를 상쾌하게 만들고 단물이 튀어오르는 청량감을 감각하게 한다. 주변의 다른 소리를 흡수하고 압도한다.

나는 고요하고 집중된 시간이 아니면 수박 몸에 칼을 대지 않는다. 천방지축 뛰노는 아이들을 일부러 수박 주변에 불러 고요히 숨죽이게 해놓고 칼을 든다. 여름이 오고 우리집 부엌에서 일주일에 한두 번 수박 갈라지는 "쩍-" 소리에 이어 아이들의 "야~" 하는 환호가 들릴 때 인생은, 온갖 누추와 남루에도 불구하고 예찬할 가치가 충분하다.

빛깔 중에 가장 시원한 빛을 들라면 나는 바다 빛이 아니라 수박빛을 들겠다. 바다가 물빛이라면 수박은 숲빛이다. 숲은 당연히 물도 포함한다. 수박빛을 희석하면 거기 바다 빛깔이 얼마든지 담길 수 있다. 바다보다 한 차원 높은 것이 숲 빛깔이고 숲 빛깔의 절정은 수박빛이다.

수박의 검정 라인은 실제로 검정이 아니라 가장 두터운 초록이다. 숲의 밀도가 가장 두터워졌을 때, 이파리가 수천 겹 겹쳐졌을 때의 무성함의 컬러가 바로 수박색이다. 어째서 수박은 밭에서 자라는 주제에 깊은 숲빛을 제 몸에 구현해낼 수 있었을까(어째서 국화와 라일락은 저렇게 인간을 매혹하는 향기를 지니며 그건 어디서 왔을까 식의 이런 질문들은 내가 이생에서 종내 풀지 못하고 떠날 의문일 것이다. 그러므로 기어이 신에게 의지할 수밖에 없는 신비이기도 하다).

수박색이라는 고유한 빛깔이 있다. 그건 주로 여름치마의 빛깔인데 대여섯 살쯤 나던 여름, 낯선 사람을 피해 자꾸만 그 뒤로 숨곤 하던 엄마의 수박색 오빠루(아른아른한 무늬가 들어간 천의 이름) 치마를 나는 여태도 세상에서 가장 아름다운 빛깔로 기억하고 있다. 그건 자그마한 나의 우주의 빛깔이었다. 빛깔 자체에서 수박풀 같은 서늘한 향내가 풍겨났었다.

수박풀은 우리집 사랑마당 축담 아래 두어 포기 자라던, 요즘 클로버 비슷하게 생긴 식물이었다. 그 이파리를 뜯어 손바닥에 대고 서너 번 탁탁 치면 희한하게 손바닥에서 시원한 수박 냄새가 났다. 난 그 놀이를 몹시 즐겨 틈만 나면 수박풀을 탁탁 쳐서 엄마 코앞에 대고 말했다. "엄마, 엄마, 수박 냄새 나나? 외(오이) 냄새 나나?" 엄마는 무거운 떡시루를 들고 툇마루에 한 발을 걸쳐놓은 자세로도 내 놀이에 즐겁게 동참했다. "으흐~~~음~~수박 냄새!" 나는 신이 나서 "야호~수박풀이다!!!" 외치며 마당을 펄쩍펄쩍 뛰었다.

짓이긴 수박풀의 냄새를 깊이 들이마시던 그날의 엄마에게 저기 팔짝거리는 여윈 꼬마가 제발 큰 기쁨이었기를. 축담 밑에 한들거리는 이파리가 수박풀이라는 발견이 그 꼬마에게 왜 저토록 큰 기쁨이 됐는지를 난 알지 못한다. 그 꼬마가 당시 수박 맛을 봤던지 아닌지조차 모르겠다.

수박 속을 성공적으로 익히기 위해 수박껍질은 그토록 싱그러운 수박색으로 위장할 필요가 있었다. 인간들은 그걸 미리 알고 이파리로 어린 수박덩이를 살짝살짝 덮어줘가면서 수박을 도왔다. 실은 식물과 동물은 오래전부터 서로 중요한 거래를 해왔다. 수박이 달콤하고 연한 수박 속을 만드는 동안 인간은 거름을 주고 물을 주고 벌레를 잡아주기로 한 약속인데 이 계약은 얼핏 인간에게 유리한 것 같지만 실은 수박의 교묘한 트릭에 인간이 속아 넘어간 것이다.

수박이 원주율에 맞춰 맹렬하게 제 몸을 동그랗게 키우는 건 인간에게 봉사하겠다는 의도가 천만 아니다. 과육에 혹한 인간을 이용해 제 씨앗을 퍼뜨리겠다는 전략일 뿐이다. 움직일 수 없는 자기 대신 과육을 먹은 발 달린 동물이 멀리 멀리 옮겨 다니면서 배설물을 퍼뜨려 달라는 거다. 그러면 그 안에 제 씨앗을 슬쩍 묻어놓을 속셈이었던 것이다.

인류가 오랫동안 어떤 식물을 재배한다는 것은 입맛이나 영양 때문이라기보다 치밀한 사회정치적, 역사적, 경제적 요인이 작동한다는 것을 나는 마이클 폴란의 위트 넘치는 책 《욕망의 식물학》에서 배웠다. 수박 또한 사과나 감자나 튤립이나 대마초처럼 수천 년 동안 긴 여행을 해온 게 확실하다. 아마도 야생의 열매였을 아프리카 원산의 이 딱딱한 다갈색 씨앗이 고대 이집트까지 흘러간 건 그리 어렵지도 않은 일이었겠지만 바다를 건너 혹은 유라시아 대륙을 흘러 한반도 땅까지 흘러온 건 예삿일이 아니다. 그 시절 붓 대롱에 목화 씨앗을 감춰온 문익점 같은 누군가 있었든지 수박을 먹고 난 후 대륙을 달려와 한반도 기름진 땅에 배설을 해놓은 축지법을 쓰는 인간이 있었든지.

그런 거인들이 아니라면 수박은 아마도 조금씩 조금씩 동쪽으로 이동했을 것이다. 《연산군일기》(1502)에 수박 재배에 대한 기록이 나오는 걸로 보면 그 이전에 이미 수박 씨앗은 이 땅에 도착한 것 같다. 그러면서 수백 년 지치지도 않고 다양한 작전으로 제몸을 더욱 긁혀가며 내가 이 땅에 태어날 때까지 기다려줬다. 기특한 이놈!

20세기 중엽 내가 태어날 무렵 수박은 이미 우리 마을 강변을 온통 휘덮은 식물이었다. 임하臨河는 물을 것도 없이 강을 끼고 있어서 붙은 이름이다. 수박은 물을 좋아해(이건 수분이 제 몸의 90퍼센트가 넘는 이놈의 육체적 특성상 해본 짐작일 뿐 확실한 이야기는 아니다. 제 몸을 수분으로 가득 채워놓은 선인장은 실제 물 없이 자라지 않나) 강을 따라 길쭉하게 늘어선 우리 동네 강변 밭을, 수박손을 내밀어 장난꾸러기 꼬마처럼 바알발 기었다. 보릿짚 깔린 땅바닥을 몰래몰래 기다가 뜰안 수세미꽃이 필 무렵 노란 수박꽃을 활짝 피웠다. 그 꽃의 꽁무니에 콩알만 한 수박 열매가 맺히는 걸 나는 해마다 찬탄하며 들여다봤다. 열매는 날마다 자랐다. 보름달이 쑥쑥 크듯 딱 그만큼의 속도로 수박은 자랐다. 아나기 농법이었나.

나는 전에 달의 인력을 기준으로 파종하고 거두는 농사법을 실천하는 농부를 만난 적이 있다(오재길 선생). 수박의 성장도 틀림없이 달과 깊은 연관이 있으리라. 봄부터 여름까지 수박의 성장을 내려다봐야 하는 달이 제 몸을 흉내 내는 수박을 모르는 척 내버려뒀을 리 없다. 집집마다 보리타작이 끝나고, 해 진 후에도 끈끈하게 땀이 돋을 무렵 드디어 수박은 여름내 필사적으로 제 몸을 덮어주던 이파리를 슬쩍 들친다. 보름달보다 훨씬 커진 제 몸을 담대하게 쑥 드러낸다. 그 무렵 수박의 아래쪽 뱃구레 부분은 조금 희끗해졌다. 요즘 개량된 신품종은 몸 전체가 푸르기만 할 뿐 그 노숙한 희끗함이 사라졌는데 나는 그게 좀 섭섭하다.

그러나 빛깔과 소리는 '수박 속'의 다른 미덕에 비하면 김수영의 비유처럼 제3한강교의 교각에 비한 좀벌레의 솜털에 불과하다. 알다시피 수박에는 상쾌하게 갈라지는 소리보다 천 배 만 배 중요한 '수박 속'이 있다. 실은 소리도 바로 이 '수박 속'이 진공상태에서 대기 바깥으로 튀어나가기 위해 질러댄 일종의 고고성高孤聲이었을 뿐이다.

수박의 원래 꿍꿍이야 뭐든 간에 수박껍질의 붉은 속살은 인간이 탐내기 딱 좋을 만하게 만들어져 있다. 붉고 연하고 시원하고 달콤하다. "박 속 같은"이란 비유는 하얀 살결의 보조 개념으로 확실하게 굳어졌는데 왜 수박 속은 수십 세기를 내려오면서 굳어진 은유 하나 만들지 못했을까. 붉고 연하고 시원하고 달콤한 그 제각각의 미덕을 수박만큼 완벽하게 구현하고 있는 물질이 지구 위에 따로 어디 있다고?

살구와 석류는 보기만 해도 입에 신맛이 확 고인다. 실제로 고인 침을 굳이 한번 삼켜줘야 할 정도로 반응이 강렬하고 즉각적이다. 그러나 수박은 다르다. 유진상가 땅바닥에 뒹구는 수백 개의 수박이 내 몸에서 끌어내는 건 그런 류의 생리적 반사는 아니다. 분명 저절로 반응하는 반사작용이 있긴 한데 그건 훨씬 문화적(?) 혹은 인문적(?)이다.

첫 번째는 싱그러움이다. 수박껍질을 이루는 푸른빛은 수박 외엔 지구 상에서 찾기 어려운 독보적인 빛깔이다. 그 어두운 녹빛은 혼자 작동하지 않는다. 반드시 붉은 속살을 연상시키는 빛 깔이다. 그 푸른 수박껍질이 붉은 수박 속을 감싼 게 아니라면 존재할 이유가 있을까. 만약 껍질만 있고 단물 가득한 붉은 속이 없다면? 수박껍질은 시원하긴커녕 그저 굴러다니는 징그럽고 어색한 잡풀 열매에 불과했을 것이다. 동전의 양면처럼 정확하게 붙어 있는, 생생하게 살아있는 녹과 홍을 수박 말고 또 어느 물질에서 찾을 수 있을까.

녹도 홍도 내 몸 안에 돌연 싱그러운 피돌기를 불러온다. 뇌하수체인지 시상하부인지 송과체인지 전두엽인지를 자극하는 무슨 호르몬이 수박껍질의 푸름 안에 들어있더라는 힌트를 생리학자나 약리학자들에게 일러주고 싶다. 그걸 연구해서 기분전환용 천연물질을 개발해낸다면 가벼운 우울증 따위야 간단히 치료할 수 있지 않을까.

두 번째는 미감의 역사다. 그동안 여기저기서 읽은 글들을 짜집기하면 난 수박에 관한 소논문 한 편쯤 거뜬히 쓸 수 있을 것도 같다.

중국 사상가이고 산문가인 린위탕(임어당이 더 익숙하지만 표준말 표기법은 이렇게 쓰기로 약속되어 있다)의 《생활의 발견》! 일상 속의 사소한 것을 들여다보는 기쁨이 어떤 거대 이데올로기보다 위대하며, 철학이란 실은 우리가 육체라고 부르고 있는 이 섬세한 감수기관에 대한 믿음을 재건해주는 것이어야 한다고 주장하는 그의《생활의 발견》에는 임어당이 17세기 평론가 김성탄의 '흐뭇한 한때'에 관한 33절을 베껴놓은 구절이 나온다.

김성탄이 '흐뭇한 한때'라고 골라놓은 서른세 가지 에피소드는 절묘했다.《생활의 발견》을 읽던 나는 거기 붉은 밑줄을 좍좍 그어댔는데 나중 그 밑줄을 요절한 시인 윤택수의 글에서 다시 만났을 때의 기쁨이라니. 그때 말고도 그 밑줄은 김현의《두꺼운 삶과 얇은 삶》을 읽으면서 또 한 번 만나게 된다. 라면 맛에 관한 이야기를 하다말고 문득 양주동 선생이 즐겨 읽었다는 김성탄의 '유쾌한 한때'에 관한 얘기가 나오고 새빨간 수박에 대한 언급을 발견했을 때의 환희는 과연 내 인생의 '흐뭇한 한때'로 기록하기에 부족함이 없다.

김성탄은 '흐뭇한 한때'에 수박 얘기를 이렇게 쓴다.

"여름날 오후 새빨간 큰 소반에다가 새파란 수박을 올려놓고 잘 드는 칼로 자른다. 아아. 이 또한 흐뭇한 일이 아닌가."

새빨간 소반이란 중국의 붉은 상이겠고 중국인이 좋아하는 흔한 붉은 색이었겠지 하면서도 나는 수박을 올려놓고 자르는 전용으로 붉은 상 하나를 장만해볼까를 심각하게 고민했었다. 아니 아직도 여전히 고려 중이다. 여태 사지 않은 건 맘에 드는 붉은 상을 만나지 못했기 때문이다(그러나 올 여름 나는 장안평 골동상의 어둑어둑한 창고에서 소나무를 둥글게 깎아 위를 주칠朱漆해놓은, 수박 올리기 딱 좋은 상 하나를 기어이 발견하고 말았다. 19세기 말쯤에 만들어진 그 상의 가격은? 와우, 만져보고 또 만져보면서 발길을 돌릴 수밖에 없었다. 내가 평생 먹을 수박 값과 맞먹을 그 상을 갖기 위해 나중 언젠가, 지갑이 두둑해지는 날이 오거든 망설임 없이 장안평으로 달려가리라).

붉고 둥근 상에 푸르고 둥근 수박을 얹고 잘 드는 흰 칼날을 수박 속살을 향해 날렵하게 찔러넣는다. 내게 이건 달마대사의 화상보다 훨씬 선적禪的인 풍경이다. 그 안에서 쩍-소리를 내며 열릴 또 하나의 작은 세계, 고요한 숨죽임. 이쯤 살아보니 나는 알 것도 같다. 일상 안에 이미 초월이 있다는 것을.

어쨌든 김성탄의 '흐뭇한 한때'를 임어당과 김현과 윤택수가 똑같이 옮겨 써놓은 건 임어당도 김현도 윤택수도 그걸 공감했다는 뜻이고 내가 그걸 다시 여기다 옮겨 적는 건 오늘의 내 즐거움을 3백 년 전 김성탄과 30년 전 김현과 10년 전의 윤택수가 똑같이 즐겼다는 것이 신통하고 감개무량해서다. 아름다움을 감각하는 인간의 역사는 수박을 통해 그렇게 이어진다.

세 번째는 이데올로기다. 수박이 우리나라에 전해진 건 고려 충렬왕 때라고 짐작된다. 연산군의 연회엔 수박이 올랐을지 모르지만 조선 선비들은 수박을 과히 달가워하지 않았다. 겉과 속이 달라서 선비의 음식이 아니라는 이유였다. 겉은 푸르고 속은 붉은 것, 거기서 얼른 표리부동의 이데올로기를 읽어내는 심사는 아무래도 심각한 콤플렉스에서 연유한 것 같다.

나는 조선 선비의 유교적 이상을 존중하는 사람이다. 그러나 수박에까지 눈을 흘겼다는 것은 아무래도 지나치다. 유교가 일상 속의 실천 학문이었기에 언행일치와 학행일치를 으뜸가는 계율로 여겼던 것은 충분히 수긍한다. 그러나 보이는 겉과 안 보이는 속을 일치하라고 가르치는 것은 아무래도 자연스런 인간성을 억누르는 짓이었던 모양이다. 서과薯果(수박의 조선조 이름)를 멀리하고 닮지 말아야 한다는 교훈 자체가 인간에게 겉과 속이 같아지라고 요구하는 것이 얼마나 실현하기 어려운 덕목인지를 역설적으로 증명하지 않나.

겉과 속을 일치시키는 데 별 어려움이 없었다면 수박에게까지 그렇게 예민하게 굴지는 않았을 것이다. 자기가 겉과 속이 다르니까 푸른 껍질에 붉은 속을 가진 수박만 봐도 괜히 가슴이 덜컥하지 않았을까. 소설가 김형경에 따르면 콤플렉스란 자신이 가장 민감하게 반응하는 바로 그 지점에 있다는데 선비의 수박 기피도 그런 까닭이 아닐까 싶은 의심을 지울 수 없다.

네 번째는 체질이다. 여름을 나는 내 몸은 체액을 식힐 필요가 절실하다. 열은 물로 다스려야 한다. 물 중에 최고의 물은 과일이 품고 있는 수분임은 두말할 필요도 없다. 수박은 냉한 성질이고 과육의 90퍼센트가 물이다. 내 귀가 수박 갈라지는 쩍~소리를 저토록 갈망하는 것은 전적으로 몸—여기서 몸이란 뱃속에 내장돼 그들의 욕구를 내가 좀체 깨달을 수 없는 오장을 일컫는다—의 욕구 때문이었을 것이다. '숨겨진 오장'이 '드러난 오관'을 통해 수박을 맹렬하게 불러들였기에 내 눈은 수박색에 저토록 꽂히고 내 귀는 수박 가르는 소리에 저토록 열광했던 거다. 결국 내 의식은 오장의 산물이었다. 동양의학이 뇌를 따로 장기 취급하지 않은 이유를 납득할 것도 같다. 사상의학에서 나는 여러 지표상 소음인이라는 진단이 나온다. 음인에게 냉한 수박은 금해야 할 음식이다. 나의 오랜 수박 열광으로 보건대 그 진단은 정확하지 않다는 게 내 판단이었다. 믿지 않았다. 내 오장이 설마 그릇되게 저에게 해로운 음식을 원할 리 없다. 내가 내 몸속의 내 장기를 믿지, 백 년 전 이제마와 그 제자들을 더 믿으랴. 몇 년 전 팔상체질을 만들었다는 사람을 만나 그 고집을 말했다. 그는 날 찬찬히 관찰하더니(아니 관찰 말고 오링테스트도 했던 것 같다) 소음 기질을 일부 가진 태양인이라고 진단했다. 태양인이라면 장기가 수박을 끌어당기는 게 당연하다. 그렇고 말고, 나는 쾌재를 불렀다.

다섯 번째는 디자인이다. 몸통 빛깔은 논외로 하고 수박 속은 태양 같은 빛깔로 태양의 흑점 같은 씨앗을 머금는다. 잭슨 폴록의 그림처럼 무질서한 질서를 머금으며 붉은 속살 안에 흩뿌려진 다갈색 씨앗, 그것만으로 수박은 신비한 과일이다. 아니 일년초에 매달리니 엄밀히 말하면 과일이라고 부를 수는 없겠다. 지름 1센티미터도 채 안 되는 가느다란 줄기를 통해 지름 25센티미터가 넘는 둥근 원이 만들어지는 신비를 나는 도무지 납득할 수 없다. 수학을 배울 때 가장 매혹적이었던 기호 파이π, 소수점 이하 숫자가 무한대로 이어진다던, 끝이 없어 신령하고 고고하던 그 숫자. 완벽한 구형이 되기 위해선 그 파이의 비율대로 크기를 확장해나 가야 한다는 것을 수박의 까만 씨앗은 진작부터 알고 있었다.

주몽, 김유신, 견훤, 한국 역사 속 영웅들은 우물가에서 처녀를 만나면 어김없이 물 한 잔 달라고 청했고 영웅을 맞닥뜨린 처녀들은 버들잎 한 자락을 두레박 물 위에 흩뿌린다. 급히 마셔 체하지 말라고 그랬다든가. 버들잎의 유감類感이 그런 효용주의가 아니라 매우 에로틱한 은유라는 걸 모를 리 없지만 수박 씨앗이 수박 안에 총총히 박힌 건 딴은 급히 먹다 체하지 말라는 배려였다는 걸 누가 부정하랴. 속살의 붉은빛과 씨앗의 다갈빛, 껍질의 암록과 흑록, 녹과 홍을 가르는 흰 빛 테두리, 수박에 사용된 색감만으로 디자이너는 옷이든 생활용품이든 건축이든 도시든 전방위적으로 가장 세련되고 날렵한 색감을 구현할 수가 있다.

5, 6년 전만 해도 수박을 사려면 속을 따로 확인해보는 절차가 필요했다. 요즘 수박은 확인할 필요 없이 값을 지불하기만 하면 백발백중 붉고 달지만 전에는 그렇지 않았다. 나 같은 복고주의자는 별것 다 애착해서 수박 몸뚱이를 점잖게 노크하고 내부의 반응에 신중하게 귀 기울이던 그 긴장이 그립다.

수박 장사와 내가 동시에, 머리끝에 안테나를 정교하게 세워놓고, 수박 몸이 튕겨내는 소리를 기다린다. 인간이든 과일이든 성숙한 단계에 도달하지 않으면 결코 낼 수 없는 소리가 있다. 깊되 부드러워야 한다. 모나지 않고 반향이 둥글어야 한다. 두드리는 상대편을 무안하게 밀어내지 않아야 한다. 만약 그렇다면 그건 설익은 소리다. 면벽수도만 인간을 새로운 세계로 옮겨놓는 게 아니다. 수박을 두드리는 짧은 찰나에도 이전에 공부가 깊기만 했다면 우주의 진리를 깨치지 못할 바 무에랴.

밖에서 노크하는 방법이 소극적이라면 단도직입적으로 침공해 들어가는 적극적인 확인법도 있었다. 이건 좀 잔인했다. 끝이 뾰족한 칼로 푸르고 검은 줄이 지그재그로 흐르는 수박 몸통을 푹 찔러버리는 방법이다. 문화란 확실히 잔인을 은폐하는 쪽으로 발전하는 것 같다. 국민소득이 높아지고 사람들이 우아한 외형을 가지면서 이젠 수박 트럭에서 칼을 들이대 그 싱그럽고 무결한 원형을 푹 찌르는 방법 같은 건 좀체 쓰지 않는다. 하긴 인간이 잔인에 저항해서가 아니라 수박의 당도와 숙도를 높이는 육종학의 발달에 공이 있는지도 모르지만.

그러나 난 익었는지 확인해보려고 찔러 넣는 칼날 끝에 딸려 나오는 붉은 살점을 베물어 먹는 걸 사랑했다. 푸른 대기 아래 최초로 모습을 드러내는 수박의 속살, 그 깊은 상처는 반드시 삼각형이어야 했다. 우선 삼각형으로 깊이 찌른 후 무게중심쯤 되는 곳에 칼끝을 꽂아 대기 밖으로 불러내곤 했다. 딸려 나온 속살이 만약 익지 않았다면? 수박 장사는 일단 수박 대신 제 얼굴을 벌

젖게 익혔다. 그리고 아직 녹빛이 남은 삼각형을 얼른 수박 몸 안으로 원위치하고 괜히 콧노래를 흥얼거리며 다른 수박을 향해 몸을 돌렸다.

난 아직 수박 맛을 말하지 못했다. 끝내 그걸 말할 언어를 찾지 못해 쓸데없이 말을 빙빙 돌리기만 했다. 하긴 백 마디 말보다 입 안 점막과 침샘의 돌기와 미뢰 위로 수박 한 조각을 올려놓는 게 백 번 나으리라. 오랫동안 숙련된 잇바디를 들어올려 방앗공이를 확 안에 집어넣듯 수박의 과즙을 으깨는 편이 저 지루한 미학과 이데올로기와 역사를 이기리라.

겨울 수박은 수박이 아니다

그런데 수박을 먹은 사람은 다 죽는가 보다. 김성탄도 임어당도 김현도 윤택수도 지금은 모조리 여기서 사라져버렸다. 그들이 어디로 갔는지는 아무도 모른다. 나 또한 수박을 엄청나게 먹어댔으니 불원간 그들이 간 곳으로 가게 될 게 뻔하다.

살아있는 동안 잘 드는 흰 칼로 푸른 수박을 자르는 쾌감을 더 누려야 할지 먹으면 죽는다는 걸 알았으니 수박 따위 이제 그만 끊어버려야 할지 그걸 모르겠다. 하하. 수박이 사라진 겨울에 수박송頌을 쓴 것을 독자여 용서하시라. 대형 마트엔 여전히 수박이 놓였지만 나는 겨울에 나는 수박을 수박이라고 여기지 않고 여전히 여름 수박을 그리워한다.

새근한 '증편'의
색깔 고운 자태라니

증편은 여름 떡이다. 여름 기제사에 엄마는 증편을 쪘다. 송편과 시루떡은 고물 때문에 더위를 견디지 못한다. 증편은 복더위 속에서도 한 닷새는 쉬지 않았다. 쌀가루에 막걸리를 부어 미리 발효한 탓에 증편에선 살짝 신맛이 났다. 엄마는 그 맛을 '새근하다'고 했다. 새근한 것은 새콤한 것과는 다르다. 신맛 플러스 단맛에 발효한 맛이 나는 것이 '새근'이었던 것 같다.

"새근한 떡은 변미되지 않는데이."

여름에도 솥을 걸고 떡을 찔 수밖에 없는 이유는 제사 때문이었다. 마루 문을 열어놓고 촛불에 달려드는 나방을 쫓으면서 우리 식구들은 증편 앞에 엎드려 더위에 지친 조상님이 어서 증편을 흠향하시기를 기다렸다.

증편을 찌는 날이면 내게 배당되는 일이 있다. 쌀가루를 빻고 익반죽하고 막걸리를 부었다가 너댓 시간에 한 번씩 치대서 가스를 빼주는 과정은 난 모른다. 그런 귀찮은 일은 언제나 엄마 몫이니까. 내게 주어진 일은 뜰에서 색색 가지 꽃잎을 따오는 것이었다. 꽃잎이 곱다고 아무 꽃이나 쓸 수 있는 게 아니다. 엄마는 맨드라미의 붉은빛을 좋아했다. 호박꽃의 노란빛도 좋아했다. 파란 소엽 잎도 필요했다. 소엽은 특별한 향을 지닌 풀이었다. 증편에 뿌리기 위해 우린 안뜰에 해마다 소엽 서너 포기를 길렀다. 아니 소엽이 지가 알아서 해마다 싹이 돋았다.

쌀가루가 완전히 발효되면 솥에 대나무 채반을 걸었다. 그 위에 삼베 보자기를 깔고 반죽을 부었다. 반죽 위에 꽃을 놓는 게 나는 좋았다. 절대로 엄마에게 양보하지 않았다. 맨드라미꽃을 뿌려두고 씨앗으로 검정깨를 송송 박았다. 호박꽃을 해바라기처럼 둘러놓고 화판 가운데 까맣게 씨앗을 박아넣었다. 소엽은 가장자리에 아라베스크 문양처럼 배열했다. 맨드라미와 소엽은 빛깔을 보기 위해 넣는 것만은 아니었다. 그들도 쌀가루 위에 박혀서 떡맛이 변치 않게 하는 물질을 내뿜을 것이었다.

어둑해질 무렵 증편이 다 쪄졌다. 어둑해지는 부엌에서 대나무 채반 위만 꽃그림으로 화사하고 환해졌다. 고운 증편을 가지

런히 잘라 편대(떡을 올리는 제기)에 올려놓을 때 엄마는 나를 돌아
보고 웃었다.

"이따가 절할 때 증조할배한테 빌어래이. 내가 꽃 놓은 떡이시
더. 많이 드시고 무탈하게 크게 해주소, 그캐래이."

"응……."

"인제 배 안 아프게 해주소. 밤똥도 안 누게 해주소, 꼭 그래
빌고 절 하그래이."

"응……."

그 말을 할 게 미리 부끄러워 나는 손가락을 입에 물고 허리를
비비 꼬았다.

'난젓', 물명태와
무가 빚어낸 싱그러운 단맛

무가 제철이다. 알다시피 제철 채소는 맛도 좋고 영양도 풍부하다. 철마다 맛있는 채소를 길러내는 땅에 발을 딛고 산다는 것만으로도 삶은 황홀하다. 어쩌면 이승에 생명을 얻어 사는 보람은 그걸로 충분한 건지도 모른다. 그 외의 것은 모조리 덤이다. 영화를 보는 것도, 옷을 지어 입는 것도, 먼 나라로 여행을 떠나는 것도, 마주앉은 사람에게 사랑을 느끼는 것도, 운 좋게도 사랑하는 사람과 아이를 만드는 것도, 그 아이가 내게 방긋 웃는 것도 땅에 발을 디디는 기쁨 이후에 감각하는 덤에 속한다. 누구의 삶이든 이 덤이 더 크니 생명을 얻어 지상에 둥지를 튼다는 것은 얼마나

남는 장사인가. 그러나 우린 덤에 취해 정작 본질을 잊고 산다. 심각한 어리석음이다.

생의 본질! 그건 가을무의 푸른 어깨에 있다. 땅속에서 서너 달 뿌리를 박고 자라면 무는 땅기운을 받아 지면 위로 불쑥 솟아오른다. 거기 맑은 바람과 햇볕이 듬뿍 쏟아진다. 간간이 내려주는 빗물을 빨아 마신다. 무를 키운 지풍화수는 바로 내 생명의 본질이기도 하다. 나 역시 무처럼 지수화풍으로 이루어진 존재다. 게다가 땅과 바람과 햇볕과 물 없인 하루도 살 수 없다.

땅 위로 솟아 햇볕을 받은 무는 점차 제 머리 위로 드리운 싱그러운 무청의 빛깔을 닮는다. 가을이 되어, 햇살과 바람 속에 서서 그 푸른 무를 한 입 와사삭 깨물어 먹는 일, 그런 순도 백퍼센트의 기쁨이 또 있을까. 사람은 그런 순수하고 완벽한 순간에 영원에 닿는다. 그런 순간을 만끽하는 이들만이 우주와 생명의 비밀스런 뜻을 포착할 수 있다고 나는 믿는다.

무는 채소지만 전엔 과일에 버금가는 대접을 받았다. 가을무는 달고 물이 많아 웬만한 배는 곁에 얼씬도 못했다. 겨우내 우리집 부엌에서 채 썰어지고 깍둑 썰어지고 어슷 썰어진 무가 너댓 접은 족히 됐으리라. 무 요리 중 내가 특히 좋아한 건 '난젓'이었다.

난젓! 그건 '난타'의 '난'과 같은 항렬로 마구 두드린다는 의미였다. 겨울이 깊어지면 엄마는 난타 공연하듯 도마를 리드미컬하게 두들겼다. 도마 위에 올려진 건 무가 아니라 '물명태'였는데 안

말린 명태를 우리집에선 생태라고 하지 않고 물명태라고 불렀다. 그 물명태를 난도질한 후 무의 머리 쪽 푸른 부분을 듬뿍 채 썰어 넣고 멸치젓갈과 고춧가루와 마늘에 버무려 담는 요리가 난젓이었다.

난젓은 일단 입에 들어가면 침이 확 돌고 시원하고 달았다. 요리에 설탕을 쓰기 시작한 건 대중식당이 늘어난 시점과 비슷한 것 같다. 식당 요리란 게 원재료에서 우러나는 단맛을 충분히 내기 어렵기에 대신 양념에다 설탕을 푹푹 퍼넣었다는 혐의가 짙다. 집에서 만든 음식에 설탕이란 어림없었다. 설탕의 해악을 파악해서라기보다 설탕이 내는 경박한 단맛을 모두들 달가워하지 않았던 것이다. 설탕이 전혀 없어도 온 식구들이 걸핏하면 달다고 말했다. 무가 달고 명태가 달고 간장이 달고 마늘이 달고 멸치젓갈이 모조리 달았다. 그건 겉으로 드러나는 사탕수수의 단맛에 비해 얼마나 은근, 심오한 단맛이던가.

포유류가 지상에 살아남기 위해서는 단맛에 예민할 수밖에 없고 에미 젖을 통해 맨 처음 그 단맛에 길들게 된다는 얘기는 앞서 〈달콤함을 옹호하다〉란 글에서 언급한 적 있다. 그 단맛은 물론 탄수화물의 단맛이었다. 밥이나 밀이나 콩을 오래 씹을 때에 혀에 감기는 단맛, 그러나 무와 멸치젓갈의 단맛은 단당류나 이당류의 단맛과는 본질과 의미가 조금 다른 듯하다(이건 과학적인 고찰이 아닌 심리·정서적인 관찰이니 설령 그것들의 화학성분이 같다 해도 난 책임질 수 없다).

잘 익은 곡식과 과일에서 오는 단맛이 탄수화물과 과당의 단맛이라면 야채와 생선의 단맛은 싱그러움에서 오는 단맛이다. 흙에서 갓 따낸 것들, 바다에서 갓 건진 것들이 풍겨내는 향기를 "달다"고 표현하는 이유는 '단맛'을 맛의 최고치로 설정했기 때문이지 실제로 설탕의 분자처럼 달콤한 성분을 가졌다는 건 아니다. 오래 달인 간장, 햇볕에 따끈하게 발효된 된장, 술독에서 보글보글 괴어 알맞게 익은 술이 단 것은 시간과 효모가 합작해 단맛을 들였기 때문이다. 온도와 효모균과 곡식 기운이 비밀스럽게 어울려 이전엔 없던 전혀 새로운 단맛을 거짓말 같이 생성해낸 것이다.

메주를 쑤지 않고 무 구덩이를 만들지도 않은 채 겨울이 시작된다. 겨울이 시작된다는 것을 가을걷이와 야채 갈무리로 체감하는 것이 아니라 기상 캐스터가 알려주는 일기예보의 기온으로 파악하는 세월을 한동안 살았다. 그래서 까닭 없이 헛헛하고 쓸데없이 쓸쓸해질 때 나는 제철 무 하나를 꽉 자른다. 존재의 볼륨을 아연 풍성하게 만드는 비법이 거기 있다.

생태와 마늘을 도마 위에서 신나게 난도질하고 무를 쓱싹쓱싹 채 썰어서 난젓 한 보시기를 담기, 햅쌀밥에 시원하고 향긋하고 매콤한 그것을 올려 한 그릇 뚝딱 비우기! 지상에 목숨을 받아 살고 있는 은혜의 핵심이 바로 이것임을 가을무가 나는 계절에 나는 확실히 믿는다.

샤또 오 브리옹도 흥칫뿅!
정향극렬주

고향 안동은 물산이 풍부한 지역이 아니다. 넓지 않은 강을 끼고 자그만 마을들이 자연발생적으로 생겨났을 뿐 너른 들도, 높은 산도, 해산물 풍부한 바다도 없다. 다행히 골짝마다 마르지 않는 샘과 개울들이 있어 굶지는 않을 만치 농사가 됐고 굶지 않았으니 이웃들과 철철이 나눠 먹을 만은 했다.

동리에 잔치가 있으면 다들 음식을 해서 머리에 이고 갔다. 봉투에 현금을 쓱 집어넣는 부조가 나는 최근까지도 꽤나 민망했다. 사람마다 잘하는 음식이 따로 있어 잔치에 음식 담당이 은연중 정해져 있었다. 한들 할매는 묵을, 해제 아지매는 술을, 수곡 할매는 감주를, 엄마와 무섬 아지매는 유과와 약과를 빚어 가는 것이 불문율이었다. 요즘으로 치면 포틀럭 파티쯤 될까.

아지매들은 잔치에서 온 동네 사람들이 자기 음식을 맛보는 것을 자랑스러워하면서도 수줍어했다. 마을에서 손맛 좋기로 으뜸 가는 이는 단연 우리 엄마였다. 동네어른들—이라고 해봤자 집성촌이니 다들 일가친척—은 엄마가 만든 떡이니 약과를 입에 넣으면서 "개실댁, 자네는 죽더라도 그 아까운 손일랑 부디 끊어놓고 가게!"라고 일견 살벌하기 짝이 없는 칭찬들을 했다.

엄마는 왼손으로 콩가루를 슬슬 체에 내리면서 오른손으로 쿵덕쿵덕 절구질을 해서 인절미 한 쟁반을 순식간에 만들었고, 밥솥 곁에 엿솥을 따로 걸어 시간 들이지 않으면서 금세 꺼룩한 수수 조청 한 사발을 겨울 야화상(어르신들을 위한 가벼운 술상)에 올렸다. 아아, 얼마나 풍성한 야화夜話였던가! 우리집에선 저녁 먹고 둘러앉아 먹는 주전부리를 야화라는 말로 '우아하게' 불렀다. 아마도 밤에 이야기를 나누며 먹는 음식이라는 뜻이었나보다.

그런데 음식 맛이 전과 같지 않다. 일껏 잘한다는 집을 찾아가도 맵거나 달거나 조미료 맛이 혀끝을 쪼갤 뿐이다. 전에 엄마가 만들어주던 구수하고 슴슴하고 무던하고 은근하고 달던 맛들이 언제부턴가 우리 곁에서 사라져버렸다. 콩도 팥도 밀도 쌀도 제 향이 나지 않은 지 오래다. 흥겨움과 풍요로움이 사라지니 사람들 사이에 흐르는 기운도 차갑고 메말라 버석거리기가 스티로폼

상자 같다.

어째서 그런가. 원인은 음식에 있다. 친환경, 유기농, 토종 종자 같은 재료의 문제가 아니다. 만드는 사람의 정성이 음식에 녹아들지 않는 것이 문제다. 물산이 빈한한 안동은 재료가 시원찮으니 정성만은 최고조로! 눈물겹게! 눈부시게! 집어넣었다. "여자는 맵씨(맵시), 솜씨, 말씨, 맘씨의 네 씨를 갖춰야 부모 흉을 사지 않지만 그 네 씨의 근본은 음식 솜씨니라"라는 말과 "무 하나로 상에 올릴 수 있는 반찬 가짓수가 많을수록 맵짠(알뜰하고 솜씨 좋은) 계집"이란 훈계를 귀가 닳도록 들었다.

조선의 3대 조리서라고 불릴 만한 《수운잡방》(1540), 《음식디미방》(1670), 《온주법》(1700)이 모두 안동에서 나온 게 우연일 리 없다. 책이 전해져온 광산 김 씨, 재령 이 씨, 의성 김 씨는 안동에서 5백 년 이상 터 잡고 살아온 유서 깊은 문중들이다. 그들은 '봉제사접빈객奉祭祀接賓客(제사 받들기와 손님 대접하기)'을 삶의 기본원리로 삼으면서 음식에 들이는 깊은 정성을 그들의 이상인 '군자 되기'의 구체적 실천 강령으로 여긴 것 같다.

봉제사접빈객은 요즘 말로 하면 '소통'이었다. '봉제사'는 통시적 소통이고 '접빈객'은 공시적 소통이었으니 그걸 매개하는 것이 술이었다. 《수운잡방》에 59종, 《음식디미방》에 51종, 《온주법》에 52종의 술 빚는 법이 전하는 것은 궁색한 안동 선비들이 유난한 애주를 해서가 아닐 것이다. 그들은 술에 인간이 쏟을 수 있는 최대치의 정성을 쏟아부었고 그걸 조상의 제사상에, 손님의 밥상 위에 올렸다.

지난 달엔 그리운 안동 내앞, 사빈서원 덩그런 기와지붕 아래 앉아 《온주법》이 지시한 대로 빚은 '정향극렬주'(음력 오뉴월에 담가 먹는 '찹쌀 술')를 맛봤다. 객지를 떠돌며 나도 무슨 무슨 블루 라벨이니 송로버섯 향이 난다는 샤또 오 브리옹이니 등 이름난 술을 웬만큼은 마셔봤다. 아아, 그러나 3백 년 전 정향극렬주, 정성이 진주처럼 녹아든 그 술에 비한다면 다만 싱겁고 머쓱할 뿐! 곁에 이런 술을 두고도 우린 와인과 사케의 목록만을 주워섬긴다.

예나 이제나 사람 사이엔 술이 필요하다. 술이 사람의 마음을 열어준다. 열어줄 뿐 아니라 이어도 준다. 사람끼리만 이어주는 것이 아니다. 이쪽 세상과 저쪽 세상을 이어준다. 보이는 것과 안 보이는 것을 이어준다. 술을 통해 우리는 저 너머로 건너갈 수 있다. 보통 술로는 안 된다. 정성을 듬뿍 담아 손으로 빚어낸 술이라야 한다. 아아 정향극렬주, 그리운 너의 술잔에 아름다운 정향극렬주를 붓는다.

두견주
한잔 받으시라

"그대가 세상 고락 말하는 날 밤에/ 숯막집 달도 지고/ 귀뚜라미 울어라~"를 처음 들은 것은 열아홉 살 이맘때 친구 미미를 통해서였다. 나는 그 시의 가락과 이미지가 몹시, 아주 몹시, 맘에 들었다. 그대라는 말의 감미로움과 세상 고락이라는 말의 쓸쓸함과 산골 숯막집에 지는 달의 고요함과 달이 져 음영이 깊어진 공간을 가득 채우는 귀뚜라미 울음과 그 소리로 인해 아득하게 확장된 우주의 크기 같은 것이 살갗에 돋은 소름처럼 생생하게 감각되었다.

미미는 그 시가 김소월의 것 중에 단연 최고라 했고 나도 절대

동의했다. 그 3·4조의 운율은 나의 맥박과 피톨 안으로 파고 들어와 내 입에 짝짝 붙는 나의 리듬, 나의 호흡이 되었다. 그러나 '그대가 세상고락 말하는 날 밤에 / 숯막집 달도 지고/ 귀뚜라미 울어라'는 왜곡된 기억이었다. 원래의 시는 꼴이 조금 다르다는 것을 30년쯤 후에 알았지만 나는 기억을 수정하고 싶지 않았다.

산 중턱 외딴 비탈에 자리 잡은, 숯 굽는 오두막쯤으로 알았던 '숯막집'은 '숫막집'이었는데 그건 평안도 방언으로 술집이라 했다. 술집이면 시의 무대는 산골에서 저잣거리로 옮겨지고 원래 내가 떠올렸던 고즈넉하고 명상적인 분위기와는 거리가 멀어도 한참 멀어진다.

달도 지고, 는 '불도 지고'의 오류였다. 외딴 숯쟁이 화전민 집에 달이 지는 것과 저자의 술집에 불이 꺼지는 것은 달라도 한참 다르다. 게다가 시는 첫 어절이 '그대가'가 아니었다. 돌연 그대, 라고 마주앉은 사람을 호명하는 것과 한참 변죽을 울리며 뜸을 들이다 그대를 부르는 것은 감정의 격렬함에서 천양지차다. 그대가, 앞에 원래는 두 행이 더 있었다. "산바람 소리/ 찬비 듣는 소리"라는 두 행이 더!

아악~안 된다! 바람소리와 찬비 듣는 소리를 배경에 깔아서는 안 된다. 그러면 마지막 행의 귀뚜라미 소리에 걸려 이 시는 소리로 가득 차버린다. 과잉 시끄럽다. 게다가 바람도 비도 둘 다 너무 찬 것들이다. 과잉 추워진다. 이 시는 추워서는 안 된다. 쓸쓸하되 안온해야 하는데 바람 불고 비 오면 그 안온이 깨어진다. 그리고 결정적으로 달이 없다! 달이 지는 것도 하늘에 달이 없기는 마찬가지지만 달이 져서 없는 것과 비가 와서 아예 뜨지도 않은 것과는 흰색과 검은색만큼의 차이가 난다. 우선 대기의 온도와 습도가 전혀 다르다. 나의 호흡이 돼버린 정든 시를 이런 축축하고 차가운 공기 속으로 내몰 수는 없다.

소월이여 어찌할 것인가. 내 기억의 고집을. 병이 났단 말을 듣고 가방 안에 굳이 현금을 찔러 넣어주고 도망치듯 달려간 미미를 향한 나의 오랜 우정을. 나는 그대의 시에 칼을 대겠다. 사랑해서 헤어지는 연인처럼, 팔뚝을 지키려고 잘라내는 손가락처럼 나는 지금 그대의 시를 훼손하려 한다. 첫 두 연을 없애고 "숯막집 불도 지고"를 "숯막집 달도 지고"로 고쳐놓겠다.

대신 내가 올리는 두견주 한잔 받으시라! 영변 약산은 아니지만 임하 뒷산에서 아버지의 연인 황 여사가 지난 봄 진달래꽃을 듬뿍 넣어 담근 향기로운 두견주 한잔!

안동 어느 집의 얌전한 다과상이다. 어린 연근에 엷게 백련초 물을 들인 것 말고는 다 제 빛깔을 살려 만들었다. 생강을 얇게 저며 말린 편강과 거피한 들깨를 가루 내어 꿀에 버무려 꼭꼭 누른 강정과 금귤을 뭉근한 불에 졸인 정과 등속이다. 늦봄 송화 필 때 솔꽃을 송이째 따서 창호지에 널어 말린 송홧가루, 그걸 꿀에 녹여 송화다식을 만들었고 검은깨를 가루 내어 검은깨다식도 만들어 켜켜이 담았다. 우리 엄마는 우엉을 제 결대로 길쭉하게 썰어 정과를 조리곤 했는데 이 집은 그냥 도시락 반찬 하듯 둥글게 썰었다.

늦가을 뿌리와 열매에 단맛이 한창 알차게 들 때 하루 이틀 날 잡아 만들어뒀던 군입거리들이다. 아무 상에나 올리는 건 아니고(양이 많을 수가 없었으니) 귀하고 살뜰한 분이 오시면 고방의 깊은 독 안에서 꺼내왔다. 저런 음식이 집에서 떨어질 때는 겨우내 한 번도 없었다. 빨간 식혜와 함께 흰 접시에 담으면 한겨울 방안에 꽃이 핀 듯 화사했던 기억……. 인제 사철 생과일과 생야채가 풍성하고 다들 설탕과 단맛에 질겁하니 저런 말린 과일에 손이 갈 리가 없지만 그래도!

예전 다과상을 앞에 놓은 내 마음은 일없이 흥취에 젖는다. 저런 정과와 강정과 다식을 손님상에 올리면 한 방 가득 모인 어른들은 이 집 안주인 솜씨가 어찌 이리 고추같이 맵냐고 칭찬이 바가지로 쏟아졌고 긴 앞치마를 입고 고개를 숙인 엄마는 수줍고도 기쁜 웃음을 띠며 치마꼬리를 잡은 나를 앞으로 내밀어놓곤 했었는데.

순하되 슬쩍
서러운 갱미죽

힘든 주사 끝났다고 자그만 파티를 해주겠다 하신다. 햅쌀과 참기름과 씨간장을 들고 집으로 오시겠다 하신다. 으음~부엌이 워낙 작고 너른 식탁도 구비되지 않아 안 된다. 차라리 친구 몇과 연희동 '부엌 공간 시옷'으로 가겠다고 했고 10월의 끝날 그곳으로 갔다. 먼저 불린 햅쌀을 참기름에 볶다가 물을 붓고 끓인 갱미죽. 햇볕을 실컷 받고 천천히 여문 쌀알을 다시 낮은 열로 뭉근히 익힌 후 오래 묵은 간장을 똑똑 끼얹어 먹는 죽이다. 아무것도 안 넣은 흰죽, 아플 때 엄마가 동솥에 끓여주던 그 옛날의 흰죽, 나는 지금 입안 점막에 제법 상처가 있고 혀의 표면도 조금 굳어 있는 상태인데 흰죽은 그 아픈 부분을 순하게 따스하게 다정하게 어쩌면 슬쩍 서러운 듯도 하게, 상처에 바르는 연고처럼 쏴르륵 도포한다!

다음은 야채를 구워 먹는다. 간도 없이 기름도 없이 양념도 없이! 호박, 가지, 버섯, 양파, 숙주나물 같은 갖은 날채소에 사과와 묵과 지난 번 제주에서 처음 맛본, 생강과 붉은 양파가 교배된 듯한 양하까지. 이번엔 오래 익히지 않는다. 슬쩍 불기운만 쐬어 숨이 죽을락 말락 하면 소스에 찍어 먹게 만들었다. 소스는 나란히 놓인 세 종류, 간장과 토마토와 들깨다. 나는 묵은 간장에 청귤소금을 넣은 소스가 기중 입에 맞아 그걸 여러 번 덜어먹었다.

마지막은 무와 콩나물과 두부를 넣고 오래 끓인 탕국, 이 탕국의 이름은 인도에서 처음 맛보았기에, 그리고 담아내온 그릇이 신선로 그릇 같았기에 인디언 신선로라고 부르기로 했다 한다.

오오~시원하다. 그리고 달다. 그냥 단 게 아니라 야채들이 제 몸 안에 저장했던 달큼함을 다투어 내놓았기에 흔쾌하게 달다. 먹는 동안 몸에 땀이 돌고 그 땀으로 약의 독성이 빠져나가는 듯한 기분, 인디언이란 이름이 모종의 원시주술로 내 몸의 맥박을 두드리는 기분, 무언지 개운하고 흥그러운 기분 탓에 나는 자주 웃고 자주 신음했다. 오호홍 으흐흥~

제게 이런 식탁을 차려주신 문성희 샘, 미리 도착해 우렁각시처럼 함께 준비하고 뒷설거지까지 말끔하게 감당하신 양희경 샘 감사해요. 좋은 음식을 앞에 두고 구워 먹고 쪄먹고 삶아 먹으며 함께 늙어갈 수 있다니~ 이런 세상 최고!

가을 새벽, 홀로 차를 마시며

새벽에 깨어 어둠 속에 더듬더듬 차 마신다. 좋은 차에 좋은 잔이다. 차도 잔도 같은 사람이 만들었다. 어린 찻잎을 쪄서 나무절구에 찧은 후 떡처럼 빚은 차다. 화롯불에 구워서 물을 부으면 향이 더욱 짙어진다 했으나 화롯불이 없는 나는 가스렌지에 불을 켜고 부젓가락으로 굽는 시늉만을 했다.

이제 나는 차 한잔을 제대로 마시기 위해 까다로운 수고를 마다하지 않을 연배에 도달한 모양이다. 예전에는 하릴없이 이런 짓거리에 공들이는 걸 한심해했다. 지금도 뭐 아주 당당한 짓은 아니라고 여기긴 한다. 그러나 새벽에 잠이 깨어 남몰래 이런 번거로운 짓을 하고 있는 나를 본다. 불쑥 다가온 가을이 당혹스러워서인지 아직 남아 있는 열정이 민망해서인지.

차 덩어리에 끓인 물을 붓는데 이미 코끝으로 향기가 지나간다. 엷고 가벼운 향이다. 향이라고 말하기도 어렵게 쏩쓸하고 떫은 향이다. 확실히 젊은 날의 향은 아니다. 비벼진 풀내음이니 '적막하다'고 말할 수도 있으리라. 열은 열로 다스리듯 적막은 적막으로 다스리는 수밖에!

차를 만든 사람은 예민한 스타일리스트라 차를 담는 용기도 직접 만들었다. 뚜껑 안쪽에 두꺼운 한지를 바르고 뚜껑을 고정하기 위해 닥 껍질을 가늘게 벗겨 칭칭 동여맸다. 아름다운 것은 윤리적이다. 아름다운 것은 인간의 마음을 열리게 만든다. 아름다운 것들은 시간의 침식을 이긴다. 아름다운 것에 감응할 수 없을 때 인류는 황폐해질 것이다.

닥나무 겉껍질의 이 꺼슬꺼슬한 감촉은 비닐 끈이 결코 시늉할 수 없는 뭐랄까, 정직한 야성을 지녔다. 그걸 손가락 끝으로 문지르며 나는 깊은 안심과 위안을 얻는다. 가을이 오긴 오나 보다.

3^부
슴슴하거나
소박하거나

3부
슴슴하거나
소박하거나

팥소 든 밀가루떡, '연변'을 아시나요

"연변을 알아요?" 물었더니 "아, 하얼빈 곁의 옌볜?" 한다. 대답하는 사람의 어깨를 탁 치면서 내 혀는 고소한 연변 맛을 느닷없이 갈구한다.

'연변'이란 이름의 떡이 있었다. 어린 시절의 떡이고 나는 그걸 오랫동안 잊고 살았다. 아니 떡은 아니다. 밀가루를 기름에 지져 만든 것이니 떡의 범주에 넣기가 곤란하다. 그냥 지짐이라고 부를까. 아니 지짐도 아니다. 야채나 생선이나 고기를 넣어야 전煎이나 적炙이라 하는데, 연변은 단팥을 듬뿍 넣는다. 그러니 지짐이라고도 할 수 없다. 그러고 보니 떡과 지짐의 틈새에 있는 것이 연변이다. 아, 이것을 '서울 중류 교양 있는 사람들의 말'로는 '부꾸미'라고 부르던가? 수수 부꾸미나 찹쌀 부꾸미가 내가 아는 연변과 촌수가 가장 가까운 음식인 것도 같다.

연변을 떠올린 것은 자발적 기억은 아니다. 밖에서 오는 자극이 없었다면 나는 평생 연변 따위 잊어버리고 살 뻔도 했다. 최근 우연히 내 앞에 책 한 권이 배달되었다. 그러나 세상에 우연이 있을까. 지나놓고 보면 사소한 것들은 모두 일종의 징후였다. 시간이 한참 흘러간 후에야 그걸 알게 된다. 책 한 권쯤이 대수로울 것은 없지만 그 책이 내게 끼친 파장을 생각하면 이건 사소하게 넘길 일이 분명 아니다.

그 책은 내게 어릴 적 기억들로 향하는 통로를 열어주는 일종의 로드맵이었다. 알리바바의 도적이 집채 같은 바윗덩이 앞에서 외쳤던 "열려라 참깨" 같은 주문 모음이었다고 할까. 내가 까맣게 잊어버리고 있었던 안동 사투리들이 그 책 안에 "달빛 받은 옹기전의 옹기들처럼/ 말없이 반짝이고 글썽이고(박재삼의 시)" 있었다.

생각해보면 나는 오래전부터 '말없이 반짝이고 글썽이는 것들'에 매혹돼왔다. 반짝이지 않거나 글썽이지 않거나 말이 없지 않거나 하면 내 마음은 전혀 움직이지 않았다. 반짝이는 것은 재주이고, 글썽이는 것은 슬픔이고, 말없는 것은 수줍음 혹은 고요라고 할까? 아름다움의 개념을 왜 그런 쪽으로 규정했던지 스스로도 해명할 길은 없다.

사설이 길어졌지만 아무튼 그 책은 《첨절 안겠디껴?》라는 제목의 안동 방언집이었고 순전히 어릴 적 맨 처음 혀끝에 올렸던 말에 대한 애정에서, 한 개인이 오랫동안 공들여 수집한 후 자비로 출판해낸 옹글고 실팍한 보고서였다. 안동말로 해보자면 '방박진' 성과물이었다. '방박지다'는 것은 덩어리는 작아도 내용이 야무질 때 쓰는 말이다. 이 말 또한 어릴 적 엄마와 할매와 아지매들의 입에서 숱하게 들었으나 까맣게 잊고 있다가 이 책을 보면서 '자다가 불 켠 듯' 소스라치게 떠올린 단어 중의 하나다.

단어 하나를 새롭게 되살려내는 기쁨을 어디에다 비할까. '보석을 줍는 것 같다'고 흔히 비유하지만 보석에는 수천만 원짜리 다이아몬드도 있고 몇 천원밖에 안 하는 양식 진주도 있다. 차라리 길에서 신사임당이 은은히 웃고 있는 지폐 한 장을 주워올리는 횡재를 기준으로 삼을까. 아무리 황금만능의 시대라지만 이런 비유는 역시 당치도 않고 흡족하지도 않다. 그런데도 확실한 건 지폐를 줍는 것보다는 말을 줍는 만족감이 훨씬 깊고 오래간다는 것이니 2백 쪽 남짓의 이 자그만 책 한 권의 경제적 가치는 도대체 얼마에 해당하는 것이냐. 하하.

안동 사람이 아니면 못 알아들을 수도 있을 "첨절 안겠디껴?"는 "안녕하십니까?"의 안동 버전이다. "아침 잡솨겠니껴?"보다는 조금 점잖게 나누는 인사말로 이 말 역시 나는 한동안 잊고 살았다. "첨절 안겠디껴?"는 아버지보다는 엄마의 말이었다. 정보가 아니라 정서를 담는 말은 실은 대개 여성어였다. 엄마는 어른을 만나면 일단 첨절 안계시냐고 물은 다음 신관이 어떠시냐고 걱정스런 얼굴을 했고 헤어질 때는 소관하시라고 고개를 숙였다.

엄마 곁에 서서 나는 그 '첨절'과 '신관'과 '소관'이란 말을 곱씹으며 어른들의 근심스럽고 엄숙하고 복잡한 세계를 두렵게 기웃거렸다. 안동에 가도 할매들 외엔 이젠 아무도 그런 말로 인사하지 않는다. 첨절이란 별일이고 신관이란 얼굴이고 소관이란 볼일이다. 그런 말이 그토록 몸에 착 밴 세대는 엄마로서 끝나버렸다. 텔레비전이 안방마다 보급되면서 지역 말은 억양만 남아 있고 어휘들은 급작히 사라져버렸다.

그런데 그 책의 어느 페이지에 "쟁개미에 연변 붙이나? 불가가 뜨거우이 내가 좀 부치끄마"라는 말이 등장했다. 한순간 나는 숨을 멈췄다. 만약 쟁개미란 말과 연변이란 말을 아예 몰랐다면 이런 반응이 나왔을 리 없다. 그리고 만약 일상어로 내가 그 말들을 죽 사용해왔다면 역시 이런 반응이 나오진 않았을 거다. 분명 알고 있다가 잊어버린 말들이었다. 30년 혹은 40년 동안 한 번도 쓰지 않은 말이었기에 사람에게 이토록 격렬한 반응을 불러왔던 것이다. 온다는 것은 인류학적인 수수께끼 아닌가.

그랬다! 우린 프라이팬을 쟁개미라고 불렀다! 그 위에 팥소를 넣어 부치는 밀가루떡을 연변이라고 불렀다! 어원 같은 건 난 모르겠다. 그런 말이 있었고 그런 말을 잊었다. 왜 잊었는가. 남들이 아무도 쓰지 않았기에 혀 위에서 치워버렸다. 이류 언어로 취급해서 내 혀는 자칫 굴러나올지도 모르는 그 말이 나오지 못하도록 꽉 눌러 압살했던 건지도 모르겠다.

그런데 가엾은 그 말은 죽지 않고 살아남아 저 책의 149쪽쯤에서 내게 살갑게도 말을 붙인다. "쟁개미에 연변 붙이나?" 하고! "불가가 뜨거우이 내가 좀 부치끄마" 하고! 실은 저렇게 말하던 사람들은 이제 모두 이 세상 사람이 아니다. 큰으매도 엄마도 애처로운 숨결을 남기면서 여기를 떠났고, 떠나면서 연변이니 쟁개미란 말을 모두 챙겨가지고 가버렸다.

연변은 여름 떡이었다. 겨울에도 해 먹었는지 모르겠지만 내 기억엔 없다. 여름이면 아궁이에 불을 땔 수 없으니 안마당에 솥을 걸어 간이부엌을 만든다. 안마당에 솥 대신 쟁개미를 올리고 연변을 구웠다. 그걸 굽는 목적은 물론 제사였다. 안동의 삶에서 가장 중요한 건 오로지 제사였으니까. 그냥 먹기 위해 떡을 하는 경우란 돌이나 생일 말곤 없었다. 돌이나 생일에도 먼저 한 접시를 떼어내 삼신 할매 앞에, 성주 앞에, 조왕신 앞에, 상청이나 사당 앞에 올려놓고 한참씩 싹싹 빌고 난 후에야 살아있는 인간의 차례가 왔다.

쟁개미는 28센티 양수 냄비보다 훨씬 널찍한 번철이었다. 맨 밀가루를 개어 넓적하게 붙이다가 팥소를 가운데 놓고 네 귀를 척척 접어 만드는 연변은 흡사 편지봉투처럼 생겼다. 그래서 봉투떡이라고도 불렸다. 여름 제사엔 주로 증편을 썼지만, 그것만 달랑 괴서는 조상 앞에 들 낯이 없으니까 연변을 부쳐서 '웃괴이'로 '괴었다'. '웃괴이'란 말도 지금 보니 '위에 괴는 물건'이란 뜻인가 보다.

'괸다'는 말을 안동에서처럼 자주 쓰는 지역이 또 있을까. 제사에 올리는 모든 음식을 괴었고, 사랑상에 올리는 반찬도 괴었고, 심지어 소꿉 사는 아이들은 마당에다 실없이 돌멩이도 괴었다. 괸다는 건 차곡차곡 쌓아 올린다는 말이지만 기계적으로 쌓는 건 괴는 것이 아니다. 바로 정성! 지극정성을 바쳐 차곡차곡 쌓는 것이 '굄'이었다. 고기도 괴고, 포도 괴고, 실과도 괴고, 산적도 괴고 떡도 괴었다.

떡을 괴는 솜씨가 우리 엄마만 한 사람을 나는 어디서도 본 적이 없다. 우리 엄마는 떡을 괴는 솜씨가 남달랐다. 자른 짚을 자로 삼아, 편대 길이에 맞게 떡을 우선 반듯하게 잘랐다. 그런 다음 가지런히 괴어 올렸다. 일정한 길이여선 안 되고 한 켜씩 위로 올라갈수록 조금씩 넓어져야 했다. 다 괸 후 편대의 전체 모양을 살필 때 바닥에서 직각이 아니라 85도 정도의 기울기를 유지해야 잘 괸 떡이었다. 큰 제사 땐 떡뿐 아니라 대추와 밤과 땅콩과 심지어 잣까지를 괴어 올렸다. 창호지를 제기에 맞게 동그랗게 잘라 가장자리에 꿀을 발라 한 켜씩 괴어 나갔는데, 한 호흡도 흐트러지면 안 되는 정밀하디 정밀한 작업이었다.

여름 제삿날 안뜰에 쟁개미를 놓고 연변을 부치는 건 증편 위에 차곡차곡 괴기 위해서였다. 연변은 납작하고 네모져서 괴어 올리기에 안성맞춤인 떡이었다. 겨울 제사엔 시루떡을 쓰고 음식이 잘 상하지도 않으니 '웃괴이'거리가 다양하지만 여름엔 다르다. 호박전을 부쳐 쌓거나 연변을 올려서 제사상에 올릴 편의 높이를 키워야 했다.

편대라는 떡을 괴는 나무접시가 있다. 나의 편대 사랑은 도를 넘는 구석이 있다. 주기적으로 장안평이나 서오릉 옛 물건가게에 들러 편대扁臺란 편대, 적대炙臺란 적대는 다 찾아 꺼내놓고 침을 흘린다. 나뭇결과 손때와 나무 빛깔과 오랜 세월 그걸 흠향했던 죽은 이들의 눈길이 두루 나를 끌어당기지만, 그보다 더 힘이 센 건 엄마가 늘 닦고 매만지던 그릇이라는 이유일 것이다.

백석 시집에서 〈목구〉라는 시를 발견하고 백석 또한 나와 똑같은 정서의 소유자임을 확인했다. 백석의 함경도뿐 아니라 우리들 안동 사투리로도 목기는 '목구'다. 아니 사투리가 아닐 수도 있다. 기器는 곧 구具니까!

한 해에 몇 번 매연 지난 먼 조상들의 최방등 제사에는 컴컴한 고방 구석을 나와 대멀머리에 외얏 맹건을 지르터 맨 늙은 제관의 손에 정갈히 몸을 씻고 교우 우에 모신 신주 앞에 환한 촛불 밑에 피나무 소담한 제상 위에 떡 보탕 식혜 산적 나물지짐

반봉 과일 들을 공손하니 받들고 먼 후손들의 공경스러운 절과
잔을 굽어 보고 또 애끓는 통곡과 축을 귀에 하고 그리고 합문
뒤에는 흠향하러 오는 구신들과 호호히 접하는 것 구신과 사람
과 넋과 목숨과 있는 것과 없는 것과 한 줌 흙과 한 점 살과 먼
옛 조상과 먼 홋 자손의 거룩한 아득한 슬픔을 담는 것(〈목구〉
부분).

그랬다. 힘세고 꿋꿋하고 어질고 정 많은, 호랑이 같은, 곰 같
은, 소 같은, 피 같은, 밤 같은, 달 같은 슬픔을 담는 것이 목기였
다. 그러나 여름 떡은 목기인 편대를 쓰지 않았다. 시루떡이나 편
대에 괴었지 막걸리를 넣어 발효한 증편은 그냥 놋양푼째 젯상에
올려도 무방했다. 그 증편 양푼 위로 수북이 쌓아 올리기 위해 연
변이 필요했던 것이다.

쌀가루로 하는 다른 떡과 달리 밀가루떡은 맛이 얕았다. 더구
나 기름에 지지는 떡이라 입에 착 달라붙어 아이들이 좋아했다.
물론 나도 아이였다! 팥 삶는 냄새가 아침부터 집안에 진동했고,
이제 기름내까지 풍겼지만 나는 그것 하나 집어먹을 수가 없었
다. 제사에 올릴 '수지'는 산사람이 먼저 건드릴 수 없는 신성한
것이기에!

참을 수 없이 연변이 먹고 싶어 나는 비죽비죽 울음이 터졌고
엄마는 애원하듯 제사 지내고 먹자고 달랬다. 그러나 나는 도저

히 어찌해볼 도리 없이 헛헛해져 사당 앞 움푹한 구덩이 안으로 숨어들었다. 아니 뒤란의 굴뚝 뒤든가, 샛마루 밑이든가. 계면쩍고 불안하고 울울했다. 마침내 엄마는 연변 두어 개를 접시에 담아 들고 나를 달래러 왔다. 그리고 내가 숨은 구덩이 앞에서 감정을 억누르며 말했다.

"웅후야, 엄마가 지금 할 일이 태산이다. 얼른 나온나!"

나는 나갈 수 없었다. 어쩔 수 없다는 것은 이미 다 알고 있다. 어쩌랴, 어쩔 수 없는 것을! 금지된 것 앞에선 금禁하고 멈춰야止 한다는 것을 나라고 모를 리야!

댓잎을 스친 바람이 서그럭거리며 불어오고 지붕 그림자는 눈앞에 칼로 그은 듯 선명하고 쪼그려 앉은 엄마의 버선발이 바로 눈앞에 있다.

"얼른 나온나, 아나 연변 여깄다. 저기 사당에 할배한테 절하고 먹어라."

나는 대답하지 않았다.

"엄마 성가수치 말고 고마 나온나. 절 하믄 할배도 눈 지그치 털어내고 봐주시께따. 제발 웅후야 일로 나온나."

"……"

그 성깔 '패랍던'(까다롭던) 아이는 지금 어디로 갔을까. 쉰 중반을 넘겨버린 지금, 아무에게도 그따위 패라움을 내보일 수 없는 지금, 가만히 들여다보면 그 아이는 아직 내 안에 자그맣게 웅크리고 살아 있다. 울음이 터진 이유는 실은 연변 때문만은 아니었다. 나는 늘상 헛헛했다. 무언가 그리웠다. 뭔지는 모르지만 꼭 있어야 할 것이 내게만 결락된 듯했다. 그게 아버지였을까. 연변을 거절하는 엄마를 함께 흉보고 내 편을 들어 "까짓 연변 하나 먼저 먹으면 뭐가 어떻다고 저카노, 그제?" 하면서 덜렁 안고 밖으로 나가줄 사람이 필요했다. 그건 아마도 남자어른의 실팍한 품이었을 것이다.

그렇지만 엄마는 그걸 모르고 있다. 내 울음의 이유가 오직 연변 때문인 줄로만 안다. 그래서 금지된 연변을 들고 와서 저렇게 쩔쩔맨다. 혼자 타협점을 찾아내 신주 속에 들어가 있는 할배들한테 먼저 절만 하면 상관없다고 한다. 엄마로선 엄청난 일탈이건만 나는 받아들일 수가 없다. 아버지는 언제 오실까. 제삿날이니까 오시긴 꼭 오시겠지! 처음엔 잔울음이다가 거기 놓인 엄마의 버선발을 보자 울음 덩어리는 갑자기 아이의 몸뚱이만 하게 커진다. 급기야 덩이 진 울음이 아이의 숨을 막아버린다.

그날 엄마는 연변을 굽다 말고 사당 앞 움푹한 구덩이로 들어와 나를 껴안았다.

"그래, 울어라. 울어. 참지 말고 울어라, 울어."

무릎 위에 안아 올리고 가슴께를 토닥토닥 두드리면서 엄마는 자장가처럼 변명처럼 한숨처럼 이야기를 들려줬다. 나는 옛날 이야기를 지나치게 좋아했다. 이야기엔 집채 같은 울음도 그치게 하는 힘이 있었다.

"웅후야 젯상에 올리기 전에 제수에 손을 못 대는 건 다 소연
(까닭)이 있데이. 저어기 어데 판서 집에 10년만에 귀한 손자가 났
드란다. 온 식구가 금댕이 은댕이로 키웠제. 한창 아장아장 걸을
만한데 증조부 제삿날에 고만…… 귀한 손자가 고만…… 화로에
엎어져 부랬단다. 난리가 났제. 제사고 뭐고 일로 뛰고 절로 뛰고!
마침 그날 그집 사랑에 이인異人이 묵고 있었드란다."

"이인이 뭐로?"

아이는 어느 결에 울음을 그치고 엄마를 올려다봤다. 엄마는
아직 울음이 남은 아이 눈을 짐짓 가만히 들여다봤다.

"우리 웅후 인제 다 울었네?"

"아이, 이인이 뭐로, 엄마?"

엄마는 햐야스름하게 웃었다. 목단도 아니고 달리아도 아니고
백일홍도 아닌, 무슨 꽃 같긴 한데 무슨 꽃인지 알 수 없는 하얀
꽃 같았다.

"이인은 웅후야, 한 자리에 앉아서 천리를 보는 사람이란다.
서울도 보고 미국도 보고 음……또 귀신도 보고, 옛날도 보고"

"……어무야……."

"이인이 먼눈을 뜨고 가만 굽어보니 젯상에 올라앉은 증조부
가 아를 고만 화로로 떠밀어 불드란. 왜 그런고 소연을 캤더니
낮에 제수를 장만할 때 그 집 며느리가 아 입에 제사 음식을 한

조각 띠여 주드란다. 정성이 부실했던 게제. 그게 고만 조상의 노여움을 사 가주고……."

"……."

"그런 이야기를 아는데 엄마가 어예 니한테 연변을 먹일로?"

엄마는 이인 봤나? 이인은 수염이 있나? 우리집에도 이인이 오나? 나도 크면 이인 되나나? 묻고 묻고 또 물으면서 엄마 등에 업혀 나는 아무일 없었던 듯 안뜰로 돌아왔고 앞치마를 고쳐 입고 엄마는 아무일 없었던 듯 다시 제사를 차렸다.

《첨절 안겠디껴》에 등장하는 예문은 거의가 대화체다. 안동말을 쓰는 사람들이 주고받는 대화를 녹음하듯 낱낱이 기록해놨다. 아무데나 펼치면 그 옛날 안동 사람의 입말, 우리 엄마가 썼으나 나는 잊어버린 말들이 순식간에 생생하게 살아나서 파닥거린다.

"손이 오시는데 동칫바람으로 있으면 어예니껴?", "글크든 두레이를 주게"는 은근하고, "새댁, 인사 드려라. 웃마 사시는 덕계할매따", "그래 동생의 댁 데리고 회가回家 도는 길이라?"는 살갑고, "방앗간에 뎅게 왔나? 본편은 어예 됐노? 웃게는 다 만들어 가나? 대추꾸리도 만들어야 된데이", "경단 부편 대추꾸리 전 조약 깨꾸리 다 맨들었니더"는 흥성하고, "무데기 다 큰 게 왜 업혜 댕기노? 니가 너어 할매 업고 댕겨라"는 흐믓하다.

어떤 말은 햇솜 둔 이불 같고 어떤 말은 잠들락말락 하는 가슴께를 토닥토닥 두드려 주는 손길 같고, 어떤 말은 불길이 환한 아궁이 앞 같고, 어떤 말은 머리 위로 살구꽃이 활짝 핀 봄날 오후 같다. 소리나 향기가 곧잘 시공간을 뛰어넘는 줄은 알았지만 언어까지 그런 기능을 하게 될 줄은 몰랐다. 지금 쓰는 말과 어릴 적 입에 익은 말이 터무니없이 달라져서 그런 건지, 내가 어느덧 살아온 세월이 등 뒤로 까마득히 쌓여 있는 시절에 당도해서 그런 건지!

그러고 보니 나는 땔나무 이름을 많이도 알고 있었다. 수십 년 동안 한 번도 써 본 적은 없지만 그렇다고 잊지도 않았다. 산에서 나무를 베어다 쓰는 시절엔 자연히 땔나무를 구분하는 용어가 많을 수밖에 없었다. 쫄가리, 생풍거리, 청소깝, 묵소깝, 끌때기, 깨두거리, 갈비, 북대기, 맨다리, 물거리, 활다지……. 지금 이렇게 생소해진 단어들도 지게 지고 산에 나무 하러 올라갔던 시절엔 아무렇지도 않은 일상어였다. 생풍거리, 끌때기, 묵소깝이 내게 왜 이렇게 웃음과 눈물을 한꺼번에 스멀스멀 피어오르게 만드는 말이 된다는 것인지를 정작 이 책을 만든 류창석은 짐작할 수도 없을 것이다.

원래 나는 이 잡문의 제목을 '연변과 미리지와 조약과 깨꾸리'로 정했었다. 그런데 연변을 말하느라 미리지와 조약과 깨꾸리는 언급조차 못했다. 조약과 깨꾸리는 제사를 위해 시루떡 위에 괴는 '웃괴이' 떡이고, '미리지'는 순전히 맛을 즐기기 위해 손으로 밀어 만드는 매끄러운 흰 떡이다. 그런 떡들의 이름 또한 나는 오랫동안 잊고 살았고 제 이름조차 잊어버린 내게 그런 떡들이 나타나줄 리도 없었다. 연변과 조약과 깨꾸리 대신 핫케익이니 피자니 카스테라니 도넛들이 널렸으니 굳이 그것들이 그리울 리도 없었다. 그런데 아니었다. 이름을 부르지 않아서 그리운 것을 몰랐을 뿐이었다.

무엇이든 이름을 불러주어야 나에게로 와서 꽃이 된다. 우린 그리운 것의 이름을 잊으면 안 된다. 그게 엄마가 쓰던 사투리일 때는 더더욱! 이월 어느 날, 그 하루 따습던 날, 연변은 나에게로 와서 꽃이 되었다.

아, 참 엄마 얼굴을 보면서 이름을 떠올릴 수 없었던 꽃, 그 하얀 꽃은 나중에 생각해보니 박꽃이었다.

들큰 알싸,
먹을수록 당기는 집장

저렇게 싹싹 비운 밥상에 대해 아무런 언급 없이 넘어가버리는 건 직무유기다. 암만 바빠도(전혀 안 바쁘지만) 설명이 필요하다! 콩잎김치와 뽕잎과 가죽나무순 장아찌를 그냥 넘길 순 있어도 집장을 그냥 넘기는 건 결례를 넘어 폭력이다. 실로 오랜만에 만난 집장이었다. 비주얼은 난감하기 짝이 없다. 빛깔도 경도도 모양도! 게다가 중간 중간 삭힌 무와 가지까지 반쯤 뭉개져서 박혀 있으니 헉~. 그래도 집장을 처음 맛본 친구들은 접시바닥까지 싹싹 긁어먹었다. 난 집장 따윈 사라진 줄 알았다. 엄마와 고모가 돌아가셨으니 집장을 얻어먹을 일은 없을 줄 알았다. 근데 옥비 여사를 비롯 안동의 몇 집은 여전히 집장을 담그고 있었고 그것도 엄마가 우리 부엌을 지키던 시절보다 훨씬 간편하게 담그고 있었다. 이번에 농암 종부에게 일부러 레시피를 받아왔다. 예전에는 열이 남은 부뚜막에 오래 두고 익혔지만 이젠 전기밥통의 보온 기능이 슬로푸드를 발효하는 데는 안성맞춤이라고 무릎을 치며 건네준 레시피였다.

부뚜막에 자그만 집장 항아리(아아, 나중에 알고 보니 그건 조선 후기 청화백자였다!)를 두고 무명보를 덮어씌워 놨을 시절의 바쁜 엄마를 나는 영 우습게 알았다. 번거롭게 저런 쿰쿰한 장 따위를 만드느니 시내에 나가 영화 한 편이라도 볼 줄 아는 엄마가 내 엄마였으면 얼마나 좋을까 식으로 한탄하곤 했다.

그러나 나는 지금, 이런 장이 있는 줄도 모르는 사람들에게 짜지 않지만 간이 맞고 달지 않지만 들큰하고 맵지 않지만 알싸한 이런 장이, 슴슴하고 덤덤하고 쿰쿰하고 은은한 장이 우리에게 있었다는 것을 증언이라도 해야 할 임무가 있다고 느낀다. 집장은 콩으로만 만드는 장이 아니다. 콩으로만 만드는 된장보다 훨씬 사치스럽다. 콩과 보리와 쌀이 다 들어간다. 된장은 콩을 발효한 메주가 주재료지만 집장은 콩과 보리와 쌀을 발효해 가루를 내서 꺼룩한 집(즙)이 생기게 만든 장이다. 이 가루들에 엿기름물을 부어 며칠(전기밥통에선 두 돗시, 라고 농암 종부 레시피엔 적혀 있다) 삭혔다.

엿기름이 들어갔으니 단맛이 돌지만 쌀만 들어간 감주의 단맛과는 다르다. 고추씨를 가루 내어 단맛 위에 살짝 칼칼함을 얹었다. 거기에 연한 소금물에 삭혀 수분을 뺀 무와 고추와 고춧잎과 가지와 버섯 등등 씹힐 만한 건더기를 함께 넣는다. 당연히 꺼룩하고 씹히는 게 많은 장인데 처음 먹으면 사실 별맛이 없다. 근데 오래 먹으면 먹을수록 뭔가 당긴다. 그게 뭔지를 말로 설명하긴 참 어렵다. 발효에 관여한 곰팡이의 맛인지, 곡류에서 온 당분의 감미인지, 말린 야채의 쫄깃거리는 식감인지. 맛과 언어는 감각의 다른 영역이다.

그걸 이을 수 있기만 하면 최고의 시가 될 거라고 나는 믿는다. 백석의 시가 시를 모르는 사람에게도 깊은 공감을 일으키는 이유는 맛에 관련한 언급을 풍성하게 담고 있기 때문이고 그게 인간의 감각, 생명력, 신성의 기본 바탕을 이루기 때문이라고 믿는다. 아 자꾸 삼천포로~. 혹은 그것들의 총합인지는 모르겠지만 아무튼 집장을 첨 먹는다는 친구들이 접시를 싹싹 비운 것은 내게 커다란 기쁨이었다. 마치 영화 한 편 제대로 본 적 없는 우리 엄마가 부뚜막에 앉아 괴발개발 써놓은 시나리오를 칭찬받은 기분이랄까.

쑥국 한 그릇에
불쑥 와버린 봄

쑥이 맨 처음 제 엽록소를 세상 밖으로 내미는 때는 개울가에 버들개지가 터지는 시기와 같다. 아니 아직 엽록소라고도 할 수 없다. 둘 다 흰 터럭들로 잔뜩 덮여 연둣빛은 거의 찾을 수도 없다. 그러나 그 흰빛 위장막은 매일 조금씩 자란다. 무채색의 양지 바른 둔덕에 무언가 다른 빛깔이 눈에 띄어 얼른 달려가 보면 쑥이다. 새로 돋은 쑥 앞에서 맡는 햇살과 하늘빛과 대기의 냄새! 그건 이미 어제의 것들이 아니다. 봄은 그렇게 어느 날 불쑥 와 버린다. 불쑥 와버린 봄을 가장 잘 감당하는 방법은 주머니에 창칼을 하나 넣고 슬렁슬렁 들판으로 나가는 것이다.

흙의 가장 정갈하고 부드러운 부분, 겨우내 굳어 있던 대지가 태양빛을 가장 많이 빨아들였던 부분, 매운 북서풍이 직접 닿지 않고 피해 갔던 부분, 쑥은 그런 곳을 용케도 알아낸다. 그래서 다북쑥이 하얗게 돋은 곳엔 어김없이 봄기운이 다글다글 몰려 있다. 곁에 앉아 있기만 해도 따스하고 달콤해서 돌연 핏줄 안에 콸콸 피돌기가 감각된다.

그 어린 쑥을 하나씩 도려내는 전율을, 그 싱그러운 기쁨을 모르는 자와는 인생을 논論할 수 없다. 아니, 조금만 양보해서 그 어린 쑥이 땅과 대기에서 필사적으로 빨아들인 향을 밥상에 올릴 줄 모르는 이와는 삶의 가치를 설說할 수 없다. 엄마와 나는 태어나면서부터 그걸 아는 사람들. 양지바른 밭둑에 무언가 희끗한 게 보이면 당장 치맛자락을 펄럭이며 그리로 달려갔다.

자전거 여행자 김훈의 쑥국에 대한 언설은 꽤나 정교하고 예민하지만 나는 거기 선뜻 동의할 순 없다. 된장국물 속에서 끓여진 쑥에는 이 세상 먹이 피라미드 맨 밑바닥의 슬픔과 평화가 있다고? 쑥은 피라미드 밑바닥에 놓일지는 몰라도 여리지도 나약하지도 않다. 쑥국이 평화롭다면 그건 겨울 볕을 오래 빨아들인 평화지 허약에서 온 평화는 아니다. 슬픔은 더군다나 아니다. 쑥국은 차라리 환희와 생명력에 가득 차 있다. 쑥은 뜯어도 뜯어도 자꾸만 돋아나니 어린 싹을 도려내는 가책에서도 우릴 완전히 자유롭게 해방한다.

게다가 엄마는 쑥국에 된장을 풀지 않았다. 된장보다 훨씬 순한 날콩가루를 다박다박 묻혔다. 콩가루를 하얗게 입은 쑥국은 봄이 왔다는 신호다. 새로운 일 년을 살아낼 대지와 태양과 바람의 에너지, 그게 쑥이란 형태를 빌려 우리 밥상 위로 성큼 올라왔고 우리 식구들은 그 쑥국을 한 그릇 퍼먹고 순하게 잠들었다.

봄밤이었다. 공기 중엔 쑥 향기가 떠다녔고, 자다가 돌아누울 때 뒷산에선 무슨 새가 애처롭게도 울었다. 가슴이 견딜 수 없이 쿵쾅거리고 뛰어 나는 짐짓 양손으로 가슴을 꽉 눌러야 했다. 어지럼증 같았던 그런 증세가 실은 북받치는 생명력이었다는 것을 우린 나중에야 알게 된다.

사람도 하늘을 누구나
없다가 가지
기억처럼 흐름 없다
개버리지.
2014. 11. 5.

"님은 쑥을 캐겠지"

볕에 앉아 쑥을 캐면 떠오르는 시가 있다. 피채소혜 일일불견 여삼추혜······ 아마도 시경에 나오는 시일 텐데 처음 배운 건 고등학교 한문 시간이었다. "피채갈혜彼采葛兮 일일불견一日不見 여삼월혜如三月兮 피채소혜彼采蕭兮 일일불견一日不見 여삼추혜如三秋兮 피채애혜彼采艾兮 일일불견一日不見 여삼세혜如三歲兮." 포털의 검색창에 '피채소혜'를 쳐보니 금방 요렇게 검색된다. 허무할 정도로 빠르고 정확한 인터넷의 배신감이여. 나의 떠듬떠듬 기억을 배신하고 아련하게 곰삭은 추억을 배신하고 뒤통수에 내리쬐는《시경》의 역사를 배신하는구나.

인터넷엔 여러 해석이 난무하지만 우리 한문 선생님이셨던, 그때 내 눈에는 이미 칠십이나 팔십쯤 돼 보였던 봉구 할배는(실제로는 아마 50대?) 눈을 감고 떨리는 목소리로 이렇게 해석하셨다.

　"님은 쑥을 캐겠지
　하루만 못 보아도
　가을이 세 번 지난 것 같구나."

우리가 "우와~우와~" 소리 지르자 봉구 할배는 일갈하셨다.
"역시《시경》은 음란해서 못 쓰겠어. 어린 계집아들한테는 가르칠 게 못 돼!"
말은 그렇게 하면서도 얼굴에는 주름 가득한, 찢어질 듯한 미소를 지으셨다. 쑥 캐고 앉았으면 예전에 돌아가신 봉구 할배 그립다.

뒤란 한켠에 손바닥만 한 쑥밭이 있다. 작년 여름 이후 부쩍 지저분해지던 쑥대궁이를 뽑지 않고 방치한 것은 오늘 같은 봄날에 어린 쑥을 뜯어 먹으려는 전략(?)이었다. 그끄제도 뜯고 어제도 뜯고 오늘 아침에도 뜯었다. 두어 줌만 뜯어와서 통밀가루에 슬슬 굴려 찜솥에 잠깐 김만 올리면 쑥버무리 요리 끝~이다. 그제와 어제와 오늘 마주 앉은 사람이 매번 달랐지만 다들 맛있다고 말했다.

나는 '쑥버무리'라는 제목의 〈오감도〉를 한번 써보고 싶다는 유혹에 시달렸다.

"열세 명의 아이가 도로를 질주하오. 첫 번째 아이가 맛있다고 그러오. 두 번째 아이도 맛있다고 그러오. 세 번째 아이가 맛있다고 그러오……열세 번째 아이가 맛있다고 그러오……쑥밭은 막다른 골목 안에 있소. 아니 막다른 골목 안이 아니어도 좋소. 열세 명의 아이가 도로를 질주하지 않아도 좋소. 쑥밭에 나란히 앉아 있어도 좋소 쑥밭에 나란히 누워 있어도 좋소. 어깨 위에 볕이 나른히 내리쬐어주어도 좋소. 열셋의 아이는 맛있는 아이와 맛있어 하는 아이와 그렇게뿐이 모였소. 다른 사정은 없는 것이 차라리 낫겠소"

올 봄이 가기 전에 열세 번째 아이까지 쑥버무리를 먹여 나의 〈오감도〉를 완성해야 할 텐데. 이 비 오고 나면 쑥이 너무 쇠어버릴까 걱정이다.

쑥을 뜯으며 엄마를 생각하다

제비꽃과 민들레 사이에 앉아 쑥을 뜯으면서 엄마 생각을 합니다. 어깨와 머리통에 봄볕
이 따끈따끈 내려앉아요. 엄마뿐 아니라 고모 생각, 예령이 생각, 할머니 생각, 한달막 씨
생각도 합니다. 봄볕에 나앉아 쑥을 캐던 우리 집안 여자들이요. 다들 나보다 먼저 여길
떠나버렸지만 어디선가 쑥 캐는 나를 내려다보고 있을 듯한 여자들이요. 예령이 빼고는
다들 허리 한 번 못 펴고 힘겨운 인생을 살았지만 엄마도 고모도 할머니도 한달막 씨도
그리 고통스럽지는 않았을지 모른다는 생각을 비로소 합니다.

이런 봄볕 속에 쑥을 캐는 한나절을 해마다 몇 차례씩 누려왔다는 것만으로 인생은 응분
의 위엄을 획득하는 것 아닐까요. 공기 가득 미만한 볕이 되어 내 머리통을 간질이는 엄
마, 엄마보다 진화된 삶을 살겠다는 결의가 내겐 이혼이었고 이혼 후 과연 내 일상은 격
상했어요. 비로소 아무 곳에도 끄달리지 않을 수 있게 됐어요. 쑥을 캐다 말고 낮잠이 들
어도 쑥 속에 잡티가 들어도 개똥이 묻어도⋯⋯온전히 내 책임 내 자유~.

한 세대 전 우리 집안 여자들의 책임과 자유를 전부 합한 것보다 나는 더 자유롭고 더 강
력해졌어요. 난 걷고 싶을 때 걷고 멈추고 싶을 때 멈춥니다. 하루 한 편의 시 혹은 에세이
를 쓰고 이틀에 한 장 그림을 그리면 나는 최소한의 생계를 유지할 수 있어요. 시장이 확
보된 것은 아니지만 이 정도의 느슨한 생산력으로도 내 한 입에 거미줄 치지 않을 자신
이 있다는 뜻이지요.

난 엄마처럼 자취하는 시동생을 위해 안동읍까지 신작로 30리 길을 장작을 머리에 이고 걸어가지 않아요. 고모처럼 조카를 위해 전신거울을 등에 지고 대명동에서 산격동까지 골목길을 질주하지 않아요. 한달막 씨처럼 취나물과 고사리를 뜯기 위해(장에 팔아 돈을 벌기 위해서였고 실제로 한달막 씨는 꽤 많은 돈을 통장에 모았다고 소문났지만 결국 그 돈을 제대로 써보지도 못하고 저세상으로 갔지요) 하루 열두 시간씩 산길을 헤매 돌지 않아요.

나도 긴 시간 걷고 질주하고 헤매 돌지만 시동생을 위해서도, 조카를 위해서도 더군다나 돈을 위해서는 천만 아닙니다. 두 발로 걷는 행위가 나를 우주와 밀착하게 만들고 그 자체로 의미 있는 철학적 경험이 되어 흡족한 들숨날숨의 리듬을 만들어내기 때문이지요. 이건 내가 이제 별로 욕구가 없는 인간, 물질이든 정신이든 바라는 게 많지 않은 인간이 되었다는 증명일지도 모르겠어요. 이 상태가 언제까지 유지될는지는 알 수 없지만 어쨌든 봄볕 아래 쑥을 캐려고 엎드린 오늘 내게는 세상이 돈짝 만합니다. 우리 집안 여자들 다 불러내 잔치라도 벌이고 싶습니다. 그런데 나 말고는 남아 있는 사람이 아무도 없군요. 아, 엄마가 반대하면 한달막 씨는 부르지 않을게요. 근데 아이 낳고 살았던 아버지의 '작은댁'을 저쪽 세상의 엄마가 간단히 내치지는 않을 거라는 믿음, 이건 대체 뭐지요?

그 노랗고 발갛던 좁쌀 식혜는
어디로 가버렸나

안동식혜를 굳이 안동식혜라고 부르는 건 안동 사람의 어법이 아니다. 식혜는 그냥 식혜일 뿐이다. 엿기름에 밥을 삭혀 푹푹 급하게 달이는 건 감주, 고추와 생강을 우린 엿기름물에 무를 채 썰어 넣고 천천히 삭히는 건 식혜! 서울로 이주한 후 사람들이 '감주'를 자꾸 '식혜'라고 불러서 나는 매번 헷갈렸다. '저 싱거운 감주를 함부로 식혜라고 불러도 되나?'

서울식혜는 도무지 말갛기만 했다. 투명한 국물에 밥알만 몇 낱 동동 떠 있는 음료는 사실 내가 알고 있는 감주도 아니었다. 엿기름 앙금이 잔뜩 들어가 국물 빛깔이 컴컴하고 밥알도 그 속에서 삭아 잿빛이 도는 그것이 감주련만! 그러나 나는 한시바삐 세련된 서울 시민이 되어야 했다. 그래서 감주니 식혜니에 아무런 토를 달지 않았다. 깔끔한 것, 해말간 것, 투명한 것, 무언지 얄팍한 것, 은근히 냉정한 것, 그리고 살짝 인색한 것, 그것이 내가 직면한 서울적인 것이었다. 서울식혜는 딱 거기 적당한 음료였다. 내가 아는 수더분한 것, 두툼한 것, 실팍한 것, 깊이 가늠이 잘 안 되는 것, 괜히 내용물이 그득한 것, 실없이 뜨끈한 온기가 감도는 것, 그런 것은 촌스러운 것이었다.

안동에서 먹던 감주와 식혜는 바로 그런 촌스러운 성분들을 잔뜩 함유하고 있었다. 나는 촌스러움을 벗어 던질 필요가 있었다. 왜 그래야 하는지 이유는 생각해보지도 않았다. 도시적, 인공적인 것이 현대와 세련이란 허울로 나를 잡아끌었다. 아마도 자본과 시장의 인력이었을 것이다. 나는 미숙했고 기꺼이 그 현혹에 이끌렸다. 속이 빤히 들여다보이는 해말간 식혜를 유리볼에 담아 홀짝 마시면서 급속히 서울 사람이 되어갔다.

그러나 뱃속까지 온전히 그랬던 것은 아니다. 깔끔하고 해말간 것이 '다랍고 야잘찮아' 나는 일쑤 속으로 혀를 찼다. 그러나 내색하진 않았다. 그렇게 무언가 미심쩍고 어정쩡한 도시인이 되어 한 세대가 흘러갔고 나는 기어이 쉰이 되었다. 쉰은 자유의 연배다. 서른에 낳은 아이가 성년이 되어 기초 의무에서 벗어난다는 자유이기도 하지만 부모 둘 중 하나가 쓰러지거나 돌아가시는 것을 경험하고 삶이란 것이 실은 그리 대단키는커녕 본질적으로 남루하고 허접할 것들로 채워져 있다는 것을 거듭 경험할 만한 나이라는 것이다.

허망을 경험한 사람만이 자유를 얻을 수 있다. 아직 움켜쥘 게 많은 사람은 결코 자유를 얻지 못한다. 스물일곱 초봄에 "오늘 부로 서울시민이 되었다! 우리 아기는 이제 막 내 오른손 검지손가락을 꼭 잡고 잠들었다. 손가락을 억지로 빼면 금방 잠에서 깨 응애응애 운다. 그래서 난 지금 왼손으로 펜을 잡았다. 아기 울음이 정확히 응~애 응~애인 것은 정말 우습고 신기하다" 따위의 비망록을 아기 요람 너머로, 왼팔을 뻗어 기록하던 나는 세상에서 얻어내고 이루고 극복하고 싶은 것이 너무도 많았다. 그래서 막 두고 떠나온, 혀에 쩍쩍 들어붙는 안동식혜의 은근하고 깊은 맛을 온당하게 평가할 줄 몰랐다. 대신 말간 쌀알이 동동 뜨는 서울식혜의 얄팍함을 택했다. 아까도 말했듯이 뱃속까지 그랬던 건 물론 아니었지만!

식혜는 효모가 살아있는 음료다. 한 입 머금으면 갓 꺼낸 김치가 그렇듯 천연 유산균이 입안을 화아하게 밝힌다. 엿기름의 단맛과 고춧가루의 칼칼한 맛과 가을무의 시원한 맛과 그것들의 발효과정에서 생긴 탄산의 싸아한 맛과 쌀의 구수한 맛이 결합돼 있다. 땅에서 나는 곡식과 소채를 적절히 싹 내고 빻고 섞어 이런 음료를 만들어낼 줄 아는 혜안과 통찰! 이건 아무리 탄복해도 지나치지 않다. 세상 어디에 이런 음료가 다시 있을까. 그러나 혜안과 통찰은 맨땅에서 불쑥 솟는 것이 아니다. 필요는 발명의 어머니! 그렇다. 필요했기에 생겨났던 것이다.

안동은 논보다 밭이 많은 지역이다. 산자락 계곡 따라 인색하게 생겨난 몇 두락의 논 말고는 모조리 밭이었다. 이런 땅엔 콩도 잘 됐지만 무도 잘됐다. 길가 아무 땅에나 씨만 굴려 넣어두면 장정 종아리만 한 무가 쑥쑥 뽑혀 올라왔다. 보리 농사도 실했고 고추 농사도 쏠쏠했다. 집집마다 제 땅에서 기른 보리로 엿기름 두어 말쯤 싹을 틔워 빻아두는 건 기본이었다.

자! 엿기름과 무와 고춧가루가 준비됐다면? 부지런한 이웃에서 생강 두어 톨만 얻어올 수 있다면? 식혜를 담는 건 시간 문제였다. 식혜는 감주에 비해 곡식 양을 반 이하로 줄일 수가 있다. 곡식 대신 무만 듬뿍 넣어도 족했다. 그래서 명절이 오면 가난한 집에선 다투어 식혜를 담갔다. 무의 시원함과 고춧가루의 칼칼함을 즐기기 위해서 식혜가 '기획'된 것이 아니다. 그냥 제 땅에 흔한 재료를 적절히 섞다가 보니까 절로 완성된 것이다. 와인의 발명, 치즈의 탄생이 자연발생적이듯이!

예나 이제나 아이들은 달콤함에 환장한다. 단맛에 탐닉하는 자식들을 대여섯 혹은 일고여덟을 기르는 집에서는 명절에 엿이든 감주든 고지 않을 수가 없다. 그래서 곡식 대신 흔한 무를 쓸 생각을 해냈을 것이다. 무를 썼으니 씹는 맛을 살리기 위해 끓이지 않았을 거고 무맛의 밍밍함을 보완하려고 고춧가루를 썼을 것이고 변질을 막고 감칠맛을 가미하려고 생강을 넣는 방식이 고안됐을 것이다.

식혜란 밥알을 삭힌 것이다. 옛 문헌에는 식해와 식혜를 구분해서 쓴다. 생선에다 소금을 치고 밥알을 섞은 것을 식해食醢라 부르고 곡물과 엿기름에 물을 넣어 끓인 것을 감주甘酒, 여기에 유자나 석류알을 넣어 산미를 가한 것을 식혜食醯라 불렀던 것 같다. 안동식혜는 말하자면 식해와 식혜의 중간 형태라고나 할까. 무채와 고춧가루와 쌀 혹은 좁쌀이 들어가는 것은 '식해'와 같고 거기 엿기름물을 부어 음료로 마시는 것은 '식혜'와 같다.

고춧가루물이 발갛게 우러나고 생강 향이 살짝 풍기면서 시원한 무가 사각거리는 식혜를 나는 단연 음료 중의 여왕이라고 생각한다. 달콤하되 설탕의 단맛과는 전혀 다른 은근하고 깊은 단맛이 돈다. 시원하되 찬 기운이 아니라 무의 디아스타제가 발효해 장에서 묵은 숙변이 확 풀리는 뜨거운 시원함이다. 톡 쏘는 맛이 돌지만 탄산을 첨가한 청량음료와는 족보 자체가 다르다. 비강을 거쳐 대뇌의 회색주름 고랑까지를 청량하게 씻어주는 청량감이다. 각종 생과일주스가 달다지만, 서양식 펀치와 슬러쉬, 우유를 발효해 만든 요구르트와 라테들이 향기롭다지만 식혜 앞에서는 뭔가 2퍼센트 부족함을 감출 길 없다. 순전히 곡식과 소채에서 감미와 시원함과 칼칼함과 고소함을 총체적으로 추출해내는 음료이기 때문이다.

혹자는 삭은 쌀과 무와 고춧가루 빛깔 때문에 이 음료 중의 여왕을 토사물 같다고 외면한다. 하지만 그건 경험 부족과 우매의 소치일 뿐이다. 편협하고 무엄한 그런 평가란 자신이 음식 맛에 대해서는 아무것도 아는 게 없다는 부끄러운 고백일 따름! 살얼음이 서벅거리는 무를 갓 볶아낸 땅콩과 함께 씹을 때, 생강과 고추의 매운 맛이 코끝에 아련하게 닿을 때 그 향긋하고 시원하고 고소하고 달고 쩡한 식혜 맛을 어찌 말로 설명할 수 있으랴.

그러나 이건 어려서부터 식혜를 마시면서 자라온 나의 견해이지 대개의 사람들은 식혜를 앞에 두고 일단 경악한다. 아니 이걸 먹는단 말이야? 난 도저히 못해! 저만치 도망가는 이도 있다. 식혜의 진면목을 느끼려면 일단 맛을 봐야 한다. 삶의 모든 영역이 그렇듯 맛보지 않고 어찌 맛을 알 수 있으랴.

"그렇게 말간 것들만 홀짝 거리고 있어서 언제 인간이 되겠어? 이걸 맛봐야 해. 일단 한 숟갈만!"

난 이제 배짱이 생겼다. 촌스러움의 미덕을 내놓고 역설할 줄도 알게 됐다.

"봄여름 내가 키운 내 마음 속 기러기/ 인제는 날을 만큼 날개 힘이 생겨서 / 내 고향 질마재 수수밭길 우에 뜬다"(서정주 시인의 〈향수〉 중)이다. 내 인생에 슬슬 가을이 도래했나 보다. 수수밭 고랑 위로 바람이 부는 것을 겁내지 않는다. 알곡이 익자면 몇 이삭

쯤 쓰러질 수도 있는 거지. 때로 기러기 몇 마리가 허공으로 날아오르는 것을 느낄 때도 있다. 하하! 식혜 숟가락을 들고 쫓아가는 내게 친구들은 아예 애원한다.

"미안해……정말 미안해. 다음에, 다음에 먹을게."

아이고, 그런 깔끔한 사과 앞에 난 피식 김이 빠져버린다.

어려서 식혜를 먹고 자란 사람이라면 세상 맛에 두루 통달할 수 있다. 인도나 타이의 강렬한 스파이스를 처음 대해도 전혀 낯설지가 않다. 안동은 바다가 먼 고장이라 생선이 귀했다. 생선식해라는 건 더욱이 듣도 보도 못하고 자랐다. 생선이라곤 북어 같은 마른 포들, 짜디짠 굴젓이나 새우젓, 소금 간한 자반고등어, 멸치나 말린 오징어 따위밖에 없었다. 가자미식해라는 음식이 있다는 것을 서울로 이주한 후에야 알았고 아마도 인사동 툇마루집에서 그걸 처음 맛본 것 같다. 그런데? 괜찮았다. 분명 처음인데 낯설지도 않았다. 삭힌 좁쌀도 소금과 고춧가루에 숙성된 가자미 살도 무언가 정답고 친숙했다.

그건 삭힌 홍어를 처음 맛볼 때도 마찬가지였다. 서른 넘어 구파발 보성식당쯤에서 입천장이 얼얼해지는 삭힌 홍어찜을 처음으로 맛봤다. 보성 사람들이 껌뻑 죽는 음식이라 했다. 역시 먹을 만했다. 낯설지도 않았다. 이름만 다를 뿐 제사 지낸 후 늘 먹던 가오리찜과 흡사했다. 혀에 닿는 질감만 조금 다를 뿐 입안이 왜왜해지는 정도는 똑같았다.

언제부터 누가 왜 사느냐고 물으면, 내 대답은 맛보기 위해서 산다!이다. 오관을 거쳐 가는 모든 감각들을 생생하게 느껴보는 것이 곧 삶이라고 나는 생각한다. 그게 고통인지 쾌감인지를 굳이 분별하려고도 말고 지나가는 것을 그저 느끼기만 할 줄 알면 삶은 그 자체로 축복이다. 게다가 그걸 표현해낼 수 있는 도구 하나쯤만 가진다면 인생은 아연 풍성해진다. 그게 어떤 것이든 상관없다. 그림이나 사진이나 조형이나 리듬 같은 예술의 형태를 띨 필요도 없다. 그저 웃음이나 심호흡이나 몸짓만으로도 충분하다. 그것만 있다면 아무리 가진 것이 없어도 인간은 결코 가난할 수 없다. 흡사 희랍인 조르바처럼! 원래 그러라고 조물주가 인간을 만들어낸 게 아니던가. 자신이 만들어놓은 자연을 충분히 누리고 음미하고 찬탄하라고!

자연을 누리는 방식의 으뜸은 산과 하늘과 나무가 뿜어내는 공기를 호흡하는 것이고 두 번째가 깊은 바위 속에서 솟는 물을 마시는 것이고 세 번째가 땅이 하늘의 비와 바람과 햇볕을 맞고 길러낸 곡식과 야채와 과일을 씹어 먹는 것이다. 그런 것들을 내 몸 안에 집어넣으면서 인간은 자연 자체가 된다. 내 몸을 이룬 본래의 지수화풍地水火風과 하나가 된다. 온갖 인공적인 것들, 자동차, 빌딩, 방송국, 백화점, 명품 핸드백, 아파트, 골프채 이런 것은 우리 본질이 아니다. 그걸 향해 맹목으로 달리는 시간은 음미하고 누리는 삶이 아니다.

안동식혜는 바로 그런 감각들을 훈련해준다. 얼음 쩌렁쩌렁 어는 새해 첫머리, 떡국으로 든든히 채운 뱃속을 식도부터 항문까지 화들짝 씻어내준다. 빗물과 햇볕과 바람으로 여문 알곡이 우리 몸을 세례하는 것이다.

설날 오후 이웃에 세배 가면 어김없이 개다리소반에 식혜 한 보시기가 나왔다. 희한하게 집집마다 식혜 맛이 달랐다. 단맛과 매운맛의 농도, 무 써는 방식, 붉은빛의 강도, 씹히는 쌀이나 좁쌀의 감촉, 향기와 점성 등등이 한 집도 같지가 않았다.

논이 한 뙈기도 없으나 바지런한 수곡 할매는 "좁쌀배께 든 게 없다. 깔깔하제? 아이고, 남사시럽다, 야야" 하며 식혜를 내놓고도 무안해서 쩔쩔맸다. 애가 여덟이고 통 크기가 오무재 비탈밭만 한 한들 할매는 "웅후야, 우리 식혜 먹으면 식혜 방구 나온데이. 하하하 무배께 안 넣어서 글타. 하하하" 하고 연신 활달하게 웃었다. 혼자 살아 사랑(방)이 따로 없는 가일 할매는 볶은 땅콩을 한 주먹이나 내 식혜 그릇 위에 뿌렸다. "들따보지는 말고 맛만 봐래이. 고칫가루를 빠아 너어야 되는데……웅후야……내가 눈이 어두워서 일타!(이렇다)……" 했다. 그러나 식혜 위에 둥둥 뜨는 고춧가루는 암만 땅콩을 뿌려도 감춰지지 않았다. "남사시러우니 어디 가서 소문내지 마래이" 했음에도 나는 돌아와 엄마에게 작은 소리로 일러바쳤다. "가일 할매네 식혜는 굵은 고칫가루가 둥둥 뜨드라. 아이고, 못 먹겠드라." 엄마는 나보다 더 작은 소리로 "야야, 그카지 마라. 그 할매가 눈이 어두워서 글찮나" 했다. "식혜는 울 집 식혜가 젤 맛있어" 하면 엄마는 행복해서 눈을 가느스름하게 떴다. 아아, 무와 생강이 사각사각 씹히던 그 노랗고 발갛던 좁쌀 식혜는 지금 어디로 가버렸나.

'식혜 르네상스' 유감

식혜는 차츰 눈부시게 진화했다. 궁핍한 시절을 견디는 궁여지책으로 식혜를 만들던 시절은 지나갔다. 음식이 흔천해져 땅에서 난 곡식의 귀함을 모르게 된 대신 먹을 것의 겉보기가 화려해졌다. 다행히 안동식혜는 별의별 음식들의 범람에도 사라지지 않았다. 되레 르네상스를 맞은 것도 같다.

무에 더해 배도 듬뿍 썰어 넣고 꽃모양으로 찍어낸 당근도 띄우고 석류알도 올리고 땅콩과 잣도 아낌없이 뿌려 넣는다. 무를 써는 방식도 달라졌다. 전엔 주로 채를 썰었는데 요샌 모눈종이의 모눈처럼 자그만 네모꼴로 써는 이들이 더 많아졌다. 나는 보수적인 기호를 버리지 못해 예전처럼 채 썰어서 서벅서벅 씹힐 게 많은 게 훨씬 낫지만 처음 먹는 이들은 입 안에서 무를 구체적으로 느낄 수 없는 편이 더 나았던 모양이다.

무엇보다 달라진 건 기본 재료로 쌀이나 찹쌀을 쓴다는 점이다. 찹쌀과 쌀이라니? 임하에선 언감생심이었다. 밭밖에 없는 동네에 쌀이 어디서 나랴? 보리는 미끈거려서 안 되기에 식혜엔 대개 조나 기장을 썼다.

"무하고 엿기름을 '푹신하게(넉넉하게)' 너어 보래? 좁쌀도 고마 보들보들해진데이. 내 사 쌀로 한 것보다 낫드라. 누가 귀떼기를 비(베어) 가도 모른다카이!"

때로 엿기름에 삭은 조나 기장의 껍데기가 까끌까끌하게 혀에 묻었지만 좁쌀 식혜는 실제로 쌀 식혜보다 구수했다. 누가 뺨을 베어가도 모를 만큼은 아니었지만 살림은 없이 조상이 양반이었다는 자존심만 남은 사람들의 명절을 훈훈하게 데우기엔 충분했다.

그러나 식혜의 판도를 가장 크게 바꾼 것은 냉장고였다. 하긴 식혜뿐이랴. 냉장고의 상용은 우리 음식문화의 틀을 완전히 바꿔 놨다. 원래 식혜는 겨울 음식이었다. 보관도 보관이지만 물 많은 가을무에서 물이 우러나와야 식혜에 제맛이 들었으니까! 이제 음식에 계절 따위는 사라져버렸다. 급기야 김치냉장고까지 등장해 영하 1도에서 수개월씩 보관이 가능해졌다. 그러나 편리만이 능사일까. 식혜는 겨울이 아니면 제맛이 나지 않는다. 냉장고에서 꺼낸 식혜는 그저 차고 달 뿐! 임하 고방에서 살얼음을 깨고 떠내오던 그런 쩌렁쩌렁한 맛은 흔적도 없다.

안동 '알양반'은 안동식혜를 꺼렸다

안동사람들이 다들 식혜를 사랑하긴 했지만 품격 있는 음식으로 쳐주진 않았다. 몇몇 동네에선 '상스러운' 음식으로 치부되었다. 상스럽다는 말은 신분제를 전제로 만들어졌으니 물론 지금은 효력이 없다. 그러나 새로운 시대엔 새로운 신분이 생기게 마련, 현재는 상스럽다의 자리에 아마 저급하다, 싸구려다, 조악하다, 쯤이 들어설 것 같다.

양반의 가치는 군자가 되는 것이었으니 상스럽지 않으려면 우아해야 했다. 양반이랍시고 저질러댄 모진 짓이 많다는 걸 모르지 않지만, 현실감각이 둔해빠져 어리석게 허송한 세월들이 숱하다는 것도 알지만, 그래도 양반이 지향하는 가치는 현대의 자본이 지향하는 가치와는 달랐다. 자본에 도덕이 있을 리 없다면 양반은 뿌리가 도덕이었다.

어려서 나는 '돌상늠'과 '알양반'이란 말을 숱하게 들으면서 컸다. 둘은 정반대 의미였다. 각각 '알-'과 '돌-'이란 접두어를 이마 앞에 척 붙임으로써 원래 의미를 몇 배로 증폭한 말이었다. 아니 알-과 돌-은 양반 상늠이란 말이 숨기고 있던 엑기스를 정확하게 뽑아낸 말이었다. 알양반이란 말을 듣고 싶어 나는 마루 위에서 사뿐사뿐 소리 나지 않고 걷고 가윗날은 내 앞으로 돌리고 손잡이는 어른 앞으로 가게 두 손으로 건네드리고 겉옷 단추를 맨 위에서부터 가지런하게 꿰었다. 대신 돌상늠은 울 때 다리를 바닥에다 버둥거리거나 밥을 먹을 때 후루룩 소리를 내거나 어른 앞에 번듯이 드러눕는 것이었다. 가장 큰 칭찬은 알양반이었고 가장 큰 꾸중은 돌상놈이었다.

알양반과 돌상놈은 말하자면 에티켓 용어였다. 그 에티켓의 바탕엔 혼자서 배불리 먹어서는 안 된다는 것과, 땅에서 나는 산물엔 두루 신령이 깃들어 있다는 것과, 나의 언행을 언제나 하늘이 내려다보고 있다는 것도 포함되어 있었다. 지금 와서 돌아봐도 나쁘지 않은 커리큘럼(?)이었다.

그러나 아이를 교육할 때 애교에 가까웠던 '알양반'이란 말은 음식에 오면 갑자기 까다롭고 까칠해졌다. 국물이 시뻘건 음식은 대개 상스러운 걸로 쳤다. 무채 같은 것이 굵기가 고르지 못하고 굵어도 상스러웠다. 잣이나 깨가 곱게 빻아지지 않아 통낱이 드러나도 상스러웠다. 국물을 낸 재료가 국 안에 그대로 보이는 것도 상스러웠고 속껍질을 깨끗이 벗기지 않아 은행알이나 밤의 보늬가 눈에 띄어도 상스러운 것이었다. 이건 이미 에티켓의 범주를 벗어나는 것으로 부엌일을 맡은 여자들을 절반쯤 죽이는 일이었다. 엄마는 음식을 상스럽게 만들지 않으려고 거의 밤잠을 자지 못했다. 상스럽다는 것, 그것은 파문에 가까운 수치였고 친정의 명예와도 밀접히 관련된 일이었다.

그 상스러운 음식 목록에 식혜가 있었다. 식혜야말로 고춧가루가 벌겋게 풀린 상스러운 음식의 대표선수였으니까. 그래서 사랑손님 상엔 벌건 식혜를 올릴 수가 없었다. 고춧가루가 들어간 식혜는 안방에서 안사람들끼리 허드레로 먹는 음식이지 사랑손님들에게 내가는 고급스런 음식이 아니었다.

사랑에 내갈 수 있는 건 오로지 감주였다. 그래서 명절엔 식혜와 감주를 따로 담가야 했다. 부엌일 거들던 계집아이들도 다 사라진 시대였고 키워서 부엌일을 같이 할 딸은 학교에 가버리고 상스러워서는 안 되는 범절은 자신 안에 깊이 내면화되어 있고! 엄마는 떡국을 썰고 만두를 만드는 것 외에도 깨를 갈고 생강즙을 내고 고기를 다지고 계란지단을 부치면서, 묵과 감주와 식혜를 잡티 한 점 없이 담그면서 등을 바닥에 대고 눕지 못한 채 형벌 같은 섣달을 보내야 했다.

그러나 하늘 아래 변하지 않은 것은 없다. 모든 것은 변한다는 것만이 변하지 않는 진리라던가. 감주와 식혜의 운명인들 어찌 변하지 않으랴. 차츰 식혜가 감주의 지위를 넘보기 시작했다.

삼촌들은 고귀한 사랑사람이면서도 가끔 안방에 들어와서 식혜 한 대접을 후루룩 마셨다. 그러면서 폭탄선언을 했다. "나는 감주보다 식혜 맛이 더 낫드라!" 그런 선언은 점차 세력을 얻어갔다. 원촌 아재도 묵계 할배도 그렇게 말했다는 소문이 임하의 하늘을 뒤숭숭하게 떠돌았다. '상스러움'을 규정하던 유구하고 지엄한 질서, 그게 드디어 우지끈 무너져 내리고 있다는 신호였다. 바야흐로 질서가 새롭게 개편될 거라는 시그널. 그건 무와 좁쌀과 고춧가루의 승리였고 흔하고 천한 것들의 승리였다. 어쩌면 '상스러움'의 승리이기도 했다. 그것은 민중이 주인 되는, 정치 민주화를 예고하는 조짐이기도 했을 것이다.

덤덤하나 반가운 맛,
감자란 놈

감자밭에는 감자들이 다소곳하게 누워 있다. 감자들은 조마조마하다. 혹시 호미날이 날 찍지나 않을까.

— 윤택수,《훔친 책 빌린 책 내 책》

그 조마조마한 감자를 흠 없이 캐어 와서 짚으로 만든 바구니에 그득하게 담는다. 껍질에 묻은 흙만 씻어내어 쇠냄비에 물을 붓고 찐다. 이것이 감자요리의 전부다. 감자는 밀과는 다르다. 수확하고 타작하고 제분하고 반죽할 필요가 없다. 발효해 부풀어오르고 빵으로 구워지기를 기다릴 필요도 없다. 찐감자 한 접시에는 문명이 개입할 틈이 없다. 상 차릴 필요도 없고 안주인의 요리 솜씨 같은 것도 번거로울 뿐이다. 우리는 고추장이나 김치를 곁들이고 저쪽 나라에선 소금과 버터를 같이 내던가.

분이 팍신 나게 삶은 감자 한 알을 입에 넣는다. 이 맛을 설명할 단어가 내 어휘사전에는 없다. 달지도 않고 고소하지도 않다. 새콤한 것도 향긋한 것도 아니다. 반가운 맛이라는 게 있다면 그쯤에 가깝다. 안락하고 반갑고 무언지 추억이나 근원 정서를 불러일으킬 것 같긴 한데 굳이 찾아내자면 그저 덤덤하다고 말할 수밖에 없다. 그 덤덤한 맛이 입안에 훈훈하고 푸근하게 퍼져가는 것을 감각하는 지금 나는 남미 안데스가 원산이라는 이놈이 여기 내 식탁에 오기까지의 곡절 많은 여행을 한번 더듬어보고 싶어졌다.

알고 보니 우리가 감자를 먹은 건 그리 오래된 일이 아니었다. 19세기 중반에야 명천의 김 씨가 청나라에서 가져왔다고도 하고, 인삼을 캐러 들어온 청나라 상인들이 떨어뜨리고 갔다고도 하니 200년이 채 안 된 일이다. 그럼에도 이놈들은 냄새도 모양도 살결도 흡사 수천 년 우리 곁에 있었던 듯 익숙하고 정답다. 익어가는 냄새와 팍신하게 쪼개지는 살빛이 세포 안의 DNA까지 건드릴 듯 반가우니 감자의 친화력은 확실히 대단한 데가 있다.

생김새도 마찬가지다. 원도 아니고 사각도 아니고 대칭도 아니다. 부정형으로 둥그스름하게, 바위나 흙덩이가 그렇듯 특별한 디자인 없이 우연히 만들어졌다는 듯 시치미를 떼고 있지만 이 형태는 실은 감자의 고도한 전략일 수도 있다. 만약 감자가 이렇게 생기지 않았다면 그걸 감자라 부를 수 있을까. 원주율에 맞춰 동그랗게 자랐거나 좌우대칭이 정확했다면 몇 해 전 여름 강원도 감자밭이 수만 평 폭우에 떠내려갔을 때 인제, 평창의 푸른 계곡 너럭바위 사이로 감자알들이 허옇게 뒹구는 것을 보고 내가 그토록 울컥했을 리 없다.

누구나 눈앞에서 주먹을 쥐면 감자와 비슷한 형태가 만들어진다. 인간종에게 친밀감을 형성하기 위해 감자는 바로 그 주먹의 형태를 모방하는 방식으로 진화를 거듭해온 건지도 모르겠다. 한 주먹 안에 쏙 들어오면서도 입안에 넣기 좋은 모양과 크기, 그걸 위해 감자는 수천 년 동안 끈질기게 싹트고 꽃피고 열매 맺어왔다. 우리가 미운 놈 등 뒤에서 몰래 감자를 먹이는 건 등에 칼을 꽂는 것과는 전혀 다른 분노 발산이다. 감자처럼 덤덤하고 헐거운 미움이어서 감자 한 방으로 쉬이 가라앉아버린다.

감자는 8,000년쯤 전부터 안데스산맥 고산지대에서 덩이줄기로 자라왔다. 잉카인들은 다양성에 대한 욕구와 실험정신이 빼어난 종족이라 얼추 3,000종에 달하는 감자를 개발해서 길러먹었다. 아메리카를 침략한 스페인 정복자들은 고산지대에서 조우한 이 우스꽝스러운 덩이줄기를 비웃고 조롱했다. 밀이 태양 아래 누렇게 익는 아폴론적 질서라면 감자는 땅속에 묻혀 음흉하게 굵어가는 디오니소스적 혼돈이었을 것이다.

난파한 스페인 선박은 1588년쯤 아일랜드 해변에다 우연히 감자 자루를 쏟아붓는다. 이 새롭고도 특이한 작물은 단위면적에서 어떤 농작물보다 수확량이 많다는 게 증명됐지만 유럽 사람들은 시종 감자에 대해 싸늘한 반응을 보였다. 이전에는 그런 식의 덩이줄기를 먹어본 적이 없었고 평판이 좋지 않던 토마토처럼 가지 속 식물이었으며 성경의 어디에도 감자에 대한 언급이 없다는 점과 미개한 피정복민의 주식이라는 점을 용서할 수 없었기 때문에 사람들은 감자가 나병과 방탕함을 야기한다고 소문들을 내고 다녔다(나는 이런 얘기를 식물학자 마이클 폴란의 《욕망의 식물학》이란 책에서 읽었다).

그러나 배고픈 아일랜드인들은 비옥한 땅을 영국 지주들에게 뺏기고 불모의 빗물 침수지로 내몰려 어쩔 수 없이 감자를 길렀다. 척박한 땅에서 염치없이 잘도 자라는 게 감자다. 최소한의 땅과 최소한의 농기구로 대가족과 가축을 배불리 먹일 만큼 생산량이 풍성했기에 17세기 말엽쯤 이미 감자는 북유럽을 온통 휩쓸었다. 독일의 프리드리히 대제는 소작농들에게 감자를 심으라고 강요했고 러시아의 예카테리나 여제도 직접 농노들에게 감자 심기를 독려했다.

의미와 상징이 배고픔보다 중요하던 프랑스에서는 루이 16세가 백성을 영양실조에서 구하기 위해 특별한 꾀를 써야 했다. 사치스런 왕비 마리 앙투아네트로 하여금 머리에 늘 감자꽃을 꽂고 다니게 했고 왕실 부지에 일부러 감자를 심어 낮동안만 정예 호위병들에게 철통같이 지키게 했다. 인근 소작농들은 예상대로 한밤중 경비병이 없는 시간을 틈타 왕실의 그 신비한 덩이줄기를 훔쳐 갔다. 이 의도된 도둑 양성으로 프랑스는 괴혈병에서 해방됐고 간헐적인 기아에서도 비로소 벗어날 수 있었다 한다.

생산성이 좋은 감자 덕에 아일랜드 젊은이들은 일찍 결혼해 대가족을 부양해야 했고 아일랜드 인구는 반세기만에 300만에서 800만으로 늘어났다. 밀이 자라지 않는 지역이 유럽의 세력 중심이 될 수 있었던 것이 다 감자 덕분이었다고 해석하는 학자들도 있다.

잉카인들이 일궈낸 감자의 유전적 다양성은 유럽에 와서 감탄할 만한 문화적 성취를 이뤄냈다. 그렇지만 맨 처음 프란시스코 피사로가 잉카제국을 점령했을 당시 그가 찾으려 했던 것은 오로지 낯선 땅에 묻혀 있을 황금이었다. 신비로운 잉카의 유물이나 경이로운 덩이줄기에 관심이 있을 리가 없었다. 당시 스페인 정복자들 누구도 안데스산맥 고산에서 발견한 감자라는 생명력 강한 식물이 그들이 신세계에서 발견한 가장 중요한 보물이 될 줄은 짐작도 못했을 것이다.

그렇게 전 유럽을 제 땅으로 만든 후에 감자는 유라시아 대륙을 천천히 거치면서 마침내 한반도에까지 도착했다. 우리는 잉카족 이상의 실험정신과 창의성을 가진 민족이었다. 굽고 삶고 찌고 볶고 국 끓이는 것도 모자라 갈아서 전을 부치고 썩혀서 녹말을 만들었다. 반찬거리가 안 될 리 없지만 간식이고 주식이고 후식이고 별식이었다.

강원도는 물론이고 함경도·평안도·충청도·경상도 땅에 골고루 감자는 자랐다. 모래에도, 습지에도 감자는 주렁주렁 달렸다. 감자를 이토록 다목적으로 전천후로 만든 것은 바로 우리 민족의 힘이었다. 쌀밥은 모자라도 감자만은 풍성했다. 숱한 기근과 전쟁을 우리가 감자 없이 어떻게 버텼을까. 흙속에서 아직 덜 여문 감자를 손으로 만져보는 설렘, 모닥불 속에 던져뒀던 감자를 후후 불며 꺼내는 흥성함, 남의 밭에서 몰래 감자를 훔쳐내는 가슴 뜀 없이 소년시절을 보내버렸다면 당신은 통과의례를 제대로 거치지 못한 허전한 어른이기 쉽다.

나 어릴 적 감자는 껍질을 벗기지 않고 그냥 쪘다. 뜨거운 감자를 한 손에 들고 얇게 껍질을 벗겨나갈 때의 그 그리운 포만감을 어찌 잊을까. 국을 끓일 때도 껍질을 차마 칼로 깎진 않았다. 껍질에 묻어나는 살점을 허비할 수 없어 한 쪽이 닳은 놋숟갈로 겉껍질을 살짝만 지워냈다. 여름밤 평상에 누워 하늘을 가득 채운 별을 올려다볼 때 내 한 손엔 늘 껍질째 삶은 피감자가 들려 있다. 다른 한 손엔 꽃 속에 갇힌 벌이 별처럼 잉잉거리는 호박꽃 초롱이 들려 있었다. 별과 벌과 감자를 연결하며 하늘에선 간헐적으로 별똥별이 휘익휘익 떨어져 내렸다.

머리맡 저쪽에선 돌아가신 어머니가 아버지의 모시옷을 매만 지느라 입으로 푸욱푸욱 분무질을 하고 있었다. 그 물방울은 가 끔 차갑게 내 이마 위로 날아왔다. 아아. 그 찬란하던 시간 속에 감자는 전혀 찬란하지 않게 '아무렇지도 않고 예쁠 것도 없는 사 철 발 벗은 아내'처럼 동참하고 있었다. 이제 엄마도 없고 별똥별 도 없고 호박꽃 초롱도 다 사라진 곳에 오로지 감자만 남았다. 여 전히 아무렇지도 않게 내 앞에 놓여 태연히 김을 뿜어내는 이놈!!

우리 시인들은 고맙고 정다운 감자에게 때맞춰 노래도 지어 바쳤다. 감자의 길이 북에서 남으로 향했으니 노래의 길 또한 같 은 순서였다.

30년대 만주에 살던 윤동주는 "산골짜기 오막살이 낮은 굴뚝 엔/ 몽기몽기 웬 연기 대낮에 솟나/ 감자를 굽는 게지 총각애들 이/ 껌뻑껌뻑 검은 눈이 모여앉아서/ 옛이야기 하나씩에 감자 하 나씩……"(《굴뚝》)이라 했다. 이 시가 감자처럼 순하게 껌뻑거리는 떠꺼머리 총각애들의 잊을 수 없는 눈망울을 구수한 감자 익는 내음에 실어 보여줬다면 50년대 충주의 권태응은 "자주꽃 핀 건 자주 감자/ 파보나마나 자주 감자/ 하얀 꽃 핀 건 하얀 감자, 파보 나마나 하얀 감자"(《감자꽃》)라고 했다. 권태응이 같은 빛깔 꽃이 같은 빛깔 뿌리를 맺게 만드는 자연의 엄연함과 순리를 깨닫게 만들었다면 70년대 안동의 권정생은 "점순네 할아버지도 감자떡 먹고 늙으시고 점순네 할머니도 감자떡 먹고 늙으시고/ 대추나무 꽃이 피는 외딴 집에 점득이도 점선이도 감자떡 먹고 자라고/ 명석 깔고 둘러앉아 모락모락 김나는 감자떡 한 양푼/ 점순네 아버지도 감자처럼 마음 착하고 점순네 엄마도 감자처럼 마음 순하고/ 아이들 모두가 둥글둥글 감자처럼 예뻐요"(《감자떡》)라고 썼다. 감자떡 먹은 사람들은 왜 이름 자에 모두 점자를 썼을까. 감자떡처럼 몸에 검은 점이 한두 개씩 박혀서 그랬을까.

다 같이 감자밭에 감자잎을 덮고 누웠어도 유독 조마조마했던 감자알이 있었다. 그런 놈은 제 불안에 걸맞게 기어이 호미 날에 찍혀버린다. 찍혀버린 감자는 금방 썩었지만 썩는다고 버려지는 건 아니었다. 오히려 새로운 차원으로 진화했다. 우리집 우물곁엔 언제나 감자 썩히는 독이 따로 놓여 있었다. 몹시도 꾸리꾸리한 내음을 풍기며 감자가 썩어가면 엄마는 부지런히 웃물을 따라내고 새 물을 갈아 부어줬다. 감자는 신선한 우물물이 품은 산소로 더 맹렬하게 썩어갔고 마침내 전분만이 하얗게 바닥으로 가라앉았다. 가라앉은 감자 전분은 무명베를 깔아 꾸덕꾸덕하게 말렸다. 이 녹말에 울타리에서 딴 콩을 드문드문 박아 넣고 손으로 꾹 뭉쳐 김을 한 번 올리면 그게 바로 감자떡이다. 쌀밥이 귀하던 때 아이들은 그것만 먹고도 오이순처럼 날마다 쑥쑥 자랐다. 아무튼 우리 시인들은 잊을 만하면 저렇게 주기적으로 감자에 대한 감사와 사랑을 노래했고 그 헌사를 또한 전 국민이 즐겨 낭송했다.

그런데 알고 보면 이 모두가 감자의 트릭일 수도 있다. 인간의 입맛과 감수성을 조종해서 제 영역을 확장하고 종족을 번식시키려는 그놈의 꾀, 거기 전 인류가 동원된 역사가 바로 감자 전래일런지도 모른다. 우리가 감자를 재배한 줄 알지만 실은 감자가 우리를 지배했다. 우리가 감자를 기른 것 같지만 실은 감자가 우리를 길렀다. 이 말이 모두 사실이라면? 그러고 보니 과연 지구의 주인은 내가 아니다. 물론 감자더러 주인 행세를 하라고 말할 의사도 없다.

김을 뽑는 피감자 한 접시, 그 앞에 앉은 나, 우리 둘의 심각한 대치가 이 세상의 '바탕화면'이다. 그렇지만 나는 곧 그를 먹는다. 나는 남고 감자는 사라진다. 우리는 이렇게 한 몸이 되어 가을을 맞고 다시 겨울을 견딜 것이다. 봄이 오면 나는 감자눈을 따서 밭에다 신명나게 꾹꾹 밟아 묻을 것이다. 곧 감자싹이 돋고 감자꽃이 피고, 하얀 꽃 핀 놈에겐 어김없이 하얀 감자가 주렁주렁 열릴 것이지만 90년대 이후 우리는 더이상 감자에다 노래를 지어 바치지 않았다. 이름자에도 더이상 점자 같은 건 넣지 않았다. 자주꽃 피는 자주 감자도 거의 찾아보기 어려워졌으니 하얀 꽃 핀 건 하얀 감자라고 굳이 노래하는 것도 싱거워져버렸다.

그건 아마도 세인트루이스라는 곳에 있다는 몬산토라는 기업의 유전자조작연구소에서 아그로박테리아라는 미생물을 감자세포의 핵 속에 깊숙이 삽입해서 감자의 DNA를 박테리아의 DNA로 바꾸어놓는 실험에 성공했기 때문인지도 모른다. 떠꺼머리 총

각애들이 껌뻑껌뻑거리는 눈으로 순하게 이야기 한 자리씩 꺼내
놓는 대신 맥도날드의 노란 감자튀김 봉다리를 들고 각자가 제
방안으로 깊숙이 틀어박히게 만든 공로 또한 거기서 찾아야 할지
도 모르겠다.

감자와 쟁기와 헛간은 두런두런 지껄인다, 감자의 둥긂, 쟁기
의 버팀과 휨, 헛간의 어스름, 나는 그런 산문을 쓰고 싶다.

―윤택수,《훔친 책 빌린 책 내 책》

아버지가 못내 잊지 못한, 그 제주 고구마

조팝꽃 아래 아버지 앉아 계신다. 모슬포 사계리에서 동백나무 장작을 쌓아놓고 굶어죽은 군인들의 시체를 태우던 얘기를 '4·3다큐'를 만들고 있는 손자에게 해주다 말고 구역질처럼 밖에 나가 담배를 태우신다.

때는 전쟁 중인 51년, '4·3항쟁'이 아직 완전히 끝난 건 아닌 때에 아버지는 '국군준비대'로 제주도에 주둔한 군인 중의 하나셨다는 것을 최근에야 알게 됐다.

"부대 담 밖으로 여자들이 고구마를 삶아서 팔러 왔는데 그때 맛본 고구마가 세상에서 가장 맛있는 음식이었어. 높은 사람들이 고구마에 독약을 넣었다고 사먹지 말라 캤는데 다 거짓말이었어. 그거 먹고 죽은 사람 단 하나도 없었그등. 죽을 때 죽더라도 먹고 죽는 게 나을따 싶었어. 배도 배도 어쩌나 고프든지. 항고(휴대용 밥통)에 밥을 반도 안 되게 퍼주는데 반찬이라곤 콩나물 대가리 서넛 뜨는 국뿐이랬어. 국이 아니라 소금만 탄 맹물이었어. 그때 제주도에서 군인이 숱하게 죽어나갔는데 총 맞아 죽은 게 아이라 전부 굶어 죽었어.

마을마다 여자와 아이들뿐이었어. 아이 아부지는 어딜 갔냐고 물으면 전부 일본 갔다고 대답해. 나중에 알고 보니 그게 다 4·3때 죽은 거였어. 사람 목숨이 파리 목숨보다 못할 때였제. 사계리 바닷가에 시체 타는 냄새가 코를 찔렀어.

뭐라꼬? 지금은 경치가 좋다꼬? 하이고 그때사 경치가 어딨노, 경치가. 아름드리 동백 남글(동백나무를) 잘라 장작으로 썼는 걸. 센닌바리(천인침)라고 천 사람이 한 바늘씩 떠주는 형겊이 있어. 나는 그걸 몸에 두르고 나간 덕에 안 죽고 살아왔는 거 그태. 우리 동네서 열하나가 군에 갔는데 살아 돌아온 건 나하고 웃마 삽실 할배하고 둘뿐이거든.

뭐? 센닌바리 누가 만들었냐꼬? 만들긴 누가 만들어? 니 할머니가 몇날 며칠 삼동네를 돌아댕기면서 사람마다 한 바늘씩 꼬매 달라캐서 만들었지. 그때는 집집마다 식구 수가 많아서 한 2백 집 덜 댕겨도 천 바늘이 됐을 께야. 전쟁에 나갈 때가 스물두 살인데 나는 열여섯 살 때 할배가 강제로 혼인을 시켰거든. 장가 가기 싫다꼬 뒷산으로 도망을 가부럿제."

밤에
보늬가 있는 까닭

집 뒷산 언덕을 참남배기라고 불렀어요. '참나무+(언덕)배기'였으니 참나무가 많았으련만 거긴 밤나무가 많았습니다. 참남배기 밤이 서붓골 밤보다 알이 굵고 맛이 달았어요. 이른 아침 참남배기에 올라 밤나무 아래 서면 가슴이 후두둑 뛰었어요. 이슬 내린 풀 위로 별처럼 총총하게 박혀서 반짝이는 알밤. 그건 밤을 잔뜩 줍게 돼서 횡재했다는 설렘만이 아니었어요. 뭐랄까 우주에 대한 경이? 새 아침을 맞은 감사? 생명을 자각하는 환희? 그런 것이 범벅되어 가슴이 아플 정도로 쾅쾅 뛰는 것이었지요.

밤을 주우면 손이 젖죠. 요즘도 풀잎에 이슬이 그렇게 많이 맺히나요? 이슬에 손을 적셔보지 않은 지 너무 오래돼서 은하수나 무지개처럼 이슬마저 사라진 건지도 모른다 싶군요. 내가 경험하지 않은 것은 지상에 없는 거나 마찬가지죠. 있더라도 제 오관으로 감지하지 못하는 것은 없는 것과 다를 바 없다고 여기는 게 편협한 인간의 한계죠.

밤톨 같다는 말이 있지요. 사내아이 머리통이 야물고 이쁠 때 하는 말인데 밤은 정말 다른 실과들이 흉내 낼 수 없게 옹글고 사랑스럽고 흐뭇한 모양새를 하고 있죠. 그러나 그건 속알맹이 모양일 뿐 겉껍질은 사납게 가시로 뒤덮여서 함부로 만질 수도 없게 돼 있습니다. 다른 과일들과 달리 밤은 왜 이렇듯 자신을 여러 겹으로 무장했을까요. 날카로운 가시로도 모자라 두텁고 푸른 겉껍질을 두르고 안에 다시 갈색 껍질을 덮어쓰고 그 안에 다시 떫은 보늬를 둘러놓은 후에야 살에 닿을 수 있잖아요. 밤살이 특별히 벌레나 새들이 꼬이기 좋을 만큼 단맛이 강한 것도 아니고 감처럼 과육이 연한 것도 아닌데? 살이 연해 금방 홍시가 돼버리는 감도 정작 아무런 겉껍질 없이 나무에 맨살로 매달려 익어가잖아요. 세상일은 알 수 없는 것투성이입니다. 아니, 그리고 보니 밤은 과일 중에서 녹말을 가장 많이 함유하고 있는 건가요? 그래서 뭇새와 벌레들이 탐을 낼 수밖에 없어서 여러 겹의 보호장치가 절실했던 건가요?

아기가 태어나 이유식을 시작했을 때 엄마는 늘 우리 후영에게 밤살을 찌워야 한다고 강조하곤 했어요. 밤살이란 밤을 먹여서 아기 볼에 살을 통통 올리는 것이죠. 밤처럼 하얗고 야물고 통통하다는 비유가 아니라 실제로 밤 녹말로 아이의 살을 찌운다는 의미의 '밤살'이었다니깐요. 까놓은 밤을 시장에서 뚝딱 사오는 게 아니었으니 밤의 껍데기들을 첨부터 하나하나 공략한 후에야 아이에게 밤을 먹일 수가 있었어요.

가시 돋은 밤 껍데기를 벗기는 게 마냥 사나운 일만은 아니었답니다. 신발을 탄탄하게 조여 맨 후 발끝으로 익은 밤송이를 차근차근 공략하는 일은 긴장되지만 옹골진 놀이였어요. 알밤이 밤나무가 땅에다 무상으로 후드득 뿌려주는 선물이었다면 이건 포장을 꼼꼼하게 해서 던져주는 선물이었죠. 그 겉포장을 푸는 일이 즐겁지 않을 리가요.

밤가시는 밤이 익으면 자못 억세집니다. 전에는 가시랄 것도 없이 그저 침엽수의 이파리 정도로 부드럽던 것이, 속에 든 밤이 익기 시작하면 바야흐로 꼿꼿하게 독이 오릅니다. 독이 오른 가시들은 곁엣 가시들과 서로 찌를 듯 창을 겨누지요. 그래서 가지런하던 밤 가시들은 추석 지나 햇볕이 성글어지기 시작하면 서로 스크럼을 짜듯 긴밀하게 꽉꽉 얽힙니다. 맨살이 닿으면 꽤 깊이 살갗을 찌르고 들어옵니다. 아프고 무섭죠. 어쩌다 떨어지는 밤송이를 머리 위에 맞기라도 하면 종일 머리 밑이 아리고 욱신거립니다.

그러나 그럴 경우에도 밤송이가 밉지는 않아요. 그 안에 매끄럽고 윤나는 알밤을 지니고 있는 한! 가시의 존재 이유란 오로지 밤을 보호하려는 게 목적임을 아니깐 정상참작이 되는 거죠. 밤을 보호하고 싶은 건 가시의 맘이나 내 맘이나 똑같으니까. 그래서 우린 결국 동지니까. 선물포장이 과하게 야물다고 화내는 사람 봤나요?

떨어진 밤송이에는 이미 누가 열십자를 그어놓았습니다. 그런 모양으로 벌어져 있어요. 오븐 안에서 빵이 익으면서 가운데 부분이 볼록하게 터지는 것과 같은 방식이지요. 그 벌어진 부분에다 양 발끝을 대고 바깥을 향해 힘을 줍니다. 어라? 일단 저항이 만만치 않습니다. 거침없이 쏙 벗겨져서야 무슨 재미? 탄력 있게 거부해오는 것은 밤이 싱싱하단 몸짓입니다. 이번엔 좀 더 강하게 벌립니다. 붙였던 발끝을 벌리면서 내 무릎도 옆으로 벌릴 수밖에 없습니다. 이런 동작 서너 번이면 밤은 그 질긴 껍질을 뚫고 밖으로 탱글, 튀어나옵니다. 내가 산파가 되어 온몸으로 그의 탄생을 도운 겁니다.

아아, 그래서 집어드는 세 알의 밤톨! 양쪽 두 놈은 반달 모양, 가운데 놈은 좌우가 납작 눌린 타원입니다. 그렇게 삼형제가 제 놓인 환경에 따라 각기 다른 모양으로 모습을 드러내는데 세 놈 다 아직 머리 부분은 덜 익어 희끗합니다. 다 익어 절로 떨어지는 알밤은 머리가 검습니다. 아니 밤색입니다. 그러나 덜 익은 놈들은 아직 어미 자궁에 붙어 있는 부분에 녹색이 조금 남아 있지요. 녹색에서 흰빛으로 그다음에 갈색이 되는 것이 밤의 성장과정이에요. 머리가 아직 검어지기 전의 어린 밤은 풋풋해요. 밤 같지 않고 말랑말랑한 풋콩 같달까. 연자 아지매는 여문 밤보다 그게 더 맛있다고 했어요.

밤을 보관하는 곳을 밤 구덩이라 부르죠. 밤 구덩이는 대개 안채 마루 밑에 있어요. 마루 밑 흙을 한 삼태기 파내고 거기 밤을 묻는 겁니다. 땅속은 겨울에도 얼지 않고 일정한 온도와 습도가 유지되죠. 삽질 몇 번으로 요즘 김치냉장고와 흡사한 환경을 만들 수 있긴 하지만 머리통을 마룻장에 일고여덟 번은 좋이 찧어야 했답니다. 무 구덩이는 뒤란 방앗간 채 곁에 있었어요. 거기 비해 밤 구덩이를 안채에 두는 것은 말할 것도 없이 밤이 무보다 귀했기 때문이죠. 안채가 따로 없이 홑집인 무실 할매네는 심지어 부엌 바닥을 조금 파서 귀한 밤을 묻었습니다.

밤 구덩이는 집집마다 필수였어요. 밤이 뭐 그리 중하냐구요? 아, 그건 제사 때문이었어요. 조상께 제사를 지내려면 제상 위에 기본으로 밤이 올라야 했거든요. 조율이시棗栗梨柿. 대추·밤·배·감, 뒤의 배나 감은 없어도 좋지만 앞의 대추와 밤은 없으면 안 되는 거였어요.

암만 가난해도 집집마다 터 도리에 밤나무 한 그루는 기본이었죠. 밤은 다른 식물과 달라요. 대부분의 씨앗은 일단 흙속에서 싹을 틔우고 나면 저는 썩어 없어집니다. 그런데 밤은 '한 알의 밀알'처럼 썩어버리질 않아요. 밤 한 톨은 씨앗인 채로 뿌리에 오래오래 매달려 제 몸이 싹 틔운 식물이 나무가 될 때까지, 그 나무가 어른이 되어 열매를 맺을 때까지 기다립니다. 그걸 확인한 후에야 비로소 안심하고 썩어요. 무서운 종족 번식욕이죠. 아니 자손애라고 할까요. 그래서 제사에 밤이 빠지면 안 됐던 겁니다. 혹시 신주나 위패를 깎을 때 무슨 나무를 쓰는지 아시나요? 당연히 밤나무를 썼겠지요? 밤의 그런 성질을 포착해내고 필사적으로 거기 매달려온 인간의 역사는 과연 놀랍습니다.

제삿날 어스름 저녁이면 엄마는 마루 밑 밤 구덩이에서 밤을 한 바가지 캐냈어요. 흙속에서 적절한 수분과 온도가 유지된 밤은 갓 따낸 듯 싱싱해요. 아, 밤이 그토록 여러 겹의 껍데기를 둘러쓰고 있었던 건 바로 이것, 제 몸을 보관에 용이하도록 만들기 위함이었어요. 감이 곶감이란 형태로 가공되어 겨울을 나고, 대추가 쪼글쪼글 마른 채 겨울을 난다면 밤은 수분이 사라지면 존재 이유까지 위협받잖아요. 겨우내 제사상에 올라가려면 몸을 보늬로, 야문 껍데기로 무장할 수밖에 없었던 겁니다. 매사 입장 바꿔 생각할 줄 알아야 한다니깐요. 그래야 세상의 전체 구도가 보이지 않겠어요?

캐낸 밤은 일단 흙을 씻어내고 흰 사발에 담습니다. 다음에 딱딱한 껍데기를 까고 보늬를 쳐내야 합니다. 우리집엔 무쇠를 두드려 만든 자그만 창칼이 있었어요. 순전히 밤 껍질을 효율적으로 까기 위한 짧고 날카로운 칼이었는데 아버지 어렸을 때 돌아가신 할아버지께서 만드신 거라 했죠. 그 창칼로 먼저 밤의 머리를 땁니다. 제사 때는 겉껍질을 벗긴 후 과도로 날렵하게 보늬를 쳐낸 생률을 씁니다. 작은 사랑의 삼촌이나 집안 아저씨들이 밤 치는 담당이죠. 누구에게나 두 손이 있지만 밤 치는 재주가 똑같은 건 아니에요. 유독 솜씨 있게 밤을 치는 사람이 따로 있었죠.

밤을 잘 치면 이쁜 색시를 얻거나 이쁜 딸을 둔다고들 말했지만 제 생각은 달랐어요. 밤 한 톨도 반듯하고 매끈하게 깎을 줄 아는 사람이 제 아내나 딸을 엉성하게 내돌릴 리 있겠어요? 밤을 잘 치는 삽실 할배네 집은 사립 앞에만 가도 다른 집과 달랐어요. 굳이 말하자면 탐미주의자에 속했던 거죠.

드물게는 제삿날이 아니어도 밤을 꺼냈어요. 귀한 손님이 오시는 날이죠. 창칼로 머리를 따는 건 같지만 화로에 묻어 군밤을 만들거나 솥에 넣고 솥 언저리에 눈물이 흐를 때까지 푹 쪄내지요.

삶아 먹든 구워 먹든 날로 먹든 밤은 곁에서 누군가 정성들여 까주지 않으면 먹을 수가 없는 과일이었어요. 자기 입에 넣으려고 오래오래 밤을 까는 사람이 있을까요. 그렇다면 그건 얼마나 쓸쓸한 일일까요. 찌느냐 굽느냐 날것이냐에 따라서 밤은 맛이 전혀 달라져요. 어떤 방식이든 밤에게 보내는 내 애정의 농도와 깊이는 오래고 끈질깁니다. 달디단 곶감이 넘볼 수 없고 연삭삭

하게 결삭은 배가 대적하지 못하며 시원한 사과나 홍시도 명함을 내밀지 못하죠.

밤맛은 맛의 본질입니다. 먹어도 먹어도 질리지 않는 편안하고 흐뭇한 맛이어요. 흡사 밥맛 같죠. 씹을수록 달고 혀안에 은은하게 밀착하며 구수하고 흐뭇해서 절로 웃음 도는 맛 말입니다. 밥과 밤이 이렇듯 비슷한 발음을 내는 데는 다 그럴만한 까닭이 있었던 거로군요.

엄마가 밤 껍질을 까자마자 곁에 앉아 낼름낼름 입안에 집어넣기만 하던 내가 이제 빙그레 웃으며 밤 껍질을 깝니다. 지금 곁에 앉아 낼름낼름 입안에 밤을 집어넣는 아이도 나중 제 자식에게 흐뭇한 표정으로 밤을 까먹이겠지요. 땅에 묻힌 지 10년 되신 엄마는 인제 흙으로 돌아가셨을까요. 그러고 보니 난 이제 밤이 겹겹이 둘러쓰고 있는 보호막의 의미를 몸으로 체득할 나이에 이른 것인가요.

물고기잡이
인술 이야기 둘

도연폭포에서 물고기를 잡는 이인술이라는 자가 있었다. 폭포 아래 강변은 풍광이 좋았다. 좋은 풍광 곁엔 으레 정자도 하나 있기 마련이니 정자 이름은 송정이었다. 고을 원이 부임하면 마을마다 다 가볼 수는 없으니 으레 송정에 납시곤 했다. 사또가 오면 인근 선비들은 새로 부임한 사또를 만나기 위해 다들 송정으로 모여들었다. 인술은 이때 꼭 필요한 인물이었다.

선비의 대표가 인술을 불러놓고 말했다.

"자네도 알다시피 아무 날에 사또가 도연에 오네. 상에 올릴 좋은 물고기를 잡아주게."

인술이 대답했다.

"어르신 물고기를 얼매너치나 잡을까요?"

"이 사람 어찌 값부터 정하는가? 잡아놓고 값을 정하는 게 순서가 아닌가."

인술이 답했다. "먹고 남을 만큼 잡으면 고기가 아깝고 모자라게 잡으면 풍속이 사무라우이더. 인원 수를 말해주시믄 지가 알아서 마치맞게 잡음시더."

과연 사또의 잔칫상엔 팔뚝만 한 잉어와 황쏘가리가 살아서 펄떡펄떡 뛰고 있었다.

선비가 말했다.

"이 사람 인술이, 먹도록 해줘야지 고기가 아직 살아 있으니 어찌 젓가락을 대겠는가."

인술이 대답했다.

"아따, 어르신, 황쏘가리 첨 드시니껴? 젓가락으로 등짝을 한 번 때려보소."

시키는 대로 젓가락으로 등짝을 때리자 쏘가리는 몸을 한 번 뒤집었고 몸을 뒤집자 이미 칼집을 내놓은 대로 몸통에서 살점이 좌르륵 떨어져 나왔다. 좌중에 모였던 사람들이 다들 인술의 고기 다루는 솜씨에 혀를 내둘렀다. 모인 사람들이 모두 배불리 먹고 따라온 개까지 배불리 먹고 나자 생선 바구니의 생선이 마침맞게 바닥이 났다.

지례예술촌 촌장이 서울에 왔다. 저녁 먹는 자리에 나갔더니 저런 얘기를 구수하게 풀어 놓는다. 그는 동네에 떠도는 옛이야기를 모아《안동의 해학》이란 책도 펴냈다. 글로 읽는 것보다 입으로 말하고 귀로 듣는 편이 백 배나 즐겁다. 물고기잡이의 달인 인술은 그의 조부의 친구였다 한다. "예전에는 그런 왕청시러운 인물들이 동네마다 으레 한둘은 있었어." 왕청시럽다, 라는 것은 엉뚱하고 스케일이 크다는 뜻인데 도시적 삶은 인간에게서 그런 왕청스러움을 죽여버린다. 그런 아쉬움을 맹렬히 토로하며 우리는 밥을 먹었다.

말 꺼낸 김에 인술 이야기 하나 더!

인술은 키가 컸다. 담장 밖을 지나가면 집안에서도 어깨 위가 보일 정도였다. 하루는 이른 아침 인술이 집앞을 지나가는 게 보였다. 집안에서 조부가 소리쳤다.

"이 사람 인술이, 아침 일찍 어디 가는가. 조반은 드셨는가?"

인술이 잠시 멈추더니 긴 담장을 돌아 사랑마당으로 들어왔다.

"아침도 먹고 해장꺼지 했니더."

"허어 이렇게 일찍 해장꺼지."

"내가 고기를 좀 잡을라꼬 웃국나이까지 올라갔잖니껴? 마침 해가 떠서 강물이 금칠 한 듯 번쩍번쩍하디더. 그걸 볼라꼬 그라는지 추워서 그라는지 강변 바위 가에 자라란 놈들이 대여섯 마리 나와 앉아 있디더."

"허어 잘됐네~."

"잘 되기는요. 이놈들이 나를 보드이 강물 속으로 모두 펄쩍펄쩍 뛰들어가 뿌래요. 그양 들어가는 게 아이라 내한테 저저만끔 욕을 팔때지같이 해요. 저 늠이 우리 아배 잡아먹은 늠이다, 저 늠이 우리 할배 잡아먹은 늠이다, 저 늠이 우리 어매 잡아먹은 늠이다~ 욕을 하도 마이 얻어먹어서 배도 불러 고만 집에 가는 길이시더."

끝내 다 못 쓴 간고등어 이야기

김은 먼 불에 굽고 고등어는 가까운 불에 구워야 하느니~라는 가르침은 이젠 쓸모가 없어졌다. 부엌에 아궁이가 사라졌으니 멀고 가까운 게 따로 있을 리 없다. 지금은 온도라고 바꾸는 게 온당하리라. 김은 낮은 온도에서 굽고 고등어는 높은 온도에서 구워라(그렇지만 아아~ 불이 없고 열만 있는 부엌의 쓸쓸함이여).

아궁이에 불을 때서 곡식을 익히고 고기와 야채를 익히던 시절에는 굽는 요리가 큰 몫을 했다 .굽는 것은 활활 타는 불로는 할 수 없었다. 일단 나무에서 불꽃이 사그러든 이후 남은 잉걸로 구웠는데 요즘처럼 프라이팬이 아니라 당연히 석쇠를 썼다. 쇠로 만든 석쇠도 채처럼 발이 고운 것과 거친 것으로 나뉘었다. 고운 걸로는 양념한 더덕이나 명태나 가지를 굽고 아주 드물게는 오래 두드려 육질을 연하게 만들어 양념한 소고기를 조선종이를 깔고 구웠으니 거친 걸로는 김이나 큼직한 생선을 구울 때 쓴 것 같다.

고등어는 불 위에서 금세 익었으나 익는 내음새는 오랫동안 온동네의 골목길에 떠돌았다. 그래서 아무개 집에서 오늘 고등어를 구웠다는 사실을 삼동네가 환하게 알았다.

고등어란 물론 간고등어였다. 때로 간하지 않은 통고등어란 것을 먹기도 했지만 그건 겨울철 추어처럼 뼈를 걸러내고 배추 우거지를 넣어 국을 끓이는 데나 썼고 굽는 것은 당연히 배를 가른 간고등어였다. 석쇠 위에서 고등어가 익어가는 것을 들여다보는 기쁨을 어디에 비할까. 특히 뱃쪽에 불이 닿아 자그르르 기름이 배어나오는 순간의 황홀을. 뱃자반이란 배에서 갓잡은 싱싱한 생선에 금방 소금을 치는 것이란 뜻이련만 나는 오랫동안 검고 퍽퍽한 등쪽이 아니라 희고 기름기 많은 뱃살이 불에 익어갈 때의 그 자글자글 끓던 소리를 강조하려고 붙여놓은 이름인 줄로만 알았다.

그러나 고등어에서 갓 구워 기름지고 고소한 뱃살보다 더 맛있다고 공인받는 부분이 있었으니 그건 바로 껍데기였다. 불에 구운 고등어 껍데기는 워낙 맛이 있어 한번 맛들이면 천석꾼도 삼년 안에 입호사에 살림이 거덜난다 했다. 경상감사도 고등어 껍데기 쌈은 실큰 못 먹는단다, 라고 내 밥숟가락 위에 고등어 껍데기를 올려주며 크나큰 비밀을 발설하듯 할머니는 말씀하셨다. 경상감사가 할머니가 아는 최고의 벼슬이었을까.

"왜 실큰 못 먹어요? 큰으매?"

"암만 먹어도 더 먹고 싶그든. 집채만치 먹어도 자꾸 또 먹고 싶거든. 그러이 이거에 맛들이면 큰일나니더 작은액시."

가난한 아들이 아버지 제삿날이 되어 제상에 올릴 간고등어 한 손을 살 형편이 안됐다. 생전에 고등어를 몹시도 좋아하던 아버지셨다. 생각다 못해 아버지의 지방을 써서 저고리 안섶에 붙이고는 생선차가 지나다니는 신작로가에 나가 섰다. 어차피 드시지는 못하고 흠향만 하실 테니 생선차 내음만 맡게 해드려도 될 듯했다. 영덕에서 안동으로 가는 국도변이었다. 마침 보얗게 먼지를 일으키며 트럭 한 대가 다가왔다. 아들은 앞섶을 열어 지방을 내보이며 말했다. 아부지요 고등어 드시소~. 그런데 아뿔싸! 지나놓고 보니 그것은 생선차가 아니라 분뇨차였다. 놀란 아들은 지방을 거꾸로 들고 펄펄 뛰며 말했다.

"아부지 아부지 토하소~ 토하소~얼릉 토하소~."

고등어에 대해 할 얘기가 많건만 우선 이 슬프고 우스운 이야기가 먼저 생각난다. 실제로 동네 아무개의 조부가 젊어서 그렇게 했다는데 이후 그집 제사엔 이웃에서라도 꼭 고등어 한 손은 사서 들여보낸다는 이야기!

　가난하고 순박했던 시절 사람들은 돌멩이나 바람결처럼 단순하고 어질었다고 말하면 거짓이겠지만 때로 그 시절의 덤덤하고 구수한 사람들이 몹시 그리울 때가 있다.

　—'간고등어'와 '헛제삿밥' 이야기를 쓰다가 여기서 그치고 말았다.

덧붙임
한 사람이 가고 한 문장이 지고

'한 문장이 졌구나.'

2018년 10월 어느 날 페이스북을 통해 김서령의 부음을 접하고 처음 든 생각이었다. 누구든 이승을 떠나면 한 세상이 사라진다. 그가 10년 만에 고쳐 낸 《여자전》의 부제가 '한 여자가 한 세상이다'인 것처럼, 옛사람들이 한 사람이 숨을 거두면 별 하나가 졌다고 했듯이.

지상에서 스러지는 것은 '지식'이나 '꿈', '추억'일 수도 있고, 어쩌면 '욕망'이나 '집착'일 수도 있다. 날더러 이야기하라면 김서령의 부재가 주는 아쉬움은 문장이다. 단아하고, 정갈하며, 수더분한가 하면 화사하고, 차분하면서도 명랑한 그의 글은 우리 세대에선 따를 이가 그리 많지 않다. 그의 부재로 그런 글을 다시

접하기 어려워졌으니 '한 문장이 지다' 라 할밖에.

그의 글을 꼼꼼히 눈여겨보기 시작한 때는 2004년이다. 그해 초 나는 근무하던 신문의 주말섹션 팀장을 맡았는데 거기 '김서령의 家'를 연재 중이었다. 처음엔 그가 이미 이름난 글쟁이라는 사실, 그의 칼럼이 큰 호응을 얻고 있단 사실을 도통 몰랐다. 그저 데스크—신문사에서 기사의 기획과 출고를 책임지는 자리—였던 만큼, 그의 글을 '다듬어야겠다' 는 의욕에 불탔을 따름이었다.

아, 한데 컴퓨터 모니터에 띄워진 그의 글은 내 손이 미치지 않는, 아득히 먼 곳에 있었다. 꼭 필요한 말이 적절한 곳에 자리 잡아 제 몫의 빛을 발하는 그의 글은 화려하지 않아도 눈부셨다. 적확하면서도 매끄럽고 리듬감마저 살아 있었다. 빨간 펜을 들고 앉았건만 깁고, 보탤 것이 없었다. 적어도 나로선 그랬다. 재능이나 별다른 공부 없이 글 관련 일을 밥벌이로 삼았다는 콤플렉스 탓에 나름 글에 엄격하다고 여겼는데 말이다.

이후 글 멀미가 나도록 읽고, 쓰고, 대학에서 십 년 남짓 글쓰기를 강의하는 내내 김서령의 글은 내게 흉내 내고, 뛰어넘어야 할 전범典範이자 지향점이 되었다. 아울러 부러움과 함께 내심 질투도 느꼈음을 고백해야겠다.

김서령의 글은 따뜻하다. 그의 장기라는 인터뷰 글에서 이는 유독 두드러졌다.

"긴 여행 끝에 마주앉았지만 단단한 입매의 최옥분에게 막상 질문을 건네기는 쉽지 않았다. 내 말이 얄팍한 호기심으로 비쳐질까 겁이 났고 행여 자존심을 건드릴까 조심스러웠고 아픈 기억을 헤집을까 두려웠다"(《여자전》 중).

대구對句를 이용해 운율을 살려내는 글 솜씨보다 눈길을 끄는 것은 그의 마음씀씀이다. 누군가는 인터뷰이와 적절한 거리를 두지 않는 그의 '몰입'이 문제라 지적하지만 내 생각은 다르다. 글 쓰는 이가 애정하지 않는 인물의 속내를 제대로 전할 수 있을까. 읽는 이가 공감하는 인터뷰란 점에서 김서령은 늘 성공했다.

그의 글은 단단하기도 하다. 한때 감상적인 추상명사와 형용사로 범벅이 된 에세이가 인기를 모은 적이 있다. 개인적 취향이긴 하지만 이런 글은 싫다. 멋질지 몰라도 공허한 것이 작부酌婦의 짙은 화장을 떠올리게 해서다. 김서령의 글은 달랐다. 글은 간결하고 곱지만 견고하다. 형용사 하나 허투루 쓰지 않았다. 고향 안동의 질박한 언어나 현실에 뿌리내린 비유가 그 견고함을 받쳐줬다.

이를테면 이런 구절이다. "나는 동해안을 내 발로 걸을 것이다. 별을 보며 모래밭에서 잠들 것이다. 삶은 반복되면서 동시에 전진하는 나선형 회로일지도 모른다고 오늘 아침 걸으면서 생각한다"(《김서령의 다정하고 고요한 물건들의 목록》 중). 감상을 절제하면서도 내면의 흐름을 정갈하게 정리해낸다.

김서령의 글은 또한 그윽하다. 고사성어나 서양 고전의 인용이 빠짐없이 들어간 글을 명문이라 칠 때도 있었다. 한데 그의 글에선 이런 남루한 모습을 찾기 힘들다. 대신 우리가 쓰는 말, 현실에 쓰이는 표현에 기막힌 생명력을 부여했다. 내가 맡았던 주말섹션에 '생활칼럼니스트'란 낯선 직함으로 글을 썼는데 누가 붙였는지 모르지만 탁월한 작명이었다고 생각한다.

"겨울 냉이는 제 몸을 있는 대로 낮춰 바닥에 납작 엎드린다. 빛깔도 모조리 지워 얼어붙은 땅빛을 띤다. "겨울 냉이 한 뿌리가 봄 냉이 열 뿌리"라고 동네 어른들은 말했다.…… 몸에 생기를 불러오려면 나물이 최고련만 천지에 푸른 나물이라곤 눈 씻고 찾아도 없다. 냉이는 이럴 때 등장시키려고 땅이 감춰둔 보배다. 멀리 갈 필요도 없다. 그저 호미 하나 들고 몸을 낮춰 양지바른 밭두둑을 어슬렁거리기만 하면 된다"(《외로운 사람끼리 배추적을 먹었다》 중).

이제 누가, 생경한 외래어가 아닌 우리말로, 번역 투가 아닌 우리글로 우리의 정서를 이토록 손에 잡히듯 그려낼 수 있을까.

영롱하기도 하다. 화려한 수사를 동원하지 않았어도 그의 글은 윤이 난다. 빛이 아니고 윤.

"키가 알맞춤한 꽃나무와 과실나무들이 제 그림자를 뜰 위에 우아하게 늘어뜨리고 가지 끝에 매달아놓은 모이통엔 빛깔 고운 산새들이 포르릉 날아와서 제 마음껏 놀다 간다"(《김서령의 家》 중).

이런 구절은 흡사 특별히 신경 쓰지 않고 슥슥 붓질을 해도 떡하니 멋들어지게 그려진 그림 같다.

따뜻한 눈으로 일상의 결과 사람의 속내를 길어내 맞춤 맞은 말로 그려내는 솜씨에 힘입은 것일 텐데 이는 재능에 속한 것이지 싶다. 문예창작과나 국문과를 나온 이들의 글 솜씨에는 '배움'이 어느 정도나 기여했을까 하는 것이 항상 궁금했다. 김서령은 국문학을 전공했지만 그의 글은 재능과 됨됨이 덕이라 여겨진다. 화장을 거의 안 한 얼굴에 선량하면서도 설핏 개구진 웃음을 지으며 자분자분 이야기하는 그를 만나본 이들이라면 절로 그런 생각이 들었을 터다.

그리 여겨야 그의 글에 대한, 시새움에 가까운 경탄이 정리가 됐다. '이건 노력한다고 이루는 경지가 아니니까' 하고.

이제 그는 세상을 떠났다. 따뜻하고, 단단하며 그윽하면서도 영롱한 그의 글도 더불어 졌다. 하지만 그를 만난 이들, 그가 그린 사물들 모두 행복했던 만큼 그의 글을 읽던 기쁨은 오래 기억될 것이다. 그래도 이제 그런 향기로운 글을 다시 만나기는 쉽지 않으리라 생각하면 아쉽다. 퍽(김성희·북칼럼니스트)